寻古闲谭

Xungu Xiantan

刘克明◎著

人民教育出版社

图书在版编目（CIP）数据

寻古闲谭 / 刘克明著 . —北京：人民教育出版社，
2016. 12
ISBN 978-7-107-31557-2

Ⅰ. ①寻… Ⅱ. ①刘… Ⅲ. ①散文集－中国－当代
Ⅳ. ① I267

中国版本图书馆 CIP 数据核字（2016）第 305154 号

人民教育出版社 出版发行
网址：http:// www.pep.com.cn
北京盛通印刷股份有限公司印装 全国新华书店经销
2016 年12 第1 版 2017 年1月第1次印刷
开本：787毫米 × 1092毫米 1/16 印张：23.5
字数：341 千字 印数：0 001~1500 册
定价：58.00 元

如发现印、装质量问题，影响阅读，请与本社出版部联系调换。
（联系地址：北京市海淀区中关村南大街 17 号院 1 号楼 邮编：100081）
电话：010-58759215 电子邮箱：yzzlfk@pep.com.cn

前　言

三年前，笔者出版了一部《历史寻踪》，但寻踪的脚步并没有停止。这几年，笔者继续在历史遗迹中寻觅。中国这么大，历史这么悠久，总会或多或少留下些摄人心魄的印痕，引导笔者走入历史的深处。这印痕里，有良将的丹心，有文臣的执着，有名家的书香，有战场的悲歌，有仙人的传奇，有祠庙的巍峨。这些，构成了笔者这部《寻古闲谭》的内容。

这是笔者寻踪系列的第二部书。为了沿袭第一部的体例和风格，同时又不简单重复第一部的结构和内容，本书新辟了一编。原有的四编，也增添了新的内容，可以作为前书的补充和延续。新的一编名为《闲话说仙事》，与历史紧密关联。本书与《历史寻踪》相比，内容有了一些变化，但编写的宗旨却始终如一，即选择那些重要但被人们日益忽视的历史内容，选择那些曾经兴盛但逐渐消亡的历史遗存，选择那些最具中国传统特色，但被悄然淡忘的历史经典。这些，都是一个中国人不该忘却的历史记忆。

相较而言，《历史寻踪》涉及对象在历史上相对要重大一些，遗迹也比较容易寻访到，而本书所写的一些目标相对偏小，遗踪更加难以寻访。这些地方，绝大多数很荒僻，不是在僻静的山间，就是在遥远的乡村，难走难找。许多时候，为了寻找一个细小的遗迹，笔者要花上一整天，原订计划因此常常无法完成。花费的不仅是精力和体力，还有宝贵的时间，笔者的休息日基本上都是在寻访中度过的。很多时候，为了赶时间，笔者常常饿着肚子跋山涉水。但不管多么辛苦，笔者始终坚守这样一条编写的原则：没有经过实地考察并留下照片的地方不写。考察途中，尽量不找导游讲解，笃信一颗虔诚的心，便是自己最好的导游。唯有这样，才不会人云亦云，才能写出真情实感，并将实景照片奉献给读者。自己拍的照片也许不够专业，自己写的文字也许不够优美，但确是笔者多年辛勤积累的成果。

在这里，笔者要感谢网络。网络上许多旅游爱好者写的文章，给了笔者很大的启发。一些偏僻的遗迹，也是通过网络指引才找到的。当然，朋友，或者朋友的朋友的帮助，是本书能够完成的最重要的支撑。在此，笔者唯有用心编好此书来感谢他们真诚的帮助。在本书编写、出版过程中，感谢卢新建、马玙高、朱孔庭等老师在资料查阅、校订方面所做的大量工作。这里，也要特别感谢人民教育出版社编辑们的辛勤工作，正是他们的努力，才使本书能够完美地呈现给大家！

岁月脚步匆匆，可以把一个人从生命的开始送到生命的尽头。生命有常，留在这个世界上的，并能够供人瞻仰的，只有他们留下的踪迹。每一位历史人物，或许因为身份、地位及历史作用的不同，留在世上的踪迹有深有浅，但他们都在不同的领域展现了各自不同的风采。历史是很公平的，只要他们付出了自己的努力，贡献了自己的才华和勇气，就都能够传诸后世。悠长的历史，传诵着无数文臣良将的丰功伟绩，飘荡着许多文人骚客的风流逸事，留下了不少扑朔迷离的历史谜团，流淌着众多神仙的离奇故事，流传着大量人景相映的千秋佳话。历史遗迹尽管沉默，但时间不会忘记它们，历史不会忘记它们！

对于这些遍布全国各地的名人踪迹，笔者越看，越写，越探寻，就越觉得历史有趣。寻踪的感觉就像读到一部好书，让人割舍不下。寻踪的体验让人觉得历史不再是冷冰冰的几行字句，而是能够体验和感知的。许多不起眼的遗迹，在笔者看来，就是一个奇景，就是一段生动历史的再现。当你历尽千辛万苦寻觅到一个个历史遗迹时，身临其境，就能闻到其中散发着的历史文化的芳香，而且历久弥香。

在这里，笔者特别要指出的是，历史遗迹是当地的一笔重要财富，是一个地方底蕴深厚的象征，是不可再生的宝贵资源。在笔者到过的许多地方，也许历史太悠久、文物太密集、文化太昌盛，地方政府和民间对这些珍贵遗迹的漠视，令人心疼。这样的态度，何尝不是一种对历史资源的挥霍和浪费？但愿他们及早醒悟。

多年在电脑前的写作，笔者眼睛花了；多年的奔波，人也晒黑了……但身体依旧健康，精神也更加充实。相对于平庸的一生，笔者找到了一种寄托，它使笔者越发觉得历史长河的浩瀚无穷和历史知识的广博深远。走多了，走远了，笔者才发现，历史留下的遗迹是如此密集，以至于笔者不敢不尽力地去体验、探寻，不断地将这些体验的经历与大家分享。

刘克明

2016年5月于南京

目　录

一　落叶知良臣　概述

二　千年尽风流　概述

三 雨中聊旧闻 概述

四 闲话说仙事 概述

五 月下赏名构 概述

一 落叶知良臣

概　述

中国古代的各朝各代，无数名臣良将留下了自己的英名。他们靠自己的才智，有声有色地演绎了一幕幕动人的故事。建国时期，他们或运筹帷幄、排兵布阵，或冲锋陷阵、屡建奇功；和平时期，他们或清廉刚烈、体恤民情，或镇守边地、鞠躬尽瘁；危亡时期，他们或赴汤蹈火、视死如归，或前仆后继、马革裹尸。他们是那个时期国家的栋梁。没有名臣良将的辅弼，历史就会改写。试想，周文王、周武王没有姜太公，能推翻商朝的统治？汉武帝没有张骞，能“凿空”西域？没有文天祥等人誓死抗元，南宋朝廷能转战东南？明崇祯帝没有袁崇焕，能暂缓辽东局势？……名臣良将不一定都很伟大，但他们一定都很可敬。他们都经历了成败荣辱，接受了危机四伏的考验，在皇权（或王权）体制下殚精竭虑、忠君报国。有些名臣良将因此备受宠信，功成名就，但更多的人历经宦海沉浮，甚至惨遭冤杀。不论结局如何，他们都在历史上留下了浓重的一笔。

巍巍中华，名臣良将可谓多矣。本编所列名臣良将，都非常令人敬仰。郁达夫曾说过：“没有伟大的人物出现的民族，是世界上最可怜的生物之群；有了伟大的人物，而不知拥护、爱戴、崇仰的国家，是没有希望的奴隶之邦。”作为中国人，我们庆幸有这么多令人崇敬的先尊。他们在短暂的历史瞬间，用自己的鲜血和灵魂，谱写了一篇篇壮美的篇章。

本编以《落叶知良臣》为题，“落叶”寓意中国历史上的许多文臣武将，他们尽忠尽力，文则进言献策，武则精忠报国。他们的结局不尽相同。历史最终是由人民书写的，功过是非后人自有评说。保存和维修历代“良臣”的遗迹，就是后人对他们最好的纪念。他们名垂青史！

白发太公钓渭滨

钓鱼，如今是许多人闲暇时的爱好。它格调高雅，又有益身心。古往今来，无数人陶醉于此，但真正钓出境界并名垂千古者，屈指可数，姜太公应该算是其中非常著名的一位。“姜太公钓鱼，愿者上钩”也是妇孺皆知的典故。

姜太公钓鱼的缘由，一般人都知道，但姜太公钓鱼的位置，大家却未必清楚。考诸多种文献，可知在全国有多处姜太公钓鱼台，比如在陕西宝鸡、咸阳，河南新安、汲城，河北南皮，天津静海和山东日照等地，都有钓鱼台的遗迹。从这些钓鱼台的位置来看，我们不难发现，它们基本上都分布在商周时诸侯国林立的黄河故道两侧，这和《史记·齐太公世家》中所载的“(姜太公)游说诸侯，无所遇，而卒西归周西伯”恰好呼应。姜太公钓鱼台为何有多处？这可能要从姜太公的求仕历程说起。

姜太公，也称吕尚，名望，字子牙，是中国历史上享有盛名的政治家、军事家和谋略家之一。通过文艺作品如《封神榜》等的渲染，姜太公变得家喻户晓。尤其是他那须发皆白、手执太极剑的形象，更是深入人心。相传，当年姜太公怀才不遇，见纣王无道，在年逾80之时，西出朝歌，过潼关，涉渭河，来到紧邻西岐的秦岭一带隐居，以垂钓度日。传其垂钓时背向水潭，钓竿从肩而过，钓钩端直无饵，且不入水，口中常念：愿者上钩。周文王听说后，亲自到渭河畔真诚邀请，搀扶姜太公上车一起回宫，尊为太师。

周文王屈身亲迎姜太公，换来八百年的周朝基业

（摄于2014年8月1日）

姜太公不负所望，辅佐周文王，制定了一系列增强周国实力和消灭商朝的政策。在姜太公的积极谋划下，越来越多的诸侯国和部落归附周文王，出现了“天下三分，其二归周”的局面。周文王病逝后，其子姬发继位，为周武王。姜太公继续辅佐武王，被尊为“师尚父”。武王对姜太公言听计从，周朝国势日隆。在姜太公策划下，周武王会集八百诸侯举行了历史上著名的“孟津之誓”，表明众诸侯已听命于周武王。武王四年（公元前1046年），武王听从姜太公的建议，联合各诸侯国举兵伐纣，并与商纣王的军队在牧野（今河南淇县南）展开大战。姜太公亲率百名精锐勇士发起攻势，商朝的十几万大军土崩瓦解。商纣王见大势已去，自焚于鹿台，殷商王朝就此灭亡。姜太公因灭商有功，在周朝建立后，被封于齐，都城营丘（一说在今

山东淄博市临淄区北；一说在今山东昌乐县东南）。在姜太公治理下，齐国国富兵强，疆域也日益拓展，最终成为诸侯大国。

姜太公辅佐文武二王，开创了在中国历史上卓有成就的西周霸业，名留青史。《史记·齐太公世家》对他的简历是这样记述的："太公博闻，尝事纣。纣无道，去之。游说诸侯，无所遇，而卒西归周西伯。"《孟子·离娄上》也记载了姜太公的经历："太公辟（避）纣，居东海之滨。"可见，姜太公在辅佐周西伯（即周文王）前，先隐于东海之滨以避纣，后来他投靠过许多诸侯，皆未被重用，到了晚年，才遇到周文王。

以史志、碑文为线索，追溯姜太公生平，我们不难发现姜太公确实到过许多地方。这些地方，都有可能成为姜太公的垂钓之处，专家也认为它们之间只有先后之分，无真假之别。不过这些钓鱼台中，真正保存下来的并不多，许多钓鱼台早已废塌。

在姜太公的诸多钓鱼台中，专家认为有三处比较重要。按照姜太公的生平，应该是初钓于河南新安城东，继钓于陕西咸阳城西，又钓于陕西宝鸡磻溪河谷。

河南新安位于洛阳西部，是姜太公进入陕西的必经之地。3000多年前，姜太公从山东历城向西，经新安进入陕西，最后在宝鸡磻溪遇见文王。擅长钓鱼的姜太公在新安停留期间，完全有可能钓过鱼。据记载，姜太公在新安城东留有钓鱼台遗迹："一石也，今去水数丈许矣。"

咸阳姜太公钓鱼台，位于咸阳城西秦都区钓台街道钓鱼台村。据说，这里在唐代时是一个风景秀丽、环境幽雅的地方，文人墨客多认为这里就是当年姜太公垂钓之处，纷纷来此凭吊。白居易的诗《渭上偶钓》就有描写咸阳姜太公钓鱼台的诗句。胡曾也曾写过一首名为《渭滨》的诗："岸草青青渭水流，子牙曾此独垂钩。当时未入非熊兆，几向斜阳叹白头。"据说，原来此处立有碑碣，在20世纪五六十年代，石碑被砸断，然后被扔到渭河边，无人问津。20世纪70年代，为了将湿地变为良田，人们将渭河控制在固定的河道里。渭河改道后，太公垂钓处孤零零地处在南岸之外，幸亏有村民将仅存的五块残碑移到太公庙内保存。清乾隆年间，陕西巡抚毕沅立的高约2米、宽约0.6米的刻有"太公垂钓处"几个楷书大字的石碑，依旧保留在钓鱼台村的西侧。近年来，随着钓鱼台村的拆迁，原来的太公庙，还有那块石碑的所在地，已变成了工地。东边有个土台子，四周砌有围墙，这里大约就是钓鱼台的遗址，不过已经面目全非。

宝鸡姜太公钓鱼台，位于宝鸡市东南40千米的磻溪河谷，是诸多钓鱼台中保存最为完整的一处。它地处秦岭西段北麓，南与岐山隔渭河相望。磻溪河流经一个峭壁拐弯处，形成一汪水潭，人称"兹泉"，后来因为上游建设水库，泉水减少。姜太公钓鱼台就坐落在距水库不远处。进入磻溪河谷，巨石壁立，松柏叠翠。站在磻溪河畔，可俯看姜太公钓鱼台。这是一块三米见方的大石，大石平坦如砥，旁边的石壁上凿刻有"钓鱼台"三个红色篆体字。钓台高处，还建有亭子。据载，姜太公在此隐居垂钓长达十年，钓台石上的两处长方形小槽，据说就是姜太公长年踞坐留下的膝印，常引后世文人骚客凭古探幽。例如，宋代大文豪苏轼就留下了"安知渭上叟，跪石留双骭"的名句。

宝鸡姜太公钓鱼台太过招摇，以至于其他钓鱼台均被忽视

（摄于2014年8月1日）

姜太公在磻溪河谷钓出了一番鼎新革故的伟业

（摄于2014年8月1日）

除上述三处姜太公钓鱼台外，其他地方也有一些号称是姜太公钓鱼台的遗迹，一些遗迹还与姜太公的籍贯和出生地密切关联。姜太公虽为名人，但关于姜太公的出生地因年代久远，加上多种史籍记载不同，众说纷纭，有汲城说、日照说、冀州说、魏邑说、许州说等。其中，汲城、日照等地都留有姜太公钓鱼台。

汲城今属河南卫辉，被认为是姜太公的故里。据史籍记载，姜太公诞生于汲城太公泉吕村。早年，姜太公就住在汲城东门北侧，常在清水河（今渭河）西北石峡水处钓鱼。《竹书纪年》上说，姜太公死于周康王六年十月二十日，终年139岁，葬于汲城太公泉。至今太公泉界内还保留着许多姜太公的历史遗迹。遗憾的是，汲城姜太公故里的姜太公钓鱼台，早已面目全非，这里没有一泓池水，只有农田一片。尽管有姜太公垂钓的塑像和刻有“姜太公钓鱼台”几个大字的石碑，但我们难以想象这里就是当年姜太公垂钓处。

日照位于山东东海之滨，一些学者认为日照市东港区秦家楼镇为姜太公故里。在今秦楼街道冯家沟村东南，有一座“太公台”，传说为姜太公钓鱼处遗址。清康熙年间的《日照县志》写道：“县东有水曰棘津，津上有太公钓台。”不过，今天留传下来的“太公钓台”，仅是一座高台土丘，台面斑驳不平，且远离河水。难怪当地人已不再称其为钓台，而称为“太公台”。

《孟子·离娄上》中说：“太公辟（避）纣，居东海之滨。”吕不韦在《吕氏春秋》中认为“太公望，东夷之士也”。司马迁在《史记》中也认为太公望为“东海上人”。因此，在东部海滨的一些地方，也有姜太公钓鱼台的遗迹。

静海县位于天津市西南部，先秦时也应该属于“东海之滨”。在今县东子牙村西1000米处的子牙河故道，有一处高约一米、阔约百米的土丘，相传为姜太公钓鱼台。据载，子牙河钓鱼台上曾建有太公庙。清康熙年间，此处曾立有石碑，并刻有《钓台碑记》。碑文记载：“台故有亭，肖太公像其中，一竿一笠，犹然渔夫时状耳。至万历二年（1574年），其裔孙贡士吕小台等，始因其故址而更新之，扩亭为庙。”由于历史上河流改道和战乱，原在子牙河中间的姜太公钓鱼台原址，今天已移动至河岸边1000米处，昔日雄伟的建筑只剩下残垣断壁。庄稼地里耸起的土丘，就是子牙河姜太公钓鱼台遗迹。

南皮县位于河北省东南部，也属“东海之滨”。南皮姜太公钓鱼台原在县城西5000米处。《史记·游侠列传》载“吕尚困于棘津”，当地人认为棘津在今南皮境内，因此《南皮县志》载有：“在城西十里，周太公望困棘津时钓此。”可惜南皮城西的姜太公钓鱼台踪迹早已无存，明代诗人陈琏在《钓台风苇》诗中就说：“台基久荒废，草色空蒙茸。”

相比其他姜太公钓鱼台，浙江剡江的姜太公钓鱼台就鲜为人知了。相传姜太公曾隐居剡江流域的鄞县姜山。剡江柱石村前河湾留有钓鱼山和钓鱼潭，姜太公钓鱼台为剡江边的圆凳面坐石。不过，剡江虽然也处东海之滨，但在商周时期，这里尚属荒蛮地区，姜太公不太可能到此钓鱼，因此这里的姜太公钓鱼台可能是后人附会的。

姜太公是一位杰出历史人物，除了多处钓鱼台外，在陕西、河南、山东等地还有多座与他相关的太公庙和墓冢。

太公庙主要有山东临淄姜太公祠、陕西宝鸡磻溪河边太公庙、陕西咸阳太公庙、河南汲城东门的太公庙、山东日照冯家沟村附近的东吕太公庙等。这些太公庙有些已经倒塌，只剩下残碑，有些已经重修，殿宇壮丽。

山东临淄姜太公祠位于临淄永流镇张家庄。此处原为姜太公封国的国都。公元前11世纪，姜太公被封于齐，为齐国第一代国君。他在任期间，“通商工之业，便渔盐之利，而人民多归齐，齐为大国”。1993年，临淄在太公衣冠冢北侧建姜太公祠，建筑面积98平方米。山门上的“姜太公祠”四个大字为赵朴初老先生题写，主殿供奉着姜太公塑像。

临淄太公墓碑高冢大，昭示着齐国始祖的气势

（摄于2014年6月14日）

陕西宝鸡磻溪河边太公庙位于丢石右上方的河岸边，始建于唐贞观初年，现存的庙宇为清代重修。庙宇虽不华丽，却清新淡雅、古朴别致，大殿正中端坐着鹤发童颜的姜太公塑像。庙前有四棵千年古柏，相传植于唐代，至今仍傲然挺立、郁郁葱葱。在唐柏的掩映下，太公庙更显得古朴庄严。

宝鸡姜太公庙在唐柏的掩映下更显得古朴庄严

（摄于2014年8月1日）

河南汲城东门的太公庙非常简陋，山东日照冯家沟村附近的东吕太公庙和陕西咸阳的太公庙则早已倾塌。

姜太公墓冢包括咸阳太公墓、汲城太公墓、临淄太公衣冠冢等。

咸阳太公墓在咸阳县东北。《礼记·檀弓》载："太公封于营丘，比及五世，皆反葬于周。”《元和郡县图志》载：“太公墓在县（咸阳）东北十里。”《通志》明确了太公墓在文王陵东北。今天我们在周文王与周武王陵寝的东边约500米处的玉米地中央，还能寻觅到一个高约8米、周长不过70米的锥形小丘。小丘上长满荒草，北面竖着一块不到一米高的石碑，上书“齐太公”三个字。

汲城太公墓位于太公泉镇太公泉村西北地的山冈上，墓冢封土高大，墓前矗立有墓碑，是清康熙二十年（1681年）卫辉知府所立，上刻“周姜太公茔葬处”几个大字。

临淄太公衣冠冢位于临淄永流镇张家庄姜太公祠南侧。姜太公卒葬于周，齐人思其德，葬衣冠于此。从有关图片可知，这处所谓的衣冠冢在以前只是城外的一座不大的荒丘，墓碑也不大。近年经过重新修整，不仅墓冢高大，墓碑也极其巍峨。

斯人已逝，遗迹犹存。

凿通西域功自垂

西汉建立以后，经常受到北方匈奴贵族的侵扰。西汉初期的几位皇帝，鉴于国力有限，均通过“和亲”来维持边境的安宁。汉高祖以后的文帝、景帝吸取秦亡的教训，注重发展农业生产，减轻农民的赋税和徭役，使国家出现了“海内富庶，国力强盛”的“文景之治”。

公元前140年，年仅16岁的汉武帝刘彻即位。他是中国历史上一位具有雄才大略的帝王，想凭借汉朝日趋雄厚的物力和财力，消除匈奴贵族对北方的威胁。汉武帝从匈奴人口中得知，西域有个人口达40万的大月氏国，国王被匈奴单于杀死，头颅还被匈奴人做成酒器。新国王一心想报杀父之仇，但苦于无人相助。汉武帝就此萌生了联合大月氏共击匈奴的想法。汉武帝公开征募能担当出使大月氏重任的人才，张骞应募成为使者。

张骞，西汉汉中成固（今陕西城固县）人，生年及早期经历不详，应募时他已在朝廷担任郎官。公元前138年，张骞奉命率领100多人踏上了出使西域之路。

汉代，西域是指玉门关、阳关以西的地区。西汉初年，西域有“三十六国”，其中著名的有楼兰、于阗、姑师、龟兹、疏勒等国，它们基本上小国寡民，大月氏国可以说是个例外。张骞从陇西（今甘肃临洮）出发，一位叫堂邑父的归顺“胡人”担任向导和翻译。他们很顺利地进入河西走廊，这一地区为匈奴人所控制。正当张骞一行匆匆穿过河西走廊时，不幸碰上了匈奴的骑兵，他们全部被抓获。匈奴单于为了打消张骞出使大月氏的念头，对他威逼利诱，还让张骞娶妻生子。但张骞始终没有忘记自己肩负的神圣使命，没有动摇出使大月氏的决心。公元前129年，张骞等人在匈奴留居了十年后，趁匈奴人不备，带领妻儿，逃出了匈奴王庭。但此时，大月氏人已被迫从伊犁河流域西迁至咸海附近的妫水地区，并征服了大夏，在新的土地上另建了家园。当张骞经过千辛万苦到达大月氏时，远离匈奴且生活稳定的大月氏人已无意向匈奴复仇。张骞等人在大月氏逗留了一年多，始终未能说服大月氏人与汉朝联盟，只得动身返国，没想到在归国途中再次被匈奴骑兵俘获，又滞留了一年多。公元前126年，历经13年后，张骞回到了长安。

公元前119年，张骞第二次出使西域。他率领使团，带着上万头牛羊和大量丝绸，访问西域的许多国家。西域各国派使节回访了长安，汉朝和西域的交往从此日趋频繁。张骞出使西域，虽然并未达到结盟目的，却开阔了视野，使中国的影响直达葱岭以西，不仅加强了现今中国新疆一带同内地的联系，而且使中国同中亚、西亚，甚至南欧的直接交往也密切起来。后人正是沿着张骞的足迹，走出了誉满全球的“丝绸之路”。

张骞始通西域后，经过西汉王朝的长期经营，至汉宣帝时期，西域诸国已经臣服汉朝。西汉朝廷于是任命郑吉为西域都护，作为西汉在西域的最高军政长官。这标志着西域正式归属西汉中央政权。但到了西汉末年，由于社会矛盾尖锐，朝政混乱，中央政府对西域已经无暇顾及。尤其是王莽当政后，对边疆执行错误的歧视和苛刻政策，引发西域各国的不满和反叛，最终导致中央政府与西域联系中断。

东汉王朝建立后，部分西域国家开始再度派使者联系东汉朝廷。建武二十一年（45年），鄯善、车师、焉耆等十八国请求东汉王朝在西域设置都护。当时的东汉光武帝刘秀因忙于巩固帝位，无暇顾及西域，匈奴趁机介入，西域大乱。为彻底解除边患，永平十五年（72年），汉明帝任命耿秉为驸马都尉，窦固为奉车都尉，率军出击北匈奴。窦固属下有一位担任代理司马的官员叫班超，他从小勤奋好学，胸怀大志，投笔从戎，随军出征。他由于作战勇敢，屡立战功，得到窦固的赏识。窦固派他出使西域，联络西域各国，共同抗击匈奴。班超的随从虽然只有36人，但他做事勇敢果断，毫不畏惧。在鄯善（今新疆南部鄯善），由于匈奴也有使者在此，鄯善王对班超一行的态度冷淡。班超果断杀死匈奴使者，鄯善王因此也心悦诚服地与汉朝建立起友好关系。班超因功被提拔为军司马，并受命出使于阗。班超一行人到达于阗，于阗王因为害怕匈奴而犹豫不决。班超果断地斩杀了挑拨离间的于阗巫师，坚定了于阗王与汉朝建立友好关系的决心。后来，班超继续出使西域诸国，帮助它们摆脱匈奴的束缚和奴役，使得西域50多国全部归附了东汉。班超当机立断的气魄和独撑危局的才干赢得了西域各国的信任。据载，当班超奉命离任时，疏勒、于阗等国竭力挽留，朝廷因其所请，让班超留任。正是由于班超的努力，东汉朝廷在西域重设了都护，使西域绝大多数国家都与东汉保持了密切的交往，也恢复了东西交通，确保了丝绸之路的畅通。永元七年（95年），63岁的班超被东汉朝廷封为定远侯，食邑千户。班超从40岁出使西域，到71岁回到洛阳，他在西域奋斗经营了31年，用果敢、谋略使西域50余国归附汉朝，为东汉的统一大业做出了杰出贡献。班超功及边地，彪炳青史。

西汉的张骞和东汉的班超，一位是开创者，一位是巩固者，他们都对西域的开发和发展做出了重大贡献。他们为报效祖国，不屈不挠，勇于冒险和开拓，一直为后世所颂扬。今天在河南博望镇有张骞庙，陕西汉中城固有张骞墓，新疆喀什有班超的盘橐城，河南洛阳邙山有班超墓等，这些历史遗迹成为后人缅怀他们丰功伟绩的重要场所。

由于时代久远，加上沿途城市的兴废变迁，今天，人们已经很难在丝绸之路沿线找到当年张骞出使西域留下的痕迹。不过，后人不会忘记张骞的赫赫功勋。如今，在他的封地——今河南博望及其故里陕西城固，仍然存留着张骞的祠、墓等遗迹。

张骞通西域，不仅加强了西汉与西域诸国的联系，也为他积累了沙漠行军的经验和丰富的地理知识，这些都为汉朝对匈奴战争的胜利打下了坚实的基础。张骞因功被汉武帝封为“博望侯”。颜师古在《汉书》注中认为，“博望”是“取其能广博瞻望”之意，表明汉武帝对张骞的博闻多见、才广识远是非常肯定的。汉武帝给张骞的这一封号，使中国大地上出现了三个博望镇：一在陕西汉中城固县，一在河南南阳方城县，一在安徽马鞍山当涂县。这三个博望镇都与张骞有关。陕西汉中城固县博望镇是张骞的故里；河南南阳方城县博望镇是张骞的封邑；安徽马鞍山当涂县博望镇是东晋时设置的侨地，以安置南阳博望一带的移民。

据史书记载，张骞的故里为城固县博望镇白崖村。张骞去世后归葬故里，墓地位于城固县城以西3000米处的博望镇饶家营村。来到饶家营村，远远就能望见张骞墓园前新建的雄伟壮丽的汉代阙式门楼，以及大门前竖立的一对石华表。走进墓园，沿着甬道，可见献殿东西墙壁上悬挂的《张骞出使西域图》和《凿空图》。献殿后面是张骞墓。张骞墓坐落在三级平台上，坐北朝南，呈长方形。墓前竖有石碑三通：正中为刻有“汉博望侯张公骞墓”几个古朴大字的墓碑，是清朝陕西巡抚毕沅所立；左右两侧为刻着《汉博望侯墓碑记》的石碑和一些名碑。墓前还有一对雕工粗犷、姿态雄伟的汉代石虎。据载，抗日战争时期，南迁汉中的西北联大历史系曾发掘张骞墓，发现了汉时信物与博望侯印信，与史载相符，确定此墓为张骞墓。张骞墓冢是墓园中最古意盎然的地方，墓碑满身沧桑，墓冢草色青青，周围古松苍翠。张骞“凿空”西域、开拓丝路的精神，如同墓地的森森古松，四季常青，永昭后人。

方城县的博望古城位于县城西南30千米处，是当年张骞的封邑。据载，张骞受封于此地后，立即在这里修筑了城堡，作为博望侯国的政治中心。当年，这里非常繁华。如今，因风

城固街头的张骞出使西域塑像再现了历史壮举

（摄于2014年7月31日）

张骞墓园高大的汉式门阙是对张骞功绩的肯定

（摄于2014年7月31日）

城固张骞墓周围的苍松，如同张骞的事业，万古长青

（摄于2014年7月31日）

雨剥蚀，城垣早已不存，仅存墙基。城内地下曾出土了大量的汉砖、筒瓦、陶井圈、水管道、铁器等文物。据说，张骞封国故城内的老街东头，原有一座张骞祠。祠堂为两层过街式建筑，供有张骞着官服佩玉带的塑像。20世纪70年代，方城老街改建时，张骞祠被拆除。近些年，博望镇在县城南大门分别修建了张骞祠和张骞广场。重建的张骞祠，重塑了张骞坐像，门额横匾上书“张骞祠堂”四个大字。祠堂规模不大，远未恢复旧观。在方城博望镇境内，还有一座以“张骞”命名的古桥。它是唐朝大将军尉迟敬德监工修建的一座三孔石拱桥，桥栏镶嵌着36幅描述张骞生平事迹的仿汉画像石刻，桥西竖着刻有“汉博望侯张骞封邑”字样的石碑。

方城张骞桥不仅是一座古桥，更是张骞的纪念桥

（摄于2014年7月17日）

相比于张骞，东汉的班超留下的遗迹要多一些。除了班超墓之外，新疆喀什还留有班超当年驻扎过的盘橐城。

盘橐城是一城堡式建筑，位于喀什市东南郊的吐曼河岸边。据载，这里原来是疏勒的宫城，后来成为班超在西域的根据地。据说“盘橐”为“要塞”之意，“橐”指布袋，可能以此形容这里是一处口袋形的要地。班超在此要地驻守了17年，从这里出发抗击匈奴，安抚西域，恢复了中央政权对西域的统治，重新开通了丝绸之路。今天，盘橐城已成遗址，人们对其进行了部分修复。如今，一走进盘橐城，人们就能够看到大门、古亭、石牌坊、城墙、烽火台等建筑，但令人印象深刻的是3.6米高的班超塑像和排列两侧的36座勇士塑像。他们形态各异，虎虎生威。正是由于他们的不懈努力和顽强奋战，东汉西部的疆域才得以安宁、繁荣和统一，东汉沉寂的历史才展现出一点虎气。盘橐城中还建有36米长、9米高的大型半圆浮雕屏墙，雕刻着班超少而好学、侍奉慈母、投笔从戎、出使西域、传播农耕等故事。盘橐城遗址见证了近2000年的历史沧桑，表达了各族人民对班超这位大智大勇、维护祖国统一的历史人物的怀念和敬仰。

喀什盘橐城内，班超和36名壮士威风不减当年

（摄于2010年10月23日）

班超经营西域多年后，于永元十四年（102年）八月回到洛阳。此时，班超已是一位71岁高龄的老人。长年的艰辛摧残了他的身体，班超回洛阳才一个月就病逝了。他被安葬于洛阳郊外的邙山。邙山古墓层层叠叠，长年的风吹雨打，使许多

古墓难以辨识，班超墓也逃脱不了墓碑散失、墓冢变小的命运，并渐渐被人遗忘。不过据新编的《孟津县志》记述，朝阳乡障阳村西的一座大冢，世代被当地人传为班超的墓冢。“文化大革命”时期，在此墓东北方向的一座墓冢中出土了一块北魏时期的墓志。从墓志的记载中，人们才最终确定班超墓的具体位置。如今的班超墓，只不过是田野里一座高耸的土丘，被挖得面目全非。历史真是无情，名冠一时的定远侯墓竟然零落如斯。当然，后人并没有忘记这位功勋卓著的英雄，当地政府在这座沉寂了千年的古墓前竖立起现有邙山陵墓群中最大的一通墓碑。这块碑帽刻有双龙图案的青石墓碑上，刻有“汉定远侯班超之墓”几个隶书大字。站在墓前，人们脑海里也许会闪过清代黄遵宪《过安南西贡有感》里的诗句：“班超投笔气如山，万里封侯出玉关。”

张骞出使西域和班超投笔从戎的历史故事，只要上过学的人都不会陌生。他们对西域的经营，为陆上丝绸之路的开辟和畅通做出了巨大的贡献。张骞“凿空”的艰难，若非身临其境不能体会其万一。班超经营西域，若没有无与伦比的勇气和决断力，绝无成功之可能。在中国的历史上，他们的名声也许不是最大，但他们的功绩却惠泽万代。

云台猛将称第一

在中国历史上，邓禹确实不算太出名。他早年与汉光武帝刘秀为布衣之交，为东汉王朝的建立立下功勋。汉明帝刘庄追念开国功臣的时候，将邓禹列为“云台二十八将”之首。究其缘由，主要是因为邓禹具有运筹帷幄之才，他为刘秀筹划了在弱势情况下夺取天下的战略方针，也为刘秀的最后胜利制订了长远计划和目标。刘秀夺取天下的很多策略，都是在邓禹的参与下决定的。范晔在《后汉书》中评价他“明启帝略”。因此，邓禹居中兴功臣之首也属实至名归。

邓禹（2—58年），字仲华，南阳新野（今河南新野）人。他的青少年时代，正处新莽统治时期。王莽的倒行逆施，导致各地农民起义风起云涌，各地豪强也借机拥兵自立。新地皇四年（23年），刘玄称更始帝后，拜刘秀为破虏大将军，封“武信侯”，不久又派刘秀前往河北镇抚州郡。据载，邓禹幼年游学长安，曾与刘秀交好。刘秀收复河北后，邓禹曾为他进言献策。《后汉书·邓禹传》记载，邓禹进言：“于今之计，莫如延揽英雄，务悦民心，立高祖之业，救万民之命。以公而虑天下，不足定也。”刘秀闻后大悦，以后每遇大事，必与之商讨。25年，刘秀与更始政权公开决裂，在河北登基称帝，建元建武。刘秀本为西汉皇族，为表刘氏重兴之意，故仍定国号为汉，史称“东汉”。同年，刘秀派邓禹兵出太行，击溃了更始十多万援军，平定河东，缴获大批军资粮秣。不久，邓禹又率师从汾阴（今山西宝鼎）渡河，入夏阳（今陕西韩城东南），再度击败十万更始军。进军途中，邓禹所部军纪严明，秋毫无犯，所向披靡，降者日以千计，邓禹也因此“名震关西”，被光武帝拜为大司徒，封“邓侯”，后来又转封“梁侯”。

在率军进讨赤眉军的过程中，邓禹因指挥失误而贻误战机，竟致全军覆没，邓禹与24人狼狈逃回。战后，邓禹自请其罪，刘秀降其为右将军。十年后，邓禹方才再次封侯。在天下平定后，邓禹依然论功最高，定为高密侯。

东汉建立后，很多功臣居功自傲，邓禹却淡泊名利，整饬家教，不置产业。后来，他的子孙皆称名天下。据说邓氏家族累世宠贵，封侯封公者31人，大将军13人，其他各级官吏更是不计其数，这不能不说是邓禹的明智。此外，邓禹还具“伯乐”之才，凡他所录用、举荐的人才，都能够胜任本职，如吴汉、贾复、伏湛、王丹、桓谭等人，后来都成为刘秀的股肱之臣。

确定“云台二十八将”排名的不是刘秀，而是其子汉明帝刘庄。明帝为追念开国功臣的不朽功绩，特地为28名功臣排序，并将他们的画像悬于洛阳南宫的云台，“云台二十八将”由此而来。邓禹一生，虽说大功大挫集于一身，但综合考量，无论天下纷争时期的策略筹划、征战功绩，还是王朝初定时期的淡泊名利、引荐英才，以及个人素养，都值得后人称道。

邓禹卒于永平元年（58年），享年57岁，谥号“元”。后人念及邓禹的功勋及声誉，在多处建有纪念场所，其中若干处留存至今。

邓禹的家乡为南阳新野三泉陂村，也就是今天河南省新野板桥铺自然村。为纪念这位功勋卓著的先人，其后代在板桥铺村边的广场上修建了故里碑亭。板桥铺村在新野县城北部，走进板桥铺村的一条街巷，远远就能看到高大的仿汉阙门。阙门

新野人民竖立塑像纪念邓禹

（摄于2014年6月1日）

新野邓禹故里碑表达了家乡人民对邓禹的景仰

（摄于2014年6月1日）

内为一广场，南侧即为碑亭，亭中矗立着高近三米的黑色石碑，碑正面中间刻有“汉高密侯邓元公故里”九个大字。两侧碑文曰：“公讳禹，字仲华。东汉中兴，功盖诸将。始封梁侯，继封高密侯。永平元年（58年）薨，谥曰元。其故里在新野东北乡三泉陂，厥裔蕃昌，世守勿替，邑之人恒景慕之，标公爵氏，特建木坊于道旁。余公馀诣访，得晤其五十八世孙广东候补吏目前署香山司巡政名坤载，述坊年久倾欹，愿立碑以垂不朽，余搦笔立书，永成文献之一证云。清咸丰六年（1856年）岁次丙辰春仲日吉日知县事倪正钧立。”碑后面的《汉高密侯邓元公故里碑重修记》，简述了邓禹生平事迹。故里碑曾经亡失，直到1979年才得以找回，并于1980年11月20日在原址重立，成为海内外邓姓传人回乡寻根祭祖、追怀先人的重要场所。

《后汉书》中说邓禹是“勋成智隐”，暗示了邓禹曾经隐居的史实。邓禹封侯后，能够“荣悴交而下无二色，进退用而上无猜情”，避免了“狡兔死，走狗烹”的结局，这也说明邓禹有可能过着一种隐居生活，但史籍上并没有谈到邓禹隐居的地方。在远离京城的苏州光福，有被传为邓禹隐居地的邓尉山和司徒庙。光福位于苏州城西南30千米的太湖之滨，山清水秀，景色宜人。这里有一座自北向南延伸的山体，山不高，但绿树葱茏。此山以漫山遍野的梅树闻名，被明朝江苏巡抚宋牟称为“香雪海”。站在山巅，近山远湖尽收眼底，可以想见那种漫山遍野梅花盛开时的壮观景色。据说当年邓禹就隐居于此山，这座山因此被称为“邓尉山”。不知邓禹隐居时，这里是否也是梅香满山，不过当年此山的景色想必非常适合修身养性。今天，在邓尉山下，还有一座祭祀邓禹的庙宇。因为邓禹担任过司徒之职，故此庙又称“司徒庙”。司徒庙黑瓦黄墙，规模不小。这是一组庙祠合一的建筑群，既有大雄宝殿，也有邓禹的司徒殿，殿中端坐着邓禹官服雕塑，塑像正上方匾额书有刘海粟的“历劫不磨”四个金色大字。司徒殿前面的庭院中，还种有四株据说是邓禹亲手种植的古柏。虽然无法考证此说真伪，但四株古柏树龄确实非常大，经过千年风雨和雷击，它们姿态各异，成为“清奇古怪”之景。司徒殿的内院中还有一间草堂，据说是邓禹居住过的地方。草堂内挂有邓禹画像，并有“助刘秀安天下复兴汉室，使帝王释疑忌隐居光福”的对联。草堂掩映在竹木丛中，不失为隐居佳地。

光福司徒庙建有司徒殿，邓禹身后享受千年祭祀
（摄于2014年4月10日）

光福司徒庙中四株古柏，相传为邓禹手植
（摄于2014年4月10日）

光福司徒庙堪称全国最大的邓禹纪念建筑

（摄于2014年4月10日）

邓禹病逝之时正是天下太平的东汉初期，他的葬礼应该是比较隆重的。据说汉明帝刘庄亲自为邓禹扶柩送殡。作为开国元勋，邓禹的墓地也应该有一定规模，可是不知为什么范晔没有在《后汉书》中载入此事。邓禹的墓地在何处？多处地方，如河南济源、河南新野、湖南湘乡等地，都称有邓禹墓。

河南济源距离东汉京城洛阳不远。汉光武帝刘秀的原陵位于洛阳孟津白合乡铁谢村，坐北向南，紧靠黄河南岸。据传“云台二十八将”都安葬在黄河北岸的济源、温县、沁阳、孟州等地，继续“护卫”着光武帝，其中邓禹就安葬在济源。济源邓禹墓位于河南济源御驾村，该村村名也是因汉明帝亲自为邓禹送葬而得名。据传，当年邓禹墓冢非常高大，后因农业生产取土，墓冢逐年缩小。目前，邓禹墓冢高八米，呈圆形，冢上尚存古柏一株，墓前立有清代所立的墓碑，碑文书有“汉先贤仲华邓禹之墓，康熙二十四年（1685年）知济源县令尤应选立”。据说墓中曾出土猴头印章、铜宝剑，陪葬有马、马夫等，这些都符合汉高密侯的陪葬规格。现在，墓冢已被圈入墙内，四周楼宇林立，行人只能看见镶嵌在墙上的文物碑和院内高出墙面的大树。

河南新野为邓禹故里，邓禹亦有可能归葬此处。湖南湘乡之说，源于《邓氏家谱》和《湘乡县志》的相关记载。南朝梁中大通二年（530年），北魏冠军将军、颍州刺史邓献反叛北魏，投奔萧衍。北魏权臣尔朱荣擒拿邓献而不获，欲掘其祖邓禹的墓。为此，邓献于中大通三年（531年）遣人将邓禹及其原配李氏遗骸掘出，转运至湖南湘乡，葬于湘乡县城西烟紫岭珠陂湾屋后。这就是今天湘乡禹公墓的由来。因为没有其他佐证，加上后人修谱时常常攀附名人，因此一些专家对此存有疑问。

此外，在洛阳北邙、太康邓禹台村、沁阳里村等地，都传曾有邓禹墓。它们或者踪迹全无，或者依据不足。一些墓冢很有可能是邓禹裔孙们为了纪念他而修建的衣冠冢。邓禹去世已近2000年，由于信史的缺失，他的墓地究竟在何处，目前很难下定论。只有等考古工作者的进一步考证和新的研究成果出现，才能解开邓禹葬地之谜。

时光无情，今天，可能很少有人会想起邓禹，但云山苍苍，江水泱泱，将军之概，山高水长！

狄公断案扬天下

说起断案高手，人们一般都会想起宋代的包公，但自从电视剧《神探狄仁杰》放映后，大家又认识了另一位断案高手——唐代的狄仁杰，连电视剧中狄仁杰的常用语“元芳，你怎么看”都成为了当年的流行语。其实，狄仁杰断案的事迹，早有流传，如清代的《狄公案》，就是一部主要讲述狄仁杰断案事迹的公案小说。

那么，狄仁杰究竟是一位怎样的历史人物呢？

狄仁杰（630—700年），字怀英，号德英，并州（今山西太原）人，为唐代武则天时期的著名宰相。他通过明经科考试及第出仕，从汴州判佐、并州都督府法曹，做到大理丞、侍御史、工部侍郎、豫州刺史，最后升任同凤阁鸾台平章事，位居宰相高位。在这期间，他也曾经遭诬陷下狱，被贬至地方为官。狄仁杰的一生，可以说是历经宦海浮沉，但他始终公正廉明，执法不阿。在任大理丞期间，他一年就判决了过去积压的大量案件，涉及人数达一万七千，竟然没有冤诉者，其断案能力让朝野推崇备至。即使在遭到酷吏来俊臣诬陷，被贬至地方为官期间，他仍然以明察善断、铲奸除恶为己任。他以高尚人格深受武则天信任。当时，武氏势力蔓延，唐祚危亡，狄仁杰以国家前途为重，犯颜直谏，力劝武则天续立唐嗣，避免了武则天身后可能出现的政局混乱，大唐因此得以延续。狄仁杰还为后来的开元盛世推荐了一批精英人才，如张柬之、桓彦范、敬晖、窦怀贞、姚崇等人，这些人最后都成为唐朝的股肱之臣。有人对他说：“天下桃李，悉在公门矣。”狄仁杰则回答：“荐贤为国，非为私也。”狄仁杰还多次率军抗敌，为国分忧。696年，北方游牧民族侵扰冀州，震动朝野。狄仁杰受命为魏州刺史，领兵镇边。他调动民众，修缮守备，迫使敌人不战自退。698年秋，突厥南下侵扰河北，武则天命狄仁杰与太子一起领兵征讨，迅速恢复了河北的安定。

700年，狄仁杰在洛阳家中病故，终年71岁。朝野凄恸，武则天赠他为文昌右丞，谥“文惠”。唐中宗继位后追赠他为司空，唐睿宗又追封他为“梁国公”，可谓备极哀荣。

狄仁杰在民间的声望并没有随着他的离世而湮灭。他公正廉明、断案如神的事迹在民间广为流传，明代戏曲《狄梁公反周望云忠孝记》和清代小说《狄公案》让他的形象深入人心。直到今天，一些狄仁杰曾经待过的地方还保留着有关他的历史遗迹。

山西太原是狄仁杰的故乡。太原城内原建有狄梁公祠堂，后毁，仅有清朝太原知府周令树撰写的“狄梁祠”碑至今保存在山西省博物馆内。狄梁公巷的街名也保留至今。太原城内原来还保存有狄仁杰故居。故居在抗日战争时期被日军飞机炸毁，后人在原址上修建了唐槐公园。据传，公园内的槐树是由狄仁杰的母亲亲手种植的。走进今天的唐槐公园，首先看到的是狄梁公故里碑的碑亭。这个碑亭为清康熙年间太原知县刘梦熊所立。据载，这里原有范仲淹撰文、黄庭坚书写、镌刻于宋代的唐狄梁公碑碑刻。绕过小亭，即是狄母所植槐树，古槐盘根错节，枝繁叶茂。唐槐之后为新建的狄梁公祠，祠虽不大，但寄寓了家乡人民对狄公的崇敬之情。

彭泽县位于江西省最北部。狄仁杰遭酷吏来俊臣诬陷后，被贬至彭泽任县令。在任彭泽县令期间，狄仁杰爱民如子，为民请命，奏请免除了彭泽县三年租税。他还逐一审理前任拘捕的囚徒，辨析案情，并奏请恩准将囚犯保释，与家人团圆。在规定返回的日期内，除两人

太原是狄仁杰的故里，狄仁杰则是太原的骄傲

（摄于2015年5月11日）

狄母亲手种植的槐树历经千年依然枝繁叶茂

（摄于2015年5月11日）

太原新建的狄梁公祠寄寓故乡人民对狄仁杰的敬重

（摄于2015年5月11日）

狄仁杰在彭泽为官期间爱民如子，当地百姓建祠纪念他

（摄于2014年4月30日）

因天气原因和母病故治丧外，其余囚犯全部按约返狱。狄仁杰在彭泽只待了八个月，但百姓对他念念不忘，修建了狄公生祠。狄仁杰当年在彭泽为官的古县城旧址，位于今天距县城8000米的黄岭乡姚家村西头。村头小广场上立有狄仁杰塑像，村边小土丘上建有狄公祠，平时香火相当旺盛。彭泽县还新建了狄公湖公园。当地人民用各种形式纪念着狄仁杰。

河北大名县，是在契丹攻陷冀州、河北危急的时刻，狄仁杰临危受命并使之转危为安的地方。当时，大名县属于魏州管辖，治所在今大名东北。狄仁杰调任魏州刺史后，巧施空城计，吓退了契丹大军，使魏州人民免遭战火。魏州人民为报狄公恩德，为其建造生祠及祠堂碑。现在，生祠早已倒塌，但“大唐狄梁公祠堂之碑”历经1000多年的风雨，仍然屹立在一条尘土飞扬的公路边。这座名碑碑身已有一半陷入泥土之中，上部也稍有风化，并有轻微的裂痕。尽管如此，站在“大唐狄梁公祠堂之碑”前，观者还是会感到震撼。碑首刻有六龙戏珠，碑额上阳篆有“大唐狄梁公祠堂之碑”的字样，碑体阳面刻楷书碑文，由冯宿撰文，胡澄书丹。碑文记述了狄仁杰任魏州刺史时的政绩和重修此碑的经过。如果加上陷入淤泥中的碑身，此碑应是相当高大。可以想象，当时建于此处的狄梁公祠也一定是非常壮观的。

狄仁杰在700年病故，病故后归葬何处，史籍记载比较含糊。目前，有三处狄仁杰的墓址，它们分别在洛阳白马寺、西安乾陵旁和安庆太湖县。

洛阳狄仁杰墓位于洛阳城东12千米处的白马寺山门外，这是目前最为人所知的狄仁杰墓。有专家认为此墓有可能是薛怀义的墓，因为薛怀义生前也被封过梁国公，多处史料也明确记载薛怀义葬于白马寺。但更多的专家认为这是狄仁杰的墓，因为墓前的明代碑刻有明确记载。齐云塔旁明嘉靖三

洛阳狄仁杰墓旁的明代石碑保存至今实属不易

（摄于2012年10月6日）

年（1524年）的《重修白马寺塔记》碑上也有这样一段文字："唐忠臣狄梁公墓，其神道碑尚存……公附寺而定，寺因公而著。"洛阳狄仁杰墓建在一平台上，墓冢呈圆形，正中间墓碑上刻有"大唐名相狄梁公墓"，左右分别设有碑亭。右亭中的大碑立于明万历年间，书有"有唐忠臣狄梁公墓"的字样。左亭中的小碑立于明天顺年间，上下隔为三栏，镌刻吊唁诗数首及明人周鼎、河南知府虞廷玺所撰序文。墓冢的两侧，柏树青翠，草木森森。

洛阳狄梁公墓亭台高筑，充分显示了后世对狄仁杰的崇敬

（摄于2012年10月6日）

西安乾陵狄仁杰墓位于陕西乾县的乾陵东南。乾陵是唐高宗李治与武则天的合葬陵，它的东南部是陪葬墓群。史籍记载，乾陵只有八位陪臣墓，他们分别是王及善、薛元超、杨再思、刘审礼、豆卢钦望、刘仁轨、李谨行及高侃，并没有狄仁杰。但在明清时期，有一些诗句提到乾陵狄仁杰墓，如明代杨殿元有“丞相余荒冢，驱车此一停。……梁山殊未远，魂尚护唐灵”的诗句，清代吴玉在《晚过乾陵》一诗中写道：“山外梁公墓，居人常祭扫。”乾陵东南的狄仁杰墓，墓冢很小，有墓碑。

安庆太湖县狄仁杰墓位于太湖县花亭湖。《广舆》记载：“狄仁杰墓一在河南洛阳，一在陕西乾州，并此凡三，狄仁杰巡抚江南后有墓亦未可知。”太湖县狄仁杰墓，据说是狄仁杰巡抚江南时，突然逝世安葬于此。这与史籍记载并不相符，可能是太湖人出于对狄仁杰的敬仰和怀念而自发修建的衣冠墓。据传，此处原有狄梁祠，前后有三座殿宇，每座殿宇都有大匾，四周碑碣林立，有石像生。殿宇后面的小山冈上有狄公墓，墓冢高大。可惜的是，狄梁祠大殿在新中国成立后被改建为小学。1959年建设花亭湖大坝时，狄梁祠和狄公墓也被蓄水淹没。

狄仁杰作为唐代名臣，不但以刚正不阿、忠厚宽恕、知人善用而被世人所称颂，更因为能够为民伸冤、善断奇案，而与宋代的包拯、明代的海瑞等一起成为中国历史上著名的清官和神探。

留取丹心照汗青

中国的古诗，如果要说哪几句最令人动容，那就是文天祥的“人生自古谁无死，留取丹心照汗青”了。诗句允溢着文天祥坚贞的民族气节和高尚情怀，至今读来依然觉得铮铮有声。南宋末年，北方蒙古崛起，宋朝国运衰微，文天祥与一批忠义之士挺身而出，赴汤蹈火，直至献出自己的生命。

文天祥（1236—1283年），吉州庐陵（今属江西吉安）人，原名云孙，字宋瑞，又字履善，自号文山。文天祥自小就有抱负，学业甚佳。宋宝祐四年（1256年），21岁的文天祥获得庐陵乡试第一名，同年中选吉州贡士，并随父前往南宋都城临安（今浙江杭州）应试。在殿试中，他作的《御试策》切中时弊，被宋理宗亲拔为第一。不久，因父亲病故，文天祥归乡守孝三年，直到咸淳九年（1273年）才担任湖南提点刑狱，次年调任赣州知府。

宋德祐元年（1275年），面对元军的大举进攻，宋军的长江防线全线崩溃，文天祥应诏捐资募兵开赴临安。朝廷委任文天祥为平江（今江苏苏州）知府，令他援救常州，后又令他驰援独松关，但最终未能阻挡元军凌厉的攻势。次年，元军兵临临安，谢太后派文天祥出城与伯颜谈判。文天祥到了元军大营，被对方扣留。谢太后见大势已去，只好率皇室成员向元军投降。那时，两淮、江南、闽广等地还有大批抗元力量拼死抵抗，伯颜竭力诱降文天祥，企图利用文天祥的声望尽快结束战争。文天祥宁死不屈，伯颜只得将他押解到北方。行至镇江，文天祥冒险出逃，并于景炎元年（1276年）五月辗转到达福州，宋端宗赵昰任命他为右丞相。不久，文天祥以同都督的身份在南剑州（今福建南平）开府，指挥抗元。之后，他又转移到汀州（今福建长汀）、漳州和梅州等地，联络各地义军抗元。景炎二年（1277年）夏，文天祥率军取得了雩都（今江西于都）大捷，又陆续收复了兴国等县，并兵围赣州。文天祥组织起来的义军由于战斗力不强，很快就被元军击溃，文天祥的妻子也被俘。文天祥只得率领余部，退往循州（今广东龙川西）。祥兴元年（1278年），文天祥被封为少保、信国公。不久，文天祥率军退往潮阳县。同年冬，文天祥在撤退途中兵败被俘。元将张弘范逼其写信招降张世杰，文天祥就将《过零丁洋》一诗抄录给张弘范，表达了“人生自古谁无死，留取丹心照汗青”的高风亮节。

南宋灭亡后，文天祥被囚禁在大都（今北京）会同馆。元世祖忽必烈先后派降元的南宋左丞相留梦炎和宋恭帝赵㬎前来劝降，都遭拒绝。于是，元世祖下令将文天祥戴上木枷，关进牢房。文天祥毫不畏惧，在监狱中度过了艰难的三年。在困苦的牢狱生活里，文天祥写出了不少不朽诗篇。元至元二十年（1283年），元世祖在劝降不成的情况下，下令处死文天祥，文天祥从容就义。他死后，人们在他的衣带中发现了一首诗：“孔曰成仁，孟曰取义。唯其义尽，所以仁至。读圣贤书，所学何事？而今而后，庶几无愧。”后世称之为“衣带铭”。文天祥就义时年仅47岁，他与陆秀夫、张世杰合称为“宋末三杰”。

英雄已逝，但英雄留下的遗迹成为后人缅怀他们的场所，全国许多地方都建有文天祥纪念馆。文天祥的墓冢也被保存至今，成为人们瞻仰的圣地。

文天祥一生转战过许多地方，后人在这些地方都修建了规模不等的纪念馆，包括江西吉安的文天祥纪念馆、广东海丰的方饭亭、广东深圳的信国公文天祥祠、北京的文丞相祠、浙江温州的文天祥祠和江苏南通的文天祥祠等。

江西吉安是文天祥的故里，吉安的文天祥纪念馆规模也是最大的。位于吉安县新县城东部的当缅山文天祥纪念馆，建于1984年。纪念馆雄踞松竹葱郁的山冈，依形就势，气派非凡。站在纪念馆大门前，就能看到一尊文天祥汉白玉雕像，以及远处仿宋代建筑样式的纪念馆。文天祥雕像高大雄伟，但见他昂

吉安文天祥纪念馆雄踞山冈，依形就势，气派非凡

（摄于2014年5月11日）

首远视，正气浩然。跨过监安桥，登上两侧石阶，高高的平台上坐落着红柱黄瓦、挑角飞檐的文信国公殿。殿内通过展示文献、文物、图表、雕塑和复原实景等形式，完整地介绍了文天祥的生平业绩。

广东海丰方饭亭是为了纪念文天祥当年在此生火做饭时被元军突袭，不幸被捕而建的，位于海丰县城北面的五坡岭。五坡岭实为一小丘，方饭亭坐落在丘坡顶端一座八角重檐攒尖顶的石质凉亭中。凉亭南北建有高高的台阶，南侧台阶下立有“一饭千秋”碑。方饭亭说是亭，其实像一块碑。两旁的石柱刻有一副对联：“热血腔中只有宋，孤忠岭外更何人！”此联为明代潮州籍状元林大钦所书，笔力遒劲。亭中有惠州知府甘公亮刻的文天祥画像及文天祥的《衣带铭》。明清两代，人们曾多次重修此亭，但明清时的方饭亭和表忠祠在抗日战争时

海丰城北的五坡岭上留下了文天祥的浩然正气
（摄于2015年2月9日）

期被侵华日军的飞机炸毁。现存的方饭亭是新中国成立后重修的，只有文天祥画像碑刻是明代原物。方饭亭体现了文天祥的一身正气，吸引大量民众前往拜谒。

海丰方饭亭上，文天祥画像碑刻及《衣带铭》题刻光耀千秋

（摄于2015年2月9日）

在诸多文天祥纪念地中，北京的文丞相祠具有特殊意义。史载，这里原为当年囚禁文天祥的兵马司土牢。在被囚禁的日子里，文天祥不屈不挠，写出了闻名天下的《正气歌》。元至元二十年（1283年），文天祥离开这里，走向柴市就义。北京文丞相祠坐落在东城区府学胡同63号，明洪武九年（1376年）由按察副史刘崧主持修建，现存大门、前殿、后殿。祠堂内保留有部分珍贵文物，如明代《宋文丞相传》石碑、清代《重修碑记》石碑、宋文丞相国公像和“教忠坊”碑等。文天祥就义的柴市，明代改称“教忠坊”。“教忠坊”碑后被嵌在祠堂正殿的西壁上。后殿门前有一棵古枣树，相传为文天祥所

囚禁了文天祥数年的兵马司土牢后改建为文丞相祠

（摄于2013年9月10日）

北京文丞相祠中的文天祥塑像，神情坚定而凛然

（摄于2013年9月10日）

文天祥被害的柴市后改名为“教忠坊”，遗物犹存

（摄于2013年9月10日）

植。枣树向南倾斜45度，似被文天祥的气节所折服。文丞相祠建成后，从明永乐六年（1408年）开始，朝廷把祭祀文天祥列入祀典，每年春秋两次，由顺天府官员主持祭祀仪式。文丞相祠在清嘉庆、道光年间和民国时期都不断得到修缮，保存至今。

浙江温州的文天祥祠，建于明成化十八年（1482年），是为纪念文天祥在镇江脱险后辗转至温州，在江心屿留居一月余而修建的。广东深圳南山区南头城的信国公文天祥祠，建于清嘉庆年间，是深圳地区的文姓族人为纪念文天祥修建的，至今保存完好。江苏南通文天祥祠是为了纪念文天祥曾从南通石港乘船南渡抗击元军而建。

文天祥墓位于江西吉安县富田镇。1283年，文天祥从容就义。他的好友以百金赎文丞相尸首，将他安葬于燕京小南门外五里道旁，并将其指、发及文稿藏在匣子里，历尽艰难险阻，运回文天祥故里，于1284年安葬在卧虎山。卧虎山名不虚传，山体树木蓊郁，左右两山如臂环抱，周围群山绵延起伏，重峦叠嶂，风水极佳。文天祥坟墓建于卧虎山山腰，远远望去，庄严肃穆，使人产生敬畏之感。墓前建有一座五门六柱的石牌坊，石牌坊后面一道弯弯的山泉绕山而过。跨过石拱桥，沿着随山而升的石阶前行，经过神道、拜谒台和列于神道两侧的一尊尊古朴威武的石俑，最后来到墓前。墓冢坐东向西，墓前并立五块石碑，中间是墓碑，书有“宋丞相文信国公天祥之墓”几个大字，左右四块石碑分别书有赞颂文天祥的对联。陵区内拜谒者寥寥。卧虎山下，正对着文天祥墓，有一尊文天祥汉白玉塑像。在阴沉的天色中，文天祥挺拔的身躯越发显得高大，汉白玉越发显得高洁。卧虎山周围的青山绿水，伴随着忠魂千载留传！离开文天祥陵园，回眸再望，文天祥塑像岿然挺立，英雄为山岳增光。

旌功祠侧谒于谦

河北省怀来县土木镇境内，有一个普通的村子，走进村里，人们看到的是北方常见的农家宅院和残破的墙体，并无特别之处。但就是这个被称为“土木堡”的小村子，在500年前发生了一个重大的历史事件，改变了明朝的历史，也造就了于谦这个时势英雄。

明朝推翻了元朝，但元朝的势力并没有被彻底消灭。明永乐初年，北遁漠北的蒙古人自西向东形成了瓦剌、鞑靼、兀良哈三部势力，时常南下侵扰明朝边境。明朝在以后的20多年间，对元朝残余势力发动了一系列军事征讨，也取得了很大的胜利，但终究没能彻底消除残元势力的威胁。《明史·兵志》载：“终明之世，边防甚重。”明朝为了保障北方边境的安全，不得不采取一系列防御措施，包括设立羁縻卫所、修筑长城和设置九边重镇等，但仍然挡不住蒙古军队的不断南扰。

明朝中叶，也先成为蒙古瓦剌部领袖后，瓦剌势力达到极盛。明正统十四年（1449年），也先以明朝拒绝贸易为借口，率四路大军进攻明朝，很快攻占山西大同等地。消息传到京师后，明英宗朱祁镇受宦官王振的鼓动，不顾朝臣反对，决定亲率50万大军及100多名文武官员御驾亲征。结果，明军中了也先的诱敌之计，遭遇惨败，仓促撤退之际，在土木堡被瓦剌军队包围。土木堡虽然地势高敞，但缺水源，瓦剌军队采取先包围后诈退的策略，麻痹明军。愚昧的英宗竟下令移营至土木堡以南7.5千米的河道处。瓦剌军趁饥渴难忍的明军将士饮水松懈之时，发动攻势。明军一败涂地，明英宗只得盘腿而坐，束手就擒，王振被愤怒的大将用大铁锤砸死。这就是历史上著名的“土木之变”。

土木之变成为明朝历史的转折点。此役中，明朝的50万大军被2万瓦剌部队全歼，明军精锐毁于一旦，明朝从此由盛转衰。之后，明朝的边防政策也进行了转折性的调整：不再主动出击，而改为大规模地修建长城作为防御屏障。

土木堡全线崩溃的消息传到京师，京师里人心惶惶。为了安定人心，皇太后宣布由明英宗的弟弟郕王朱祁钰监国，并且召集大臣商量对策。兵部侍郎于谦力主抵抗，反对南逃。在众多大臣的支持下，太后决定让于谦负责指挥军民守城。

也先俘虏了明英宗后，以为“奇货可居”，就以英宗为人质，不断骚扰明朝边境。明朝为表明坚决抵抗瓦剌的决心，在于谦等人的奏请下，正式宣布朱祁钰做皇帝，这就是明代宗（又叫“景泰帝”）。被俘的明英宗被遥尊为“太上皇”。见此情况，也先以送明英宗回朝为借口，挟持英宗攻破紫荆关，大举进犯京师，直抵西直门外。京师告急，明代宗让于谦全权负责守战之事。于谦决定给瓦剌迎头痛击。他在京师九门外摆开阵势，亲自率领一支人马驻守在德胜门外。也先的几次进攻，都遭到明军奋勇阻击。这时候，各地的明朝援兵陆续开到京师。也先害怕被明军截断退路，不敢再战，就带着明英宗和残兵败将撤退。于谦立了大功，受到了京师军民的爱戴。明代宗十分敬重他，想给他造一座府第，被于谦拒绝了。也先兵败后，知道扣押明英宗也没有用处，就把明英宗放回京师。英宗回到京师后，过了七年无权的太上皇生活，但他并不甘心，时刻准备着恢复自己的帝位。景泰八年（1457年），明英宗趁代宗偶感风寒不能上朝理政之机，勾结旧臣石亨、曹吉祥等人，夺回帝位，历史上把此事件称作“夺门之变”。代宗不久郁郁而亡。明英宗复位后，对于谦在他被俘期间拥立其弟即位之事耿耿于怀，就以“谋反”的罪名杀害了于谦。

于谦（1398—1457年），钱塘（今浙江杭州）人。他从小就立有远大的志向，十分钦佩文天祥，把祖父收藏的一幅文天祥画像常年挂在书案边，以示以文天祥为榜样。他考中进士后，任过地方官，最后官至兵部侍郎。为官期间，他严格执法，廉洁奉公。土木之变后，他为保住大明江山殚精竭虑，可谓功勋卓著。明英宗挟嫌报复，残害忠良。《明史·于谦传》有于谦“死之日，阴霾四合，天下冤之”的记载。都督同知陈逵有感于谦忠义，私下收敛了他的尸体。成化二年（1466年），明英宗之子明宪宗为于谦平反昭雪。弘治二年（1489年），明孝宗又将于谦追封为光禄大夫、柱国、太傅，谥“肃愍”，葬于谦于杭州西湖三台山麓，并在墓旁建旌功祠，设春秋二祭。明万历年间，于谦被改谥“忠肃”。

于谦祠、墓历经磨难，今天仍然保存于杭州西湖三台山麓。现存于谦祠为清同治八年（1869年）重建，白墙灰瓦，庄严肃穆。祠堂共有三进，祠中立于谦塑像。于谦祠北侧为于谦墓。穿过牌坊，长长的墓道两侧，芳草萋萋，石像肃立。拾级而上，迎面为于谦墓冢。于谦墓毁于1966年，1982年重

矗立的牌坊常年守护着于谦墓，也使墓区更为肃穆庄严

（摄于2012年8月28日）

对于谦的的褒誉都镌刻在杭州于谦祠的碑碣中

（摄于2012年8月28日）

郁郁葱葱的苍松翠柏遮不住于谦的一腔忠魂

（摄于2012年8月28日）

建。墓冢呈圆形，青砖环砌，墓碑上书“大明少保兼兵部尚书赠太傅谥忠肃于公墓”。整个墓区松柏环绕，庄严肃穆。

在北京东城区建国门西裱褙胡同23号，也有一座于谦祠。此处原为于谦故居，1466年明宪宗为于谦恢复名誉后，将其故宅改为忠节祠。现存建筑为清光绪年间重修，存二进正院、五间正房，内供于忠肃公塑像。

据记载，土木之变后，明军打扫这一带战场，捡到的瓦剌军队无法带走的明军头盔就有9000多顶，还有成千上万支神枪、神铳火器等，可见战争之惨烈。500多年过去了，人们只能从几处残存的城墙和显忠祠感受当年的场景。当年明军赖以御敌的城墙，现已残破不堪。战争的痕迹与后来的损毁，交织在这段如今仍在田野上和民房间断续延伸的残墙上。显忠祠是土木之变后朝廷为祭祀死难将士而修建的，几经毁坏和重修，现存的只是几座殿宇和一些碑刻，正中的大殿里有显忠祠的简介及一块写着死难大臣官衔和姓名的牌子。

土木堡残存的城墙是明英宗荒诞行径的耻辱柱
（摄于2013年7月16日）

土木之变也使明英宗的弟弟朱祁钰大起大落。朱祁钰在大敌当前的情况下，在太后准许下做了皇帝。明英宗朱祁镇发动“夺门之变”后，朱祁钰被废为王，在又气又恨中病逝。英宗废弃了朱祁钰在十三陵区修建的帝陵，以王礼将其葬于京郊海淀玉泉山对面的金山口。英宗的儿子朱见深继位后，客观评价了其叔朱祁钰一生的功过，恢复了他的帝号、庙号，并重修其陵墓，扩修了明楼、享殿、朝房、碑楼等，使景泰陵成为一座地道的帝陵。今天的景泰陵依然深藏在公路边一片苍郁的密林中。不过，历经风雨，许多建筑遭到破坏，主要建筑祾恩殿已是摇摇欲坠，宛如代宗命途多舛的一生。

忠魂依旧守辽东

翻阅明朝历史，有人时常替袁崇焕鸣不平。在国家危难之际，他以一介书生统率大军，力挽狂澜。无奈君昏臣谗，致使英雄落难。更令人悲愤的是，袁崇焕被凌迟处死，其怨其冤，旷古难见。刚愎自用的崇祯帝自毁长城，终致国破家亡。袁崇焕堪称一代将才，其悲壮人生，使人感慨万千。

袁崇焕（1584—1630年），字元素，号自如。他的籍贯为广东东莞，落籍广西梧州，姑且称其为两广人。

袁崇焕于明万历四十七年（1619年）中进士，出任福建邵武知县。他虽为文人，但好谈兵事，后被举荐进兵部，投笔从戎，守卫山海关及辽东。后金首领努尔哈赤起兵攻明，逼近山海关。天启二年（1622年），明军在广宁大败，13万大军全军覆没，40多座城池失守。明朝边关岌岌可危，袁崇焕挺身而出，镇守宁远。1626年，努尔哈赤率兵13万，攻打宁远。袁崇焕在孤军无援的情况下，以不足两万的守军击败人数占优势的后金军队。努尔哈赤纵横天下数十年，第一次尝到了惨败的滋味，并在战斗中被明军的红夷大炮打成重伤，不久不治身亡。这是明军与后金军队长期交战中取得的首次胜利。一年后，努尔哈赤的儿子皇太极欲为父报仇，亲率两黄旗、两白旗十万精兵，围攻宁远、锦州，结果久攻不下，损兵折将，只得败退盛京。袁崇焕从此威震辽东，令后金将兵闻名丧胆。明崇祯二年（1629年），皇太极采取绕过袁崇焕驻防的宁远直袭京师的战略，亲率十万大军，直抵京师城下。袁崇焕得知消息，两昼夜急驰150多千米，率领9000名士兵与后金左翼大军对决，亲披甲胄，临阵督战。战士无不以一当十，奋勇杀敌，终于击退金兵。在不到十天的时间里，袁崇焕率军取得广渠门之战、左安门之战、南海子袭营三战的胜利。

皇太极看到在战场上无法击败袁崇焕，于是就阴使反间计。《明史·袁崇焕传》是这样记载的："会我大清设间，谓崇焕密有成约，令所获宦官知之，阴纵使去。其人奔告于帝，帝信之不疑。十二月朔再召对，遂缚下诏狱。"可见，崇祯帝是何等刚愎自用。袁崇焕闻警，星夜入援京师，崇祯帝却误中后金的反间计，认定袁崇焕与后金有密约，图谋不轨。明朝奸佞也极尽所能栽赃陷害，使忠心报国的袁崇焕背负了"汉奸"的恶名。崇祯三年（1630年），袁崇焕被崇祯帝以"通虏谋叛""擅主和议""专戮大帅""市米盗资"等十大罪状"磔"于市，年仅46岁。据载，当年袁崇焕伏刑之状，可谓惨不忍睹。可悲的是，当时京师的百姓都相信袁崇焕通敌，对他恨之入骨。明末清初文人张岱在《石匮书后集》中写道："遂于镇抚司绑（袁崇焕）发西市，寸寸脔割之。割肉一块，京师百姓从侩（刽）子手争取，生啖之。侩（刽）子乱扑，百姓以钱争买其肉，顷刻立尽。"袁崇焕骨肉几乎无存，只余头颅。崇祯帝还将其首传视长城九边，以此震慑边将，以儆效尤。

由于受到牵连，袁崇焕"兄弟妻子流三千里，籍其家。崇焕无子，家亦无余资，天下冤之"。

袁崇焕在明朝内忧外患之际投笔从戎，以文弱之躯，上事刚愎自用之君，面对遍布朝野之奸党，居然能整老弱之师，击一代雄主努尔哈赤于城下，拒皇太极于关外十年，数年间纵横辽东，无人能敌，足显其雄才大略。袁崇焕人格高尚，当他被捕时，全军将士痛哭流涕，弃城东走，袁崇焕不顾自身冤屈，仍寄信命他们回来继续抗敌。即使在遇害前，面对千刀万剐，他仍念念不忘民族存亡，临刑口占："死后不愁无勇将，忠魂依旧守辽东。"

袁崇焕蒙冤后，明朝再无勇将守保辽东。有专家一针见血地指出，明朝在辽东的边事上，错杀了两个人：一个是努尔哈赤的父亲塔克世，从而使努尔哈赤起兵叛乱，成为焚毁明朝大厦的纵火者；另一个是袁崇焕，使得明朝再无人能抵御八旗铁骑，再无人能成为明朝大厦的救火者。

英雄的结局是这样的悲壮，但我们可以告慰袁崇焕的是，他的冤屈得以昭雪，而他的良苦用心，后人最终也感知了。据《南明史》记载，南明政府给袁崇焕平了反，谥袁崇焕为"襄愍"。清乾隆帝也下诏说："袁崇焕，督师蓟辽，虽与我朝为难，但尚能忠于所事。彼时主暗政昏，不能罄其忱悃，以致身罹重辟，深可悯恻。"

斯人已去，浩气长存。今天，在袁崇焕的故里，在他战斗过的宁远城，以及他的安息地，人们用各种形式纪念着这位历史伟人。

袁崇焕的籍贯，有广东东莞石碣镇水南村和广西梧州藤县新马村两种说法，且各有依据。在这两个地方，都有纪念他的建筑。

东莞石碣镇水南村建有一座袁崇焕纪念园。纪念园里有袁崇焕石像、袁督师祠和袁崇焕故居。袁崇焕故居古色古香，庭院中央建有一小亭，取名"听雨亭"，颇富诗意。据说袁崇焕少年时常在小亭中刻苦读书。其实，在袁崇焕遇害时，老家也被抄了，兄弟妻子被流放，故居早已荡然无存。因此，袁崇焕故居应为重建，以表人们对袁崇焕的纪念。

梧州藤县新马村的袁崇焕故居尚存遗迹。据说故居原有九栋楼房，袁崇焕在京师含冤惨遭磔刑时，族人因惧朝廷抄家灭族而焚毁其居所，四散逃生。现故居地下尚有建筑墙基等遗迹。村东北临河处有明督师袁崇焕纪念碑，建于1941年，是抗日战争时期藤县人民为了缅怀袁崇焕、唤醒广大人民群众共同抗击日本侵略建立的。此碑于1958年被毁，1982年重新修建，建成后碑高十米，碑上刻有袁崇焕的简要事迹。

宁远古城坐落在辽宁省兴城市。在袁崇焕抗击后金的生涯中，宁远古城具有特殊的意义。宁远城是明宣德年间由总兵巫凯、都御史包怀德奏请兴建的。当时的宁远有内外两城，内城

兴城人民忘不了袁崇焕的一腔热血和铮铮铁骨

（摄于2013年7月18日）

周长2500米，外城周长4500米，均设城门四座。宁远古城曾在明隆庆二年（1568年）遭地震毁坏，后来陆续恢复。袁崇焕又将宁远城墙加固加高，使之成为抗击后金军队的关外重镇。今天，整座宁远古城保存得相当完好，外城虽然已经无存，但内城经历代维修，基本保持原貌。想当初，面对努尔哈赤的大军，袁崇焕在城墙上指挥士兵万箭齐发，痛击敌军，取得辉煌战果。今天在宁远古城，人们还能够感受到袁崇焕的影响。除了街道名称外，修复的蓟辽督师府记述着当年袁崇焕保卫宁远的事迹，宁远城楼上至今还飘扬着代表袁崇焕的“袁”字军旗。

蓟辽督师府因为袁崇焕的入驻而令人刮目相看

（摄于2013年7月18日）

宁远城头直至今日依旧飘扬着袁崇焕的军旗

（摄于2013年7月18日）

袁崇焕墓冢坐落在北京广渠门内，历经坎坷，留存至今。

袁崇焕冤死后，由于当时百姓广受蒙蔽，指忠为奸，袁崇焕仅剩的遗骸无人问津。庆幸的是，袁崇焕的部下中有一姓佘的义士，冒死偷出了袁崇焕的骸骨，把他掩埋在位于北京广渠门内的佘家馆街的自家后院中，人称“广东义园”。临终前，佘义士还立下“不能为官、不能回广东老家、辈辈守墓”的祖训，从此佘家世代为袁崇焕守墓，直至新中国成立。1952年2月，北京市规划局准备迁移城内的所有墓地，以进行大规模城市建设。袁崇焕祠、墓均在迁移之列。四位著名的民主人士叶恭绰、柳亚子、李济深、章士钊联名上书毛泽东主席，希望将袁崇焕祠、墓“特予保全，并加崇饰，以资观感”。毛泽东批示北京市市长彭真，同意保存袁崇焕祠、墓。因此，袁崇焕祠、墓未被迁移，政府还拨款修缮。1955年，政府为在袁崇焕祠旁建中学，征用了世代守墓人佘家的住宅。“文化大革命”期间，袁崇焕墓被挖开，墓碑也被推倒。直到1990年，袁崇焕的墓碑又重新立了起来，墓园也得到了修复。

每一位走进北京袁崇焕祠的人都充满敬意

（摄于2013年9月10日）

袁崇焕祠、墓占地面积不大，大门门额上有“袁督师墓堂”的牌匾，门两侧有楹联：“自坏长城慨今古，永留毅魄壮山河。”走进院落，正中是袁崇焕祠堂，屋檐下是叶恭绰所题“明代先烈袁督师墓堂”匾额。堂内大厅正中供奉着袁督师崇焕公像，两侧悬挂的楹联“杖策必因图雪耻，横戈原不为封侯”，概括了袁崇焕一生的情怀。前廊两端及室内墙壁上嵌有李济深撰《重修明督师袁崇焕祠墓碑》等石刻，袁崇焕手书

“听雨”石刻也保存完好，嵌于墙上。

祠堂后为袁崇焕墓，墓不大，与英雄的功业极不相称，且周边高楼林立，原本属于郊外安静的墓地，现在已被繁华湮没。墓前立有清道光十一年（1831年）湖南巡抚吴荣光题写的“明袁大将军之墓”石碑及石供桌，坟侧小丘为佘义士之墓。英雄的坟茔虽小，但让人肃然起敬，代代都会有悼念他的人。

在袁崇焕祠堂，人们时常能见到第17代守墓人佘幼芝。她家世代守墓的义举令人感动，300多年为袁将军守墓的历史，本身就是一个忠义的故事。袁将军地下有知，也足慰藉。

树荫遮住了袁崇焕的墓碑，但遮不住英雄的光辉

（摄于2013年9月10日）

苟利国家付生死

清朝是我国封建社会的最后一个朝代，也是我国在世界列强的威逼下辱国丧权的时代。国家危亡之际，一批有识之士抱着爱国的情怀挺身而出，其中，用自己的行动践行了“苟利国家生死以，岂因祸福避趋之”的林则徐，至今为人铭记。

林则徐（1785—1850年），字元抚，又字少穆、石麟，谥“文忠”，于清乾隆五十年（1785年）出生在福建侯官（今福建福州）一个下层知识分子家庭。父亲林宾日，以教读、讲学为生。林则徐生性聪颖，四岁时便由父亲“怀之入塾，抱之膝上”，口授“四书”“五经”。他在父亲的精心培育下，较早地接触儒家经典。嘉庆三年（1798年），林则徐到福建著名的鳌峰书院读书，开始注意经世致用之学。嘉庆九年（1804年），19岁的林则徐中了举人，由于家境日难，只好外出当塾师。从1806年秋开始，林则徐先后为厦门海防同知书记和福建巡抚张师诚的幕僚，这为他日后的出仕打下了基础。

嘉庆十六年（1811年），林则徐会试中选，赐进士，选翰林院庶吉士，进入官场。嘉庆十九年（1814年），林则徐任编修，此后历任国史馆协修，撰文官，江西、云南的正副考官，江南道监察御史等职。嘉庆二十五年（1820年）七月，林则徐外任浙江杭嘉湖道。他积极甄拔人才，兴修海塘水利，颇有作为。次年七月，林则徐因父病辞职回籍，清道光二年（1822年）复出，到浙江受任江南淮海道。此后，林则徐深受道光皇帝的信任，在官场上青云直上。道光三年（1823年），林则徐升任江苏按察使，在任期间澄清江苏吏治，改革审判程序，亲自裁决案件，短短四个月内，就把江苏的积压案件处理了十之八九。同年夏季，面对江苏大水灾、社会动荡不安的情况，林则徐亲自前往灾区赈济灾民，平息民愤，恢复社会秩序。之后，林则徐先后任湖北、河南、江宁三地布政使。“一岁之中，周历三省，所至贪墨吏望风解绶。疆臣重其才，皆折节倾心下之”。他锐意整顿财政，兴修水利，救灾赈济，一时贤名满天下。道光十二年（1832年）二月，林则徐调任江苏巡抚，在农业、漕运、水利、救灾、吏治各方面都做出过成绩。道光十七年（1837年）正月，林则徐升湖广总督。面对湖北境内每到夏季大河泛滥成灾的情况，他采取有力措施，提出“修防兼重”，使“江汉数千里长堤，安澜普庆，并支河里堤，亦无一处漫口”。在总督任内，林则徐保持秉公办理一切事务的作风，在当时官场中颇有声名。

这一时期，英国为获取更大的商业利益，大量向中国走私鸦片。面对日益严重的鸦片泛滥问题，林则徐向朝廷上奏，请求严禁鸦片，力陈杜绝鸦片的重要性和禁烟方略。他指出：“若犹泄泄视之，是使数十年后，中原几无可以御敌之兵，且无可以充饷之银。”他的警告使道光帝认识到严禁鸦片的迫切性，于是林则徐被任命为钦差大臣，赴粤禁烟。

林则徐入广州之前，先广泛了解了广州受鸦片毒害的具体情况，因此一上任就会同两广总督邓廷桢等传讯十三行洋商，并命外国鸦片贩子限期缴烟。这迫使外商交出近2万箱鸦片，共100多万千克。道光十九年（1839年）四月二十二日，林则徐在虎门海滩当众销毁所缴鸦片，这就是闻名世界的“虎门销烟”。

林则徐在广州查禁鸦片的过程中，预感到英国会发动侵略战争，因此注意搜集西方的地理、历史、政治等方面的资料，并组织人马译编成《华事夷言》《四洲志》。《四洲志》是我国近代第一部比较系统介绍西方地理的书。在军事方面，林则徐着手加强沿海一带防御力量，修建炮台，招募水勇等。鸦片战争爆发后，英军避开广州，攻陷定海，琦善等投降派开始诬陷林则徐。林则徐被革职，“从重发往伊犁，效力赎罪”。

道光二十一年（1841年），林则徐踏上谪戍之路，第二年抵达新疆。他不顾年高体衰，从伊犁到新疆各地“遍行三万里”，实地勘察了南疆八座城，加深了对西北边防重要性的认识。林则徐明确向伊犁将军布彦泰建议“屯田耕战”。他还领导群众兴修水利等。道光二十五年（1845年），朝廷重新起用林则徐，调他担任陕甘总督、陕西巡抚、云贵总督。在滇任职期间，他提出整顿云南矿政、鼓励私人开采、提倡商办等主张。道光二十九年（1849年），林则徐因病辞归。道光三十年（1850年），清政府为镇压农民起义，再度任命他为钦差大臣，督理广西军务。在赴任途中，他病卒于潮州普宁县，终年66岁。林则徐逝后受赠太子太傅，谥“文忠”。

林则徐从政40年，历官13省，是著名的政治家。在中华民族面临危局的紧要关头，他挺身而出，“置祸福荣辱于度外”，坚决实行禁烟，抵抗外国武装侵略，捍卫了国家主权。他还主张学习西方先进技术，发展民族工商业。林则徐不愧是中国近代的民族英雄。林则徐生平爱好诗词、书法，著有《云左山房文钞》《云左山房诗钞》《使滇吟草》《林文忠公政书》等著作。林则徐所遗奏稿、日记、公牍、书札、诗文等，在新中国成立后被辑为《林则徐全集》。

林则徐的遗迹主要分布在其故里福州，为官地江苏、广东，以及流放地新疆等地。

福州，是林则徐出生的地方，至今还保留着故居、祠堂和坟墓。位于福州市中山路的林则徐出生地纪念馆，是他出生的地方，也是他幼年生活、学习的场所之一，这里还保存着据说是他出生时的木床。林则徐祠堂——林文忠公祠，坐落在福州著名的三坊七巷附近，它是由林氏后裔及林则徐门人于光绪三十一年（1905年）集资兴建的，红墙黛瓦的建筑显得很是突出。从刻有“左海伟人”门额的右门进入，穿过一个小院落，进入悬有“林文忠公祠”门额的大门，迎面为仪门，三面环廊。祠堂的两侧回廊中陈列了20多面执事牌，上书林则徐历任官职。仪门后为御碑亭，亭内矗立着三座石碑，正中是圣旨，两边分别是《御赐祭文》和《御制碑文》，均为咸丰皇帝得知林则徐病逝时所赐。亭前一副楹联，刻林则徐诗句“苟利国家生死以，岂因祸福避趋之”。亭前一株粗大的古榕，为御碑亭增添了古朴和绿意。亭北为树德堂，中立林则徐官服坐像。堂西为南北

福州人民世代不忘矢志报国的家乡赤子林则徐

（摄于2013年7月29日）

花厅，花厅西的曲尺楼，原为林家子弟读书处，今为林则徐生平史料展览室。

林则徐进入官场后，早年主要在京城任国史馆编修、协修、撰文官、内翻书房行走、清秘堂办事等职官。直到嘉庆二十五年（1820年）七月，林则徐才任外官，最早在浙江任职。道光三年（1823年），林则徐提任江苏按察使、布政使，后来又升任江苏巡抚。江苏按察使、布政使和江苏巡抚的衙门均在苏州，林则徐于1823年和1832年两次奉命到任，历时七年。为了永远记住这位清官，苏州百姓为他勒石刻碑，此碑至今仍坐落在市中心的广场上供人瞻仰。后来林则徐担任江宁布

林则徐从江苏巡抚衙门开始了禁烟历程

（摄于2014年4月11日）

政使，并升任两江总督。两江总督府为南京国民政府“总统府”的前身，今天在“总统府”的东南角还留有陶林二公祠。陶澍与林则徐先后在南京为官，政绩卓著。光绪七年（1881年）左宗棠调任两江总督后，为表达敬慕之心，修建了陶林二公祠。今天参观“总统府”的游人都会去瞻仰，表达对林则徐的敬仰。

林则徐一生最辉煌的壮举是虎门销烟。道光十八年（1838年）十一月，林则徐任钦差大臣，前往广州禁烟。林则徐一到广州便宣告：“若鸦片一日未绝，本大臣一日不回，誓与此事相始终，断无中止之理。”紧接着，他查封烟馆，逮捕烟贩，并迫使外国鸦片商交出鸦片2万多箱。林则徐特意在虎门筑了两个长宽各45米的大池子，池旁开一涵洞，池后通一水沟。然后，在池内蓄水，撒盐制成浓卤水，将鸦片分批投入池内，用浓卤水溶化。然后再投入生石灰搅拌，鸦片发生反应后就炸裂，从而被分解销蚀。最后用江水把鸦片残渣冲走。足足花了三个星期，才把鸦片销毁殆尽。后来，销烟池由于泥沙淤塞而消失，1972年，人们在考古挖掘的基础上对其进行了复原。站在绿树葱茏的销烟池畔，平静的水面已经很难让人联想起170多年前这里发生的惊心动魄的销烟场面。销烟池虽然默默不语，但它却是当年那段历史的见证。

虎门销烟大快人心，但由于后来英国对中国发动了侵略战争，腐败的清政府将林则徐撤职查办以息事宁人。英国于1841年初突然袭击珠江口大角、沙角炮台，守将陈连升等英勇牺牲。清朝大臣琦善见英军“船坚炮利”，竟私下向英军求降，答应割让香港、开放广州、赔偿烟款等。道光帝深感屈

虎门销烟池曾写下中国近代史上光辉的一页

（摄于2013年11月13日）

辱，下令对英宣战。不久，英国军舰大举进攻虎门炮台，广东水师提督关天培率军奋战。在无援兵的情况下，关天培与部众400余人全部壮烈牺牲。今天，珠江岸边，沙角炮台、威远炮台历经沧桑，雄风犹在。沙角炮台处于珠江出海穿洋的咽喉处，地理位置十分险要。在这里，有埋葬着陈连升和大部分士兵遗骸的“节兵义坟”。他们为国捐躯，世人永怀。威远炮台至今保存完整，花岗岩石砌筑的长长炮台横卧在珠江岸边。参观完毕，人们回望炮台，面对滔滔江水，脑中也许会浮现关天培及众多将士抗敌御侮的悲壮场景，也许会想起革职后的林则徐对战事的无奈和惆怅。

1841年夏，林则徐远戍新疆。当时，统管新疆及周边地区的行政首脑——“总统伊犁等处将军”的衙门设在伊犁惠远城，林则徐在这里度过了两年多的时光。在这期间，林则徐率领军民兴修水利，巩固边防，为民造福，受到了伊犁将

虎门威远炮台见证了爱国将领可歌可泣的事迹

（摄于2013年11月13日）

军和各族人民的尊敬和信赖。今天的惠远城钟鼓楼、将军府旧址仍然保留着昔日的模样。钟鼓楼雄踞古城中心，一进入惠远城就能够看到它的雄姿。惠远城为“伊犁九城”之首，建于清乾隆二十八年（1763年），为伊犁将军府驻地，是乾隆年间到光绪末年近150年里新疆的政治、军事中心。1934年以后，这一带的政治中心移至伊宁，惠远城及伊犁将军府风光不再。伊犁将军府曾被用作军营，后来部队迁出，将军衙署对外开放并陆续恢复旧观。走进将军衙署大门，两侧高高的白杨仍然在风中摇曳，衙署正堂威严雄伟。伊犁将军统辖着天山南北各路驻防城邑及归附清朝的中亚各部，事务自然特别繁忙。今天，站在衙署正堂，人们似乎还能看见当年伊犁将军在这里处理西北重要事务的忙碌身影。在衙署正堂的后面有一座后花园，这里应该是伊犁将军空暇时静思休憩之处。今天的后花园，只剩下一座孤零零的将军亭。无论是衙署正堂，还是将军亭，林则徐也一定经常到这里，并在此与伊犁将军商讨西北边疆局势以及“屯田耕战”的主张。在这里，还有按原样复建的林则徐戍所。新疆人民对林则徐非常尊敬，如今在乌鲁木齐的红土山上，矗立着一尊林则徐塑像。林则徐紧锁双眉，分析时势，清瘦的面容中透出一种刚烈之气。站在塑像前，人们不禁想起了他说过的话：“苟利国家生死以，岂因祸福避趋之。”

1850年，66岁的林则徐奉旨南下广西，镇压风起云涌的农民起义。重病缠身的林则徐来到潮州普宁县北洪阳镇，因病情加重，不得已住进城北的文昌阁。终因长途劳顿，病情加剧，在药石无效的情况下，林则徐在文昌阁逝世。今天，普宁文昌阁经过修缮，改建为林则徐纪念馆。这座三进九间双天井的纪念馆的东厢房是林则徐病逝的地方，房内陈列有林则徐的一些日常用品。睹物思人，不免令人感慨万千。

伊犁将军府的后花园曾留下林则徐忙碌的身影

（摄于2014年7月23日）

乌鲁木齐红土山上的林则徐塑像，昭示了新疆人民对禁烟英雄的敬意

（摄于2014年7月27日）

林则徐病逝后，由长子林茹舟扶柩归葬故里福州北郊马鞍山村的金狮山麓。今天，林则徐的坟墓位于福建省军区院内，保存较好。墓冢坐落在山麓的一处平台上，由三合土建成，规模较大。墓前有石狮子一对，中间横屏上楷书“五凤来翔”。拜台正中置有供案，墓前两侧还有《御赐祭文》碑和《御赐碑文》碑各一座，是清咸丰元年（1851年）朝廷派官致祭时所立。此墓地为林则徐于1824年为其父母修建，总共有六个墓圹，墓地以其父母的墓葬为主体，林则徐夫妇及其弟夫妇附葬于此。

有清一代，能臣干吏并不少见，林则徐无疑是其中的佼佼者。观其一生，他不仅是近代中国“开眼看世界”的第一人，而且还忠实地践行了“苟利国家生死以，岂因祸福避趋之”的人生信条。

二 千年尽风流

概　述

俗话说："是真名士自风流。"中国历史上，真正称得上"风流"的名士并不多，因为"风流"不仅需要有出众的仪态，需要有深邃的思想、超群的才华、出色的作为，同时还要有流芳百世的作品。有了这些资本，名士的一举一动才可谓"风流"。文人们经历不同，追求的"风流"自然也不同。有的"凤求凰""当垆卖酒"；有的"箪食壶浆，柳为伴，酒为友"，无拘无束；有的"倚红偎翠""浅斟低唱"。有的虽在官场，受政务的束缚，但骨子里还是保持着风流的秉性，如：欧阳修"为政风流乐岁丰，每将公事了亭中"；韩愈垂钓连江边，吟诗且作赋；米芾"襄阳米南宫，遇石便称兄"等，又是另一种形式的风流。这些"风流"，是真情的流露，不矫揉造作，是基于他们对历史的博览精思、对现实的深刻洞察、对人生的独特体验，而表现出来的生活态度和人生追求。他们是那个时代的风流人物。这些风流人物，不仅以他们的文采流芳百世，也以他们的做派为后世所景仰。

本编选择的都是一些大家耳熟能详的文学家和书法家，都是"读书破万卷，下笔如有神""胸中有才气，笔底起波澜"的大家。他们的文章或悲壮慷慨，或内涵深厚，或气势磅礴，或柔情似水。他们有着不同的境遇和生存方式，但都以自己的真性情酝酿出馨香千年的真"风流"。他们活动的地方，也自然是"风流之地"。今天，我们在名士们的故地、陵墓等处，仍然能够感受到这种"千古风流"。寻访这些"千古风流"地，闻一闻那已经淡了的书香气息，感受那些今人也许并不能完全理解的心境，不失为一种特殊的精神享受。

一曲离骚几断肠

说起端午节，大家都会想到战国时期的诗人、政治家屈原。虽然早在战国以前，就有了端午节的雏形，但在大多数中国百姓的心目中，端午节却是与爱国诗人屈原相连相融。

屈原（约公元前340—前278年），名平，字原。他出身楚国贵族，年轻时就表现出杰出的才干，很受楚怀王的赏识，被任命为左徒。左徒是仅次于令尹的高官，主要协助国王筹划国家大事、发布政令、接待各国使者、处理外交事务。当时，正处战国七雄纷争时期，楚国与秦国、齐国是三个较强大的国家，其中秦国最为强悍。对楚国来说，是“合众弱以攻一强”，还是“事一强以攻众弱”，关乎国家的存亡。屈原主张在外交上联齐合纵，对抗强秦；在内政中选贤任能，励精图治。正当屈原雄心勃勃准备施展才能，实现自己政治抱负的时候，他的治国理念和耿直性格却招致一些奸佞小人的妒忌。他们不断地在楚怀王面前诋毁屈原，导致楚怀王逐渐疏远屈原，并最终将他削职流放。驱离了屈原后，楚怀王开始施行一系列错误的内外政策。在秦惠文王的离间和诱惑下，楚怀王断绝了和齐国的联盟关系，结果在与秦国的战争中损兵折将，丢失了大片土地，国势渐渐衰弱。秦昭王继位后，以秦楚通婚为由，约楚怀王相会，结果楚怀王到了秦国后被武力劫持，最终死在秦国。楚怀王的长子楚顷襄王继位后，身边小人继续构陷屈原，屈原被放逐到了更远的地方。屈原在流放途中，游历了现在湖南、湖北的许多地方，写下了许多充满爱国忧民情感的诗篇。公元前278年，秦国大将白起带兵南下攻打楚国，楚军溃不成军，楚国国都郢（今湖北荆州纪南城）被攻破，楚顷襄王只得退到陈（今河南淮阳），并以此为都城。就在这一年，面对楚国行将灭亡和百姓生活颠沛流离的状况，屈原悲愤难挨，自沉汨罗江，身殉自己的政治理想。

传说楚国百姓得知屈原沉江后，异常哀痛，纷纷来到汨罗江边凭吊屈原。渔夫们划起船只，在江上来回打捞他的遗体。为防止江中的鱼虾等咬食屈原的遗体，渔夫们还把预先准备好的粽子等食物丢入江里。以后，就逐渐形成了每年五月初五的龙舟竞渡、吃粽子等习俗。这一习俗不仅传遍中国，还传到了朝鲜、日本和东南亚各国。

其实，关于端午节的由来，除纪念屈原说外，还有多种说法，如纪念伍子胥说、部落图腾祭祀说、夏至节说、祛病防疫说等。不过，影响最大的还是纪念屈原说。

屈原一生坎坷，可谓不幸，但文人之不幸，往往是文学之大幸。正如司马迁所说："屈原放逐，乃赋《离骚》。"正是18年的流放生涯，孕育了屈原那些万古流芳的不朽诗篇。

想当年，屈原在沅水、湘水流域长期的流放生活中，眼睁睁地看着自己的国家日益衰弱，而自己的远大抱负又不得施展，忧心如焚。于是，大量抒发忧愤心境的诗作，如《离骚》《天问》《九歌》《九章》等不朽诗篇纷纷问世。《离骚》是屈原的代表作，共373句，是中国现存最早的长篇抒情诗，也是中国古代诗歌史上最长的一首浪漫主义的政治抒情诗。诗人从自叙身世、品德、理想写起，抒发了自己遭谗言陷害后的苦闷与矛盾心情，揭露了楚王昏庸、群小猖獗与朝政日非的政治现实，表现了诗人坚持“美政”的理想，不与邪恶势力同流合污的斗争精神和至死不渝的爱国情怀。屈原这些诗作的出现，突破了《诗经》的表现形式，开创了一种新的诗体——楚辞，从而使中国诗歌进入一个新的时代。楚辞也影响到汉赋的形成。屈原因《离骚》等作品令后世文人心折不已，宋代大文豪苏轼在《与谢民师推官书》中，赞叹《离骚》价值极高，认为它“虽与日月争光可也。”后人也将《诗经》与《离骚》并称为“风骚”，“风骚”以后成为文学作品文采飞扬甚至是文学的代名词。

千百年来，屈原一直受到人们的尊敬和怀念。人们对屈原的纪念，除了过端午节、吃粽子外，还体现在兴建一些纪念性建筑上，其中最重要的是屈原祠（屈子祠或清烈公祠）和屈原墓。这些祠庙和墓冢主要分布在屈原生活过的湖南、湖北、江西、重庆等地。最早的屈原纪念性建筑是建于秦末的湖南常德招屈亭。而在众多屈原纪念性遗迹中，影响、规模较大的是湖南汨罗江的屈子祠、墓和湖北秭归的屈原祠、墓。拜谒这些屈原祠、墓，是文化和心灵的朝圣之旅。

汨罗江，相信绝大多数人不会陌生，它与屈原紧紧联系在一起。据传，屈原被流放时，曾在汨罗江畔的玉笥山上居住过。屈原投江后，人们为了纪念他，便在屈原投江处修建了屈子祠。这一带地势低洼，水患频繁，清朝湘阴知县陈钟理于乾隆二十一年（1756年）将屈子祠迁往玉笥山。玉笥山的屈子祠，坐落在山顶的石坪上。屈子祠山门高耸，由三座砖砌门楼组成，门楼上刻有多幅表现屈原生平事迹的浮雕，整座门楼极富湖南地区建筑特色。进入屈子祠，转身眺望玉笥山前的汨罗江，汨罗江水流湍急。屈子祠是一座由三进三厅、十四耳房组成的建

常德招屈亭是最早的屈原纪念性建筑

（摄于2015年6月12日）

细雨中的汨罗屈子祠似乎沉浸在一种千古的忧伤中

（摄于2012年11月10日）

筑群，门厅中挂有“光争日月”的匾额和《史记·屈原传》的全文版刻。穿过门厅，是一个四周围合的天井式院落，两旁花坛中的两棵金桂郁郁葱葱，使小院显得格外古朴清雅。小院前进正中房厅的木龛中供置有屈原的牌位，后进中厅则有屈原立像，其他厅屋中有屈原生平介绍。整座祠内，回廊、天井、堂屋相连，丹池、花坛、金桂增雅。屈子祠东侧还建有屈子碑林园。碑林园由牌坊门楼、离骚阁、九章馆等多座建筑及回廊组成，黄瓦红柱，端庄严整，汇集了全国300多位书法家书写的屈原辞作。此外，屈子祠周围还建有独醒亭、骚坛、濯缨桥等，从名称中就能够感受到与屈原的关系。

玉笥山上的屈子祠虽然临近汨罗江，但当年屈原投江的河泊潭离这里还有十几千米。河泊潭原位于汨罗江的弯曲部位，水流湍急。2000多年前，此处人烟稀少，汹涌的江水直冲江岸，深感救国无望的屈原，满腔悲愤，昂首问天，最后投入这片江水。1958年后，由于围垦，附近的山体被切断，汨罗江入湘江口被堵住，江水直接流入洞庭湖，河泊潭也因此与汨罗江分离，成为汨罗江的故道。今天，人们在这里再也看不到当年湍急的水流，看到的只有平静的水面和岸边掩映在萋萋芳草中的一座亭子和一块石碑，亭称“怀沙亭”，碑刻“河泊潭”三字。站到这里，似乎能想见2000多年前，徘徊江边的屈原披发行吟、憔悴忧思的场景。河泊潭这片看似平静的水面，就这样带走了一个伟大的灵魂。屈原投江是一种悲苦和无奈的选择，但这种以身殉国的选择又显得如此高尚。正因如此，多少年来，屈原成为一座丰碑，他的精神与天地并存，与日月同辉。

汨罗江边的河泊潭带走了一位爱国者伟岸的身躯

（摄于2015年6月11日）

屈原投江后，相传其遗体十日后才被打捞起来，但不幸的是，头部被大鱼咬去一半，当地人给他配上半个金头，安葬于汨罗山。今天，屈原墓依然矗立在玉笥山东的汨罗山顶。汨罗山并不高大，沿山道很快就能找到屈原墓。台阶尽头为一高大的牌坊，中间坊额上刻有“屈子墓”三个大字，两侧坊额分别刻有“光争日月”“气壮山河”的字样，柱联为：“读离骚吟九歌屈原汨水留傲骨，观渔父颂天问诗人宇宙贯英名。”穿过牌坊，能看到屈原立像，后面为屈原墓，墓冢呈圆形，高大巍峨，象征着屈原在百姓心中不朽的形象。墓前竖有清同治六年（1867年）所立石碑，刻有“故楚三闾大夫之墓”几个字。据说，在周边2000米的范围内还有11座屈原墓，这是当年人们为了防止仇恨屈原的楚国贵族掘墓而修建的。

汨罗山巅长眠着一个不屈的灵魂，其精神光耀千古

（摄于2015年6月11日）

汨罗江河泊潭是诗人投江的地方，在这里参观，人们总沉浸在一种忧伤的情绪中。相比之下，参观诗人的故乡，心情就没有那么沉重。

屈原的故里是秭归。秭归名称的由来，有多种说法，其中有一种即与屈原有关。《水经注·江水》引袁崧说：“屈原有贤姊，闻原放逐，亦来归，喻令自宽，全乡人冀其见从，因名曰秭归。”秭归老县城位于长江西陵峡峡口的北岸，是一座具有3000年历史的古城，也是一座名副其实的山城。房屋层层叠叠地依山而建，道路逼仄，也很拥挤，具有古城特有的韵味，尤其是路口由郭沫若手书的“屈原故里”牌坊，令人印象深刻。今天，古老的秭归城因为修建三峡工程而沉入江底。新的秭归城迁建于原秭归城东30千米外，除了秭归的名称是旧的之外，其余都是新的。走进新秭归，人们虽然在江边的山崖上依然能够看到郭沫若手书的“屈原故里”四个红色大字，但这里毕竟已经不再是屈原那个时期的秭归，没有了古城的气息。搬迁于此的屈原祠，原址位于旧秭归县城东1.5千米的长江北岸的向家坪，始建于唐元和十五年（820年），北宋时，改名为“清烈公祠”，这是因为北宋元丰三年（1080年），宋神宗尊封屈原为“清烈公”。以后的历任州官对清烈公祠不断进行修缮，当地州民也四时祭拜。直至2006年，因修建三峡工程，屈原祠搬迁至新县城东部茅坪镇的凤凰山巅。搬迁后的屈原祠，整个建筑群依山而建，由山门、两厢配房、碑廊、前殿、乐舞楼、正殿、屈原墓等组成。山门为三层两重檐歇山式顶，正面为六柱牌坊式门楼，两侧辅以圆形的封火山墙。山门建筑采用红柱白墙灰顶，墙面还有泥灰塑成的精美图案等。郭沫若手书“屈原祠”三个大字镶嵌在牌楼上方正中，襄阳王树人所

秭归屈原故里牌坊既是旧城的标志，也是新城的标志

（摄于2014年8月14日）

书“孤忠”“流芳”分嵌左右额坊，大门门楣匾额上写有“光争日月”四个金光灿灿的大字。原有的清烈公祠已毁，在两厢的配房中有清代、20世纪70年代屈原祠的模型。相比之下，新建的屈原祠比原祠扩大近三倍，整组祠宇掩映在满园飘香的橘林和青翠欲滴的松柏之中。

在屈原祠右后方的山巅，还有一座屈原的衣冠冢。也许是为了证明墓冢的真实性，当地流传着屈原自沉汨罗江后，一条金色神鱼先将其尸体吞下，游至屈原故里附近的香溪河口再吐出来，屈原的姐姐便将他的遗体安葬于此。衣冠冢全部由石料构成，三层墓门宛如一座石牌坊，上嵌墓名额，外柱有“汨水

气势雄伟的秭归屈原祠掩映在橘林与翠柏之中

（摄于2014年8月14日）

怀沙千古遗恨，归山枕岫万世流芳”的楹联。墓前拜台正中为一座“寿”字形石香炉，一对大石狮雄踞左右两侧。据说，墓内室的一座红漆楚棺被一巨大莲花石座托起，俗称“屈原吊棺”。整座衣冠冢石栏环布，精致庄重。此冢原坐落于旧秭归，后随秭归城一起迁建于此，墓冢建筑全是清道光年间的原物。站在屈原的衣冠冢前，尽管它已迁移三次，人们的心似乎依然能沉到历史深处。

屈原祠、墓搬迁后，规模扩大了，许多建筑构件都为原件，新建的建筑与凤凰山茂密的林木非常和谐地融合在一起，似乎原来就一直在这里。没有老城相伴，新建的屈原祠、墓终归还是缺少些历史感，显得苍白，但这就是岁月的沉淀，这就是历史的年轮。虽然，今人再也无法看到秭归旧城，但屈原的人格和精神永在。

日暮梁园感赋愁

在中国历史上，几个重要的朝代都有自己代表性的文学形式。西汉时期，文坛流行的文学形式主要是赋和散文。当时，赋以司马相如的成就最高，散文则以司马迁的成就最高，故左宗棠《题卧龙岗诸葛草庐》的诗中有“文章西汉两司马”之句。鲁迅在《汉文学史纲要》中也指出：“武帝时文人，赋莫若司马相如，文莫若司马迁。”虽然两人在西汉文学史上影响巨大，但司马迁更多地是被视为一位文笔优美的史学家，司马相如是一位不折不扣的汉赋家。

司马相如（约公元前179—前118年），字长卿，因仰慕战国时的名相蔺相如而改名。长期以来，在与司马相如有关的各种典故中，人们最津津乐道的，是他和卓文君夜奔的故事。

汉景帝中元六年（公元前144年），不甚得志的司马相如回到家乡，来到边陲小县临邛，投靠担任县令的好友王吉。一天，当地富豪卓王孙大宴宾客，王吉拉上司马相如一起赴宴。司马相如仪表堂堂，风度翩翩，很快就成为宴会的焦点。酒酣耳热之际，应王吉之邀，司马相如弹琴助兴。司马相如善鼓琴，所用之琴名为“绿绮”，是传说中最优秀的古琴之一。司马相如弹奏的《凤求凰》不仅使宾客大为赞叹，更拨动了隔帘听曲的卓文君的心弦。卓文君是卓王孙的女儿，擅长琴棋书画，由于夫君刚离世，新寡在娘家。司马相如的琴声和风采，使她怦然心动。在与司马相如会面后，文君更是芳心暗许。但两人的感情遭到卓王孙的反对，于是他们决定私奔。在一天夜里，卓文君与司马相如一起偷跑到了成都，这就是有名的“文君夜奔”。卓王孙得知后震怒，切断了卓文君的生活用度来源。卓文君只得与司马相如当垆卖酒，维持生计。日子虽然清苦，但夫妻二人相敬如宾。后来，卓王孙在朋友的劝说下，认可了他们的婚姻。

才子与才女之间的浪漫情事，历来是人们津津乐道的谈资。司马相如和卓文君之间这段“凤求凰”的爱情传奇，更是随着时间的推移而越发醇香。

司马相如能够被卓文君相中，除了相貌堂堂，他的才华起了决定性作用。司马相如从小饱读诗书，十六七岁时便已出口成章；他喜爱剑术，剑风凌厉，20多岁时做了汉景帝的武骑常侍。但这一随侍皇帝车驾游猎、从射猛兽的职位，并不能发挥司马相如的特长，因此，他常有怀才不遇之叹。

汉景帝的弟弟梁孝王刘武喜好辞赋，因此许多有才华的辞赋家投奔其门下。司马相如也在梁孝王来京朝会时，结交了其门下的邹阳、枚乘、庄忌等大辞赋家。司马相如因病退职后，就前往梁国与这些志趣相投的文士共事。梁孝王在封地内曾修建了一座很大的花园，人称“梁园”。梁园占地广阔，亭台相连，花木扶疏，风景优美，是当时的游览胜地。其中的文雅台，曾是孔子师徒习礼之处，梁孝王在此修建了亭台楼阁，邀请司马相如和邹阳、枚乘等人在此饮酒作赋。司马相如特地为梁孝王写下了著名的《子虚赋》。这篇赋辞藻华丽，描写工丽，散韵相间，是汉赋成熟的重要标志。梁园时期，是司马相如辞赋发展的重要阶段。今河南商丘的文雅台遗址几经修复，虽然残破，但尚有迹可寻。

司马相如在文雅台度过了他辞赋发展的重要阶段

（摄于2015年4月26日）

梁孝王与馆陶公主、汉景帝，同为窦太后所出，文帝时先后被封为代王、淮阳王和梁王。他极受窦太后的疼宠，也曾带兵抵御过七国之乱中吴王刘濞的进攻，立有战功。在窦太后的纵容下，梁孝王甚至萌生过争夺储位的念头。后因被景帝疏远，他抑郁而亡，被葬于永城芒砀山。梁孝王死后，司马相如回到了自己的老家。也就是在这一时期，司马相如遇见卓文君并结成千古姻缘。

汉景帝去世后，汉武帝刘彻即位。汉武帝是位辞赋爱好者，当他读到司马相如的《子虚赋》时，非常喜欢，以为是古人之作，叹息不能与作者同时代。刚巧当时侍奉汉武帝的太监杨得意是蜀人，于是就对汉武帝说：“此赋是我的同乡司马相如所作。”汉武帝十分惊喜，立即召见了司马相如。司马相如表示，要为汉武帝再作一篇描述天子打猎的赋，这就是《上林赋》。《上林赋》不仅内容可以与《子虚赋》相衔接，而且更有文采。《子虚赋》和《上林赋》是汉赋的巅峰作品，铺陈描写达到了极致，显示出高超的修辞技巧，但这也使文章过于凝重而显得呆板。《上林赋》虽然含有劝谏汉武帝之意，辞赋的结尾也有讽喻之辞，但是行文间浓墨重彩地渲染了奢侈的帝王生活，极大地满足了汉武帝的虚荣心。因此，汉武帝格外欣喜，当即封司马相如为郎，作为皇帝的侍从。

几年后，汉武帝派中郎将唐蒙通使夜郎，但唐蒙滥用民力，引起蜀地民众恐慌。汉武帝得知后，派司马相如前往蜀地，责备唐蒙，并安抚民众。司马相如作《喻巴蜀檄》，采取恩威并施的手段，平息事态，收到了良好的效果。后来，司马相如又以中郎将的名义，持节出使，作《难蜀父老》一篇，成功地稳定了西南夷，令汉武帝特别高兴。但不久他因被人告发而遭免官。后来，他被重新起用，仍为郎官。元狩五年（公元前118年），司马相如因病免官，家住茂陵，不久病逝。

据说司马相如口吃，却擅长写文章。汉赋经过他糅合各家特色，加上自己的创造，建立起固定的形式，成为后来诗赋的典范。《汉书·艺文志》著录司马相如赋29篇，现存有《子虚赋》《上林赋》《大人赋》《长门赋》《美人赋》《哀秦二世赋》六篇，另有《梨赋》《鱼葅赋》《梓山赋》三篇仅存篇名。

司马相如一生相当成功。他在辞赋方面，被班固、刘勰称为“辞宗”，被林文轩、王应麟、王世贞等人称为“赋圣”；在政绩方面，他多次出使西南夷，被称为“安边功臣”；在爱情方面，他与卓文君的果敢行为，被誉为“经典爱情”。司马相如留下的遗迹和故事自然也就成为后人慕名寻访和谈论的对象。

长期以来，人们对司马相如的故里所在地争论不休。有人说司马相如出生于巴郡安汉（今四川南充蓬安），有人认为司马相如为蜀郡（今四川成都）人。学界经过多年考证，对司马相如的出生地基本达成一致：司马相如出生于蓬安，生长在成都。因此，司马相如的遗迹，主要分布在蓬安和成都，以及卓文君的故里邛崃。

蓬安，位于四川省东北部。大约在公元前179年，司马相如诞生于蓬安锦屏镇。锦屏镇地处嘉陵江畔，早年属巴国。特殊的山水、文化孕育了司马相如的才情。507年，梁武帝萧衍专门在司马相如的故宅所在地设置了相如县。为一位文学家设县，在中国历史上并不多见，这可能与梁武帝仰慕司马相如有关。据记载，在蓬安的锦屏镇，曾有长卿祠、相

高大的牌坊昭示着司马相如对故里蓬安的意义

（摄于2014年7月29日）

如故宅、洗笔池、卓剑水、琴台、文君里等历史遗迹。长卿祠是故里百姓为纪念司马相如而在其故宅西边修建的一座祠堂。祠中有司马相如的雕像，供乡人逢年过节前往祭奠。司马相如故宅是司马相如的父辈从中原迁徙至嘉陵江畔的蓬安后，逐渐修建成的一座青瓦粉墙的大宅院。司马相如出生在这里。这是一座结构精巧、设计考究、工艺一流的四合院式建筑。相如琴台是后人为纪念司马相如而修建的。相传，司马相如晚年贬官丧妻，曾独自一人在此月下弹琴，抒发郁愤之情。后来，这里成为闻名遐迩的蓬州八景之一，人称“琴台夜月”。明朝四川学政卢雍曾在其《蓬州八景》诗中明确记录了当时的相如琴台，诗是这样写的：“县废名犹在，琴亡台未荒。临邛卖酒处，千载共清光。”

可惜的是，由于当地人保护意识薄弱，蓬安锦屏镇的这些遗迹，目前几乎无存。在这里，除了进城路口高大的“司马相如故里”牌坊、广场上一些司马相如的浮雕，以及一些以司马相如命名的街道、建筑、商业设施外，人们再也找不到任何与司马相如有关的实物遗迹。倘若司马相如地下有知，他一定会痛心不已。

离蓬安不远的梓潼县城西12.5千米处，有一座司马相如读书台。据说，建元三年（公元前138年），汉武帝读司马相如《子虚赋》后，大为赞赏，于是宣司马相如进京。司马相如偕同卓文君北上，至梓潼，县令是司马相如的好友，好友爱赋，陪他们游览蚕婆山。司马相如对景致秀丽的蚕婆山赞叹不已，称其“实乃读书圣地也”，于是留住山腰，在一个石穴内观景读书，直到次年开春才动身北上。相传唐玄宗“幸蜀”，得知司马相如曾寓居此山读书作赋，于是钦命改称“长卿山”。如今，长卿山上石窟仍在，洞口有“相如亭”匾额，洞里有石台，台上供有司马相如塑像。千百年来，梓潼民众习惯于农历正月初八登高。他们扶老携幼，登临长卿山，拜谒读书台，饱览山景，尽兴方归。

邛崃古称临邛，是卓文君的故里，也是司马相如遇见卓文君的地方。他们从此地私奔，后又回到这里“当垆卖酒”。今天，在邛崃市区还保存有一口西汉古井，相传为当年文君汲水酿酒之井，也是开设酒肆的地方，后世称之为“文君井”。现在，这里已建成一座颇具苏杭园林风格的古园林。园内建有当垆亭、水香榭、听雨亭等建筑，建筑别致，环境幽雅。

在成都，由于历史的变迁，留存的有关司马相如的遗迹不多，只剩下琴台故径和驷马桥。琴台故径位于成都市通惠门，相传为司马相如弹琴处。如今，琴台故径已经延伸成为琴台路。成都北门高笋塘外百米的沙河上横卧着一座小桥，它就是古今闻名的驷马桥。驷马桥原名“升仙桥”（位于成都北，现存升仙湖），因桥下的河水“升仙水”，即今日之沙河而得名。《华阳国志》说：“城北十里有升仙桥，有送客观，汉代司马相如初入长安，题其门曰：‘不乘高车驷马，不过汝下’也。”意思是不乘四匹高头大马拉的官车，就不再从此桥经过，表示一定要功成名就。不过，由于城市的变迁，这里早已面目全非。

如今，蓬安、邛崃和成都三地保留的司马相如和卓文君的遗迹或地名，可供人瞻仰和遐想。然而遗憾的是，人们现在也不知道，司马相如墓与卓文君墓到底在哪里。尽管后世多认为墓在成都，但多种记载却表明墓在都江堰市。唐《元和郡县图志》说，司马相如葬于四川导江县东十千米处。清《灌县志》记载，司马相如墓在治东六千米处的刘海坝。《都江堰市金石录》中，有清嘉庆四年（1799年），灌县知事徐鼎立“汉中郎将文苑令司马相如墓道”碑的记载。该碑于1958年被灌县文物管理所收藏。但愿有一天，我们能够发现司马相如与卓文君的墓地。

历史上不乏司马相如这般文采风流的大才子，但他们中很少有人能遇见卓文君这样才貌双全的女子，上演一出如此动人的传奇故事。他们的相遇，成就了历史上一段美满姻缘，也演绎了一段家喻户晓的追求婚姻自由的千古佳话。

司马相如与卓文君“凤求凰”的千古爱情绝唱，使邛崃蜚声海内外

（摄于2014年7月28日）

邛崃文君井见证了一段流传千古的爱情佳话

（摄于2014年7月28日）

七步诗才亦枉然

中国历史上的才子很多，其中七步成诗的曹植给人的印象尤为深刻。

曹植（192—232年），字子建，三国时沛国谯（今安徽亳州）人，是曹操第四个儿子，也是魏文帝曹丕的弟弟。曹植自幼颖慧，十岁余便诵读诗、文、辞赋数十万言，堪称神童，深受曹操的宠爱。曹操认为诸子之中，曹植“最可定大事”，因此曾考虑立他为世子。但曹植平时行为放任，不拘礼法，甚至屡犯法禁，而其兄曹丕则能矫情自饰。最终曹操选择了曹丕作为接班人。曹丕称帝后，曹植只能生活在曹丕的猜忌中，处处受限制，时时遭打击。其封地也多次变迁，虽然贵为王侯，实则宛如囚徒，41岁便郁郁而终，谥号“思”，史称“陈思王”。纵观曹植一生，尽管满腹经纶，才华横溢，但他缺乏政治远见，行为放荡不羁，不拘小节，被胸有城府的曹丕随意摆布，终身不得志。

曹植是政治上的失意者，却是文学上的成功者。曹植是建安文学之集大成者，对后世影响很大。两晋南北朝时期，他被推尊到文章典范的地位。南朝宋诗人谢灵运更是对他赞许有加：“天下才有一石，曹子建独占八斗，我得一斗，天下共分一斗。”这就是成语“才高八斗”的由来。后人概括曹植诗歌的艺术特点为：骨气奇高、词采华茂、情兼雅怨。在曹植众多作品中，后人最津津乐道的是《七步诗》和《洛神赋》。

曹丕即位后，对曹植心怀猜忌，一心想置他于死地。但曹植并未犯下什么大罪，只是平时喝酒后爱骂人而已。曹丕深知以此杀之，众人不服，于是想出“七步成诗”的办法来整治曹植。所幸的是，出口成诗对曹植来说易如反掌，他略加思考便诗曰：“煮豆持作羹，漉豉以为汁。萁在釜下燃，豆在釜中泣。本自同根生，相煎何太急。”这首诗取譬之妙，用语之巧，令人叹服。从此“本自同根生，相煎何太急”一语，成为千百年来提醒人们避免兄弟阋墙、自相残杀的名言。《七步诗》成了曹植的救命诗，曹丕不得不收回成命，只是用降低曹植的官爵作为处罚。“七步成诗”的历史故事虽然流传很广，但争议也不少。郭沫若就认为《七步诗》是后人同情曹植，不满曹丕而为。郭沫若认为，曹丕知道曹植是文学天才，如果真要杀曹植，完全可以用其他借口。但也有专家认为，曹丕知道曹植的文采，但没料到曹植才华如此出众，也许就连曹丕本人也被感动了，并且为了保住名声，以安天下，才放过了曹植。

《洛神赋》是曹植最具浪漫主义情怀的作品。在这篇作品中，曹植讲述自己在途经洛水时，邂逅了传说中的伏羲之女洛神。文章描写这位佳人的神采风姿，字里行间洋溢着强烈的倾慕之情。曹植把所能想到的最美好的词语，都毫不吝惜地用在这位女子身上，其中诸如“翩若惊鸿，婉若游龙”“凌波微步，罗袜生尘”之类的描绘，已成为千古名句。那么，是怎样的激情使曹植写就了这篇饱含深情的作品？在《洛神赋》的背后，还有着怎样的隐情？据说曹植对曹丕的妻子甄夫人怀有仰慕之情，却终不可得。《洛神赋》里的洛神，其实就是暗指甄夫人。曹植借着对洛神的描写，来抒发自己内心深处炽热的情感。

据记载，甄夫人名宓，是上蔡县令甄逸之女，不但聪明伶俐，还有沉鱼落雁之容。她原本许配给袁绍之子袁熙，曹操大破袁绍后，被曹丕所获。艳丽绝伦的甄宓为曹丕生下了儿子曹叡和女儿东乡公主。甄宓贤惠孝顺，深得曹操和卞夫人的喜爱。曹丕即位后，宠幸年轻的郭氏，并受谗言所惑赐死甄宓。曹叡即位为魏明帝后，追谥其母为“文昭皇后”。相传，甄宓曾与曹植相恋，虽然最终委身曹丕，但曹植对她仍念念不忘。曹植赋成此篇，以资纪念。《洛神赋》最初叫《感鄄赋》，后来才改称《洛神赋》，其中原委，莫衷一是。后人认为曹植为此付出了代价，因此诗云：“君王不得为天子，半为当年赋洛神。”曹植与甄宓之间的爱情故事，不管是真是假，确实非常唯美。难怪东晋大画家顾恺之会选中这一题材，创作了著名的《洛神赋图》。在图中，顾恺之着力表现了曹植与洛神相逢、相爱，洛神无奈离去这些感人至深的情景。画中的洛神已经在慢慢地离去，她回过头来，带着万般无奈，带着深重的哀怨，凝神幽思，望着曹植，我们似乎听到了她的叹息。画中的曹植则静静地坐在那里，似乎无动于衷。然而，透过他的眼神，我们依稀能够读出一种“多情还似无情”的落寞。

曹植一生著述颇丰，作品早年收录在《前录》《隋书·经籍志》《列女传颂》《画赞》等书中。这些作品在北宋散佚，今存南宋嘉定刻本10卷。

曹植一生活动的地域，年轻时主要在邺城，后期则多是在山东东阿、河南杞县和河南淮阳等几处封地。

邺城位于河北省临漳县境内，早年为曹操的根据地。216

年曹操成为魏王，邺城成为了曹魏王都。曹操死后，曹丕继位称帝的前十多年中，仍然以邺城为都。至迁都洛阳，邺城作为曹魏都城达16年。这段时间也正是曹植的青年时代，他在邺城度过了一生中最快乐的时光，并展示了杰出的文学才华。当时，邺城最宏伟的建筑大概就是铜雀台等三台。19岁的曹植在铜雀台上初露头角。210年，铜雀台落成，曹操召集了一批邺下文士登台作赋。众人还在构思之际，曹植已经一挥而就，写成《登台赋》。曹操看后，赞赏不已。此后，曹植经常跟随父兄和邺下文人一起在台上宴饮赋诗，形成了著名的“三曹七子”，为后世留下了“建安风骨”，成就了我国文学史上的一段佳话。可惜的是，铜雀台历经岁月风雨，已基本被漳河水冲毁，现地面上只留下台基的一角，无法想见当年的风貌。三台之中只有金虎台尚存，踏上53层的台阶，人们还能看到台上保留下来的一些元代建筑。至于曹魏时期的建筑，已经荡然无

曹植挥就《登台赋》的铜雀台如今只剩下台基一角

（摄于2012年7月23日）

铜雀台等三台旧址上曾留下了曹操文治武功的痕迹

（摄于2012年7月23日）

存。人们只能在这里想象曹植当年在铜雀台上的风采，发思古之幽情。

曹植在曹操时期，虽然没能成为储君，却过着优游富足的生活。曹丕继魏王及称帝后，曹植的生活发生了巨大变化，处处受到限制和打击。曹丕病逝后，魏明帝曹叡继位，曹植的处境仍然没有根本好转。在曹丕、曹叡统治时期，曹植的封地被多次改迁。曹植最初被曹操封为平原侯，曹操晚年改封他为临淄侯。221年，曹植被曹丕贬为安乡侯，同年又被封为鄄城侯，222年改立为鄄城王，223年为雍丘王，227年又徙封浚仪，228年复还雍丘，229年又徙封东阿，232年封为陈王。频繁的迁徙，曹植就如一叶浮萍。曹植先后到过安乡（今河北晋州东）、鄄城（今山东鄄城）、雍丘（今河南杞县）、浚仪（今河南开封）、东阿（今山东东阿）、陈（今河南淮阳）等地。这些封地上曾经建有一些纪念曹植的建筑，不过今日已难见到，只是在河南通许、河南淮阳和山东东阿留下了三座杂草丛生的孤冢。

曹植在生命的最后12年里，曾两度封于雍丘。雍丘即今天河南的杞县，古时候的范围包括今天的杞县及周边的一些地区。通许县境内的一些地方，古时候属于杞县，留有一座曹植墓。曹植墓位于通许县城东约12千米处的后七步村。据载，曹植墓前原来建有祠堂，因近500年间黄河多次泛滥，祠堂几经废修。20世纪40年代，人们在曹植墓南面旧祠堂的基础上，修建了一所小学，即如今的后七步小学。曹植墓坐落在学校北面的一片树林中。墓冢用石块围砌，冢前墓碑刻有“魏陈思王曹植之墓”几个大字，碑前设有香案，墓旁还有几通明清古碑。教室和曹植墓比邻相处，曹植墓在孩子们的嬉戏游玩中显得不再孤单。

通许曹植墓度过千年的时光

（摄于2012年7月27日）

曹植在229—232年间，在山东东阿生活。东阿是个相对富庶的地方。据说，曹植为排解心中的苦闷，常登东阿南部的鱼山。鱼山是座不算大的山，曹植墓就坐落在鱼山西麓。据载，墓冢建于三国魏太和七年（233年）。穿过山门，迎面便是青色古砖砌成的曹植墓。墓冢坐东朝西，墓两旁有石兽护卫，坟茔在几级高台之上。墓的右侧是民国时立的“魏陈思王曹子建墓”

碑，左侧碑文是沈雁冰题写的“东阿王曹子建墓”。墓的右下角有两处隋碑亭，亭中有隋朝的“曹子建神道碑”。它是从黄河中捞上来的，弥足珍贵。新中国建立后，考古学家曾对该墓进行过发掘，出土了多件随葬品，以及一刻铭砖。近些年，国家又对曹植墓进行了维修。东阿曹植墓是几处曹植墓中保护得最好的一座。

查史籍可知，曹植的最后封地并不是东阿，为何曹植墓会在东阿？据《三国志·魏书·陈思王传》记载：“初，植登鱼山，临东阿，喟然有终焉之心，遂营为墓。”也有史料记载，232年曹植虽然被封为陈王，但他并没有“就国”，而是在东阿走向了人生的终点，因此曹植是在东阿去世的。据说，遵照他的遗嘱，其子曹志将他就地葬在东阿鱼山西麓。

河南淮阳，古时为陈地，是曹植最后的封地。232年二月，曹植“以陈四县”被封陈王，“邑三千五百户”。史籍也明确地记载了当年底，曹植在陈地郁郁而逝，年仅41岁。站在淮阳城南的环路上，人们依然能看到田野里耸立着的墓冢。墓冢处在茂盛草木之中，祭祀建筑早已荡然无存。据说，20世纪60年代，一些专家确认这里为曹植的衣冠冢。

曹植坟茔很多，通许、东阿和淮阳都是曹植的封地，它们各有所据，因此我们已经很难分清哪一处是曹植的真墓。曹植是中国文化名人，在他生活过的地方，后人为了怀念他，保留或修建一些纪念性的建筑，是可以理解的，这也是中国的一个传统，从中可以看出人们对曹植的敬仰。

淮阳城南的田野里依然耸立着曹植的墓冢

（摄于2015年4月26日）

淮阳曹植墓冢的草色青青掩不住其永恒的孤寂

（摄于2015年4月26日）

韩公健笔意纵横

我们在学生时代都读过韩愈的一些文章，知道他是古文运动的倡导者。他不仅有很高的文学造诣，而且在为政方面也颇有政绩。

韩愈在潮州、阳山任上的时间都不长，但“自韩公过化之后”，两地出现了“一片江山尽姓韩”的奇特景象。在潮州，韩愈游历过的笔架山改称“韩山”，韩愈驱鳄的恶溪改为“韩江”，城区也被称作“昌黎旧治”。在阳山，韩愈读过书的牧民山改称“贤令山”，境内的湟水改叫“韩水”，阳山也改称“韩邑”。此外，潮州还在笔架山上修建了韩文公祠，在西湖公园内兴建了景韩亭等。阳山则在贤令山下修建了韩愈纪念馆，在韩水畔修建了韩公钓矶等。韩愈仅为一名贬官，竟然能在短时间内令治下江山“易姓”，真是令人刮目相看。

韩愈（768—824年），河南河阳（今河南孟州南）人，字退之。生于唐大历年间，自称郡望昌黎，出生在一个小官吏家庭。据说，从韩愈的名和字中能够窥知他人生态度的转变。韩愈三岁而孤，从小由兄嫂抚育。到了入学年龄，嫂子为给他取名而苦思冥想。韩愈知道后，提出取“愈”为名。“愈”有超越之意，表明此时的韩愈已决心不当平庸之辈。韩愈具有超凡的天赋和文化素养，不到七岁就读完了诸子著作，19岁时已经是一位才华横溢的英才少年了。不过，他过于自负，导致满腹经纶的他在当年的科考中名落孙山。后来，他考了四次才考中进士，排第13名。三次殿试的结果也都不理想。直到他与才貌双全的卢氏小姐订婚后，在卢小姐“欲成大器，必先退之”的规劝下，韩愈才认清自己过于自傲，缺乏谦虚情怀。他把卢小姐赠言中的最后两个字“退之”作为自己的字，以时时诫勉。

唐贞元十二年（796年）七月，28岁的韩愈受宣武军节度使董晋的推荐，出任宣武军节度使观察推官。这虽然是个小官，却是韩愈从政的开始。34岁时，韩愈通过吏部铨选，来到长安就任国子监四门博士。这期间，他写下《师说》等名篇，留下了“师者，所以传道授业解惑也”等名句。两年后，韩愈晋升为监察御史。

就在韩愈准备施展人生抱负之际，由于其耿直的性格，在宫市问题上惹怒了唐德宗。所谓“宫市”，就是皇宫派宦官到市场上强行购物，这实同抢掠。韩愈呈递谏书，陈述宫市之弊，希望皇帝下诏废除，引起皇帝不满。加上权臣谗害，韩愈在任不过两个月，就被贬为连州阳山令。《旧唐书·韩愈传》称：“德宗晚年，政出多门，宰相不专机务。宫市之弊，谏官论之不听。愈尝上章数千言极论之，不听，怒贬为连州阳山令。”

阳山位于广东西北部，为贫困荒僻之地。韩愈在《送区册序》中称，阳山“县郭无居民，官无丞尉，夹江荒茅篁竹之间，小吏十余家”。不过，韩愈并没有消沉，他在这里行仁政，兴文教，为民解忧造福，促进了当地经济文化的发展。后来，韩愈转任江陵法曹参军。

元和元年（806年），唐宪宗即位，大赦天下。韩愈获赦北还，历任国子博士、河南令、太子右庶子等职。50岁时，韩愈出任行军司马，因参与平定淮西之役表现出处理军国大事的才能，迁为吏部侍郎。但他性格倔强依旧，两年后，因宪宗派员去凤翔迎佛骨，韩愈毅然上《论佛骨表》，反对迎佛骨之举，触怒了宪宗，“一封朝奏九重天，夕贬潮州路八千”，再度被贬至千里之外的潮州。在担任潮州刺史的八个月中，韩愈关心农桑，赎放奴婢，延师兴学，对潮州的发展影响深远。

唐穆宗即位后，韩愈被召回朝，后历任国子监祭酒、京兆尹、兵部侍郎、吏部侍郎等显职。长庆四年（824年），韩愈病逝于长安靖安里家中，终年57岁。朝廷赠他礼部尚书（正三品），谥曰“文”，世称“韩文公”。

韩愈虽然仕途坎坷，大起大落，但在思想和文学领域的卓越成就，使他名扬天下。

韩愈是中国思想史上一位不可忽略的重要人物。在宋儒眼中，孔孟之下，便是韩子。他在儒学式微、佛道盛行之际，吸收了它们的一些合理要素，尝试进行理论创新，致力于复兴儒学，取得了重大的成就。

韩愈的儒学思想主要表现在三个方面：一是通过解释儒家之“道”，提出传道谱系的“道统”论；二是总结、发展前人的人性论，提出“性之品有三”“情之品有三”，论证儒家教化的重要性；三是在对待佛教的态度上，韩愈作《论佛骨表》为儒排佛老，提出以仁义之“道”为理论武器，有破有立。这三个方面既独立又相互联系。尽管韩愈的儒学思想本身不成熟，有待进一步发展，但对宋明理学的产生、发展提供了方向。正如陈寅恪在《论韩愈》中所概述的那样：“退之者，唐代文化学术史上承先启后转旧为新关捩点之人物也。”这段话指出了韩愈在唐宋时期儒学革新运动中的重要地位。

韩愈作为唐代著名的文学家，是当时古文运动的倡导者。他在形式上反对骈文，提倡古文；内容上则主张复兴儒学。所谓“古文”，是相对骈文而言的，是指先秦两汉的散文，它质朴自由，不受格式拘束，能够真实地反映现实生活，表达思想。但自南北朝以来，文坛上骈文盛行。骈文讲求四六句及对仗，流于形式，华而不实。唐初，骈文仍在流行。韩愈、柳宗元等在前人的基础上，在文坛上把以提倡古文、反对骈文为特点的文体改革运动推向新的高潮。

韩愈提倡散句单行、自由灵活、言之有物的古文，自己也身体力行。他写的文章，各体皆备，很讲究文字技巧和章法，善于推陈出新，富有独创性，内涵深厚，语言丰富灵活，极富表现力，文笔恣肆，气势磅礴，成为中古以来文章的典范。苏轼称誉他“文起八代之衰”。在诗歌方面，他也富于创意，并以文为诗，把新的古文语言、章法、技巧引入诗坛，增强了诗的表达功能，扩大了诗的领域。他写诗不愿意四平八稳，而喜欢另辟蹊径，独树一帜，用散文式的篇章和笔法铺叙议论，从而在“李杜”之后开创了一种求新奇、重气势的新诗风。韩愈的诗文，既有深切同情人民苦难、揭露统治集团罪恶的篇章，也有不少反对藩镇割据、维护国家统一、抨击佛道二教危害的宏论，还有指斥当权者压抑人才的作品。这些作品从不同方面较为深刻地反映了中唐时期的社会生活，是优秀的现实主义作品。后人对韩愈评价颇高。杜牧把韩文与杜诗并列，称为“杜诗韩笔”，认为韩愈是“文章巨公”和“百代文宗”；明人推韩愈为唐宋散文八大家之首，与柳宗元并称“韩柳”。韩愈创造出许多新词，如“落井下石”“动辄得咎”“杂乱无章”等，流传至今。韩愈著有《韩昌黎集》40卷、《外集》10卷等。今人整理注释的韩集有马通伯《韩昌黎文集校注》、钱仲联《韩昌黎诗系年集释》、童第德《韩集校铨》等。

韩愈在京城长安任职多年，并无多少施展才能的机会。一旦贬至地方，他出众的才能便有了用武之地。因此，京城长安并没有留下太多有关韩愈的事迹，也没有留下什么遗迹，但在广东阳山和潮州，至今还留有众多纪念性建筑。

唐贞元十九年（803年），韩愈贬任阳山县令。任职期间，他为百姓做了不少实事，阳山人也怀念这位“有爱在民”的县令。如今，阳山留有众多的韩愈遗迹。

阳山位于广东西北，这里群山连绵，高速公路绕山而建。可以想见，当年韩愈来到阳山的时候，交通是何等不便。但就是在这“荒蛮”之地，韩愈治政有方，惠及百姓，受到当地百姓的敬重。《新唐书・韩愈传》载其“有爱在民，民生子多以其姓字之”。

阳山城北的贤令山是韩愈遗迹最多的地方。贤令山下有韩愈纪念馆。进入馆内院子，左侧的韩公井，据说是韩愈为方便周围百姓饮水而特地开挖的，至今井水清冽可口。纪念馆内，陈列了韩愈在阳山留下的手迹石刻及历代文人书写的韩愈诗文的拓片。纪念馆外还建有韩愈广场，广场上立有韩愈半身石雕像。

贤令山很大，韩愈遗迹散落各处，较著名的有韩愈读书台、打字崖摩崖石刻和北山古寺等。

韩愈读书台，位于贤令山西南。相传，韩愈闲暇时常在此读书，曾作诗文详细叙述“读书松桂林”时的景象。读书台最珍贵的古迹，当数镌刻于石壁上的韩愈诗文：“所乐非吾独，人人共此情。往来三伏里，试酌一泓清。”此外，石崖边还刻有宋代以后诸多名流游览读书台后表达对韩愈景仰之情的诗文。不过，读书台屡遭破坏，到今日已经面目全非。除苍壁翠崖间的一泓清泉依旧潺潺流淌外，此处早已失去了当年古朴、闲适的景致。人们来这里所追求的只是一缕怀古之情，置身于读书台旧址，景仰前贤。

打字崖摩崖石刻位于贤令山中，它是分布在贤令山各处石刻中最为珍贵的一处，尤其是韩愈墨迹“鸢飞鱼跃”的拓本刻石极为珍贵。在这群山环抱、丛林蔽日的石壁上，韩愈的遗墨“鸢飞鱼跃”，笔力遒劲，格外醒目，反映了韩愈虽身处逆境，但依旧坚信自己以后会像雄鹰一样翱翔蓝天、像鱼一样腾跃江海的情怀。

简陋的阳山韩愈读书台是非看不可的韩愈遗迹

（摄于2015年2月12日）

贤令山打字崖因韩愈手迹“鸢飞鱼跃”摹刻岩上而名满天下

（摄于2015年2月10日）

北山古寺是一座始建于明嘉靖年间的宗教建筑群，寺内有藏经楼、观音殿、万佛殿、三圣殿等众多建筑。寺门前的两株唐代桂花树，据传为韩愈手植。

阳山还留有韩愈钓鱼台，又称“韩公钓矶”。相传韩愈在闲暇之时，常和弟子在阳山县东三门滩下吟诗作赋，在连江边垂钓。北宋时，连州刺史林概慕名前来，为韩愈钓鱼台作碑记。之后，明朝阳山县令在此建亭，并于矶石上题名刻字，以资纪念。如今，旧亭已废，石矶也失，只有近年新建的韩公钓矶亭临江而峙。此亭虽乏古意，但人立亭中，望滔滔江水，追慕遗风，不失为凭吊佳地。

唐元和十四年（819年），韩愈被贬为潮州刺史。在八个月的任期内，韩愈为潮州人切切实实地办了一系列好事，为潮州文化的发展做出了杰出贡献，从而赢得了潮州人民的景仰与缅怀。为纪念韩愈的功绩，历代潮州人修建了不少祠宇亭阁。

韩文公祠位于潮州市韩江东岸的笔架山麓，始建于北宋。北宋咸平二年（999年），潮州通判陈尧佐在金山麓修建“韩吏部祠”，南宋淳熙十六年（1189年），知军州事丁允元把祠迁至笔架山麓。韩祠在历史上屡遭兵燹天灾，但屡毁屡建，有记载的修复就有20多次。今天韩祠的规模和布局，是在清光绪十三年（1887年），两广总督张之洞主持大修后形成的。韩文公祠依山临水，建筑雄伟，环境清幽。韩祠前有石阶51级，寓意韩愈51岁时到潮州任职。登上高高的石阶，穿过石牌坊，来到屹立于高台上的韩祠，门楣上悬有“韩文公之祠”隶书门额。祠分两进，祠内依次高悬着“三启南云”“百世师”“泰山北斗”“百代文宗”等匾额。两侧回廊中还有众多记载韩愈治潮功德事迹的碑刻。后进正殿中央龛座上端坐着韩公塑像，两旁立着张千、李万的塑像。韩祠后上方为侍郎阁，站在侍郎阁外的平台上，人们可鸟瞰远处涛流滚滚的韩江。

韩文公祠让并不高峻的潮州笔架山显得雄伟巍峨

（摄于2015年2月10日）

潮州市内有关韩愈的遗迹可谓星罗棋布，其中祭鳄台和景韩亭时常被人提及。祭鳄台是为了纪念韩愈驱鳄治潮的功绩而建的。古时潮州韩江有很多鳄鱼常食人，因此人称“恶溪”。韩愈决心为民除害，在江边设坛祭鳄，宣读了一篇祭文。驱鳄仪式其实只是一种姿态，但表明了韩愈爱民勤政的决心，也从心理上消除百姓对鳄鱼的恐惧。潮州百姓对韩愈的“祭鳄”行为十分感激，修建了祭鳄台以示纪念。不过，当年的旧台早已倾废。20世纪80年代，人们重新修建了祭鳄台。新建的祭鳄台为全石结构，依旧坐落在潮州城北的河堤上。台上有亭，亭上挂有“鳄渡秋风”的匾额。亭内有以鳄鱼为座的《祭鳄鱼文》碑，两侧亭联“溪石何曾恶，江山喜姓韩”，形容得非常贴切。景韩亭位于潮州的西湖公园内，兴建于民国时期。亭为长方形，朱楹石柱，依山面湖，三面疏空，西面墙上嵌有狂草

《白鹦鹉赋》石碑。《白鹦鹉赋》为王维所作唯一骈文。《白鹦鹉赋》碑刻上有“退之”的署名，相传是韩愈寓情所书。不过专家对此尚有争议，有待考证。

韩愈是哪里人？千百年来众说纷纭。因为韩愈自称郡望是“昌黎”，因此被认为是河北昌黎人。《新唐书》认为韩愈是河南南阳邓县人，南宋大理学家朱熹断言韩愈是河南修武人，近代著名史学家范文澜提出韩愈是河南河阳（今河南孟州）人。长期以来，专家学者各抒己见，莫衷一是。不过近年来，根据各种文物资料推断，我们可以确定韩愈是河南河阳人。至今，在河南孟州还保存着韩愈的墓、祠。

韩愈墓园位于孟州城西六千米韩庄村北的半岭坡上，坐北朝南。穿过墓园大门，迎面是白石栏杆围护着的高高祭坛，祭坛中间放置一个大铁香炉。绕过祭坛，拾级而上，便是韩文公祠。祠门楣正中，挂有“韩文公祠”的匾额。走进山门，进入庭院，可见中央立有韩愈塑像。其后为飨堂，飨堂之后便是韩愈墓。墓四周碑石林立，古树如盖。韩愈墓冢用花岗岩石块砌筑成方冢，墓顶草木茂盛。墓前立有碑石三通，中间为清乾隆五十五年（1790年）所立的“唐韩文公墓”碑。

韩愈是唐宋八大家之首，但由于墓园地处偏远，因此访客很少，墓园显得格外寂静。阳光透过茂密的树叶零星洒落在墓园，使砖石围砌的韩愈墓冢显得格外神秘。无论是作为文学大家，还是地方官员，韩愈都有一番作为，因此，虽然时隔千年，他依旧为人们所怀念。

潮州祭鳄台颂扬的是韩愈驱鳄治潮的功绩

（摄于2015年2月10日）

因为敬仰，孟州韩愈墓冢保存至今，人们岁岁祭祀

（摄于2014年5月31日）

井水处处歌柳词

在宋代文人中，柳永是比较另类的一位。他的词有一种别样的情趣。细究起来，这与柳永的生活经历有关。柳永（约987—约1053年），字耆卿，崇安（今福建武夷山）人。他的家族为当地名门望族，祖父柳崇是一名博学鸿儒，父亲柳宜官至工部侍郎。父辈七兄弟都在朝廷任职。柳永生于山东，后来因父亲职务的调整而迁居湖南和京城。柳永十岁时，父亲病逝，母亲带他回到崇安县五夫里（今武夷山市上梅乡）投靠祖母虞氏。生活所迫，柳永只能边制茶边读书。

柳永自幼聪慧，勤奋好学，12岁时就写下了《劝学文》，才情初露锋芒，长大后多次赴京科考，却屡试不第。科考失利、仕途坎坷，柳永开始混迹于烟花巷，在“倚红偎翠”“浅斟低唱”中寻找寄托。

失之东隅，收之桑榆。令人没有料到的是，柳永创作的词极受市井百姓欢迎，广为流传。据说，在当时的西夏也出现了“凡有井水饮处，即能歌柳词”的景况。但柳永所为却为朝廷不齿。据传，宋仁宗在一次科举发榜前见到他的名字，便一笔勾去，说：“且去浅斟低唱，何要浮名！”1034年，柳永终于考上了进士。但他并不受重用，只能在睦州（今浙江建德）和京城等地任推官、著作郎等小官。即使在为官时期，柳永也把大部分精力花在“风前月下填词”上。柳永晚年穷愁潦倒，在贫困中病逝。

柳永的词为什么这么受欢迎呢？

出身仕宦之家的柳永，原本怀有强烈的出仕欲望，但屡试不第，使他的人生观发生了一定的变化。他既向往治国平天下，又无法忘记秦楼楚馆。这种内心的矛盾导致他在一定程度上背离了传统的伦理规范，在感叹怀才不遇的同时，又不时流露出对功名利禄的鄙视和对仕宦生活的厌倦。他的词是当时失意文人心态的真实写照。

从风格来说，柳永的词分为两类：一类是雅词；一类为俚词。雅词虽然内容主要是描写男女恋情，但语言典雅，措辞含蓄，表现了文人士大夫的审美情趣，如《雨霖铃》（寒蝉凄切）、《八声甘州》（对潇潇暮雨洒江天）、《望海潮》（东南形胜）等。俚词的主要内容也是男女恋情，但语言通俗，为了迎合下层市民的审美趣味，往往描绘大胆直露，如《定风波》（自春来）用了大量的俗语词，表现方式直白坦率。由于俚词多用口语，多描绘城市风光和歌伎生活，尤长于抒发羁旅行役之情，唱出了盛世中落魄文人的痛苦，往往真实感人。柳永的词雅俗兼具，时人共赏，因此备受欢迎。

柳永词艺术上的创造同样不可小觑：一是大量使用长调，扩大了词的表现功能，使铺叙手法进入词作；二是大量吸收俚语入词，使词更接近下层人民，具有广泛的群众性；三是采用了许多新曲调，使词与当时的流行音乐结合得更加紧密。

柳永词风格被称为婉约派。他冲破束缚，采纳市井民调，为文人词作注入新鲜血液，雅俗兼备，改变了词的内涵和情趣，在词坛开拓出另外一番天地。柳永是宋词婉约派的卓越代表，是广受人民喜爱的宋代词人，在北宋前期具有广泛的社会影响。

在正统文化看来，柳永追求的“俗”文化难登大雅之堂，其结局可想而知。在北宋词人中，尽管柳永以毕生精力填词，且成就卓著，但他的一生可谓仕途坎坷，穷愁潦倒，家无余财。相传，他死后连下葬的钱都没有，幸亏谢玉英、陈师师等名伎，念他的才学和痴情，凑钱将其安葬。出殡时，满城名伎都来了，半城缟素，一片哀声。谢玉英为他披麻戴孝，两月后因思念柳永而去世。柳永逝后亦无亲族祭奠。每年清明节，都是歌伎相约赴其墓地祭扫。此举相沿成习，形成“吊柳七”或“吊柳会”。

《宋史》中没有柳永的传记，他的生卒年月至今没有定论，而且柳永的卒葬地也有多种说法。历史上有着湖北襄阳说、湖北枣阳说、江苏仪征说、江苏镇江说等。

湖北襄阳说。宋人祝穆在《方舆胜览》中记载：柳永卒于襄阳，死之日，家无余财，群伎合金将他葬于南门外。每春月上冢，谓之“吊柳七”，也叫“上风流冢”，渐渐形成一种风俗。

湖北枣阳说。宋人曾敏行在《独醒杂志》中记载：“（耆卿）既死，葬于枣阳县花山。远近之人，每遇清明日，多载酒肴饮于耆卿墓侧，谓之‘吊柳会’。”宋人陈元靓在《岁时广记》中亦载：柳耆卿“掩骸僧舍，京西妓者，鸠钱葬于枣阳县花山……其后遇清明日，游人多狎饮坟墓之侧，谓之吊柳七”。《枣阳县志》也载：“宋词人柳耆卿墓在兴隆镇花山。”

据说柳永晚年游历枣阳，与教坊乐工和歌伎为伴，靠作曲填词度日，后来死在枣阳兴隆一带，还是歌伎们凑钱将他安葬在兴隆镇西北三千米外的花山上。

江苏仪征说。清人王士禛在《分甘余话》中提到：“柳耆卿卒于京口，王和甫葬之，然今仪真西地名仙人掌有柳墓，则是葬于真州，非润州也。”仪征古名真州，柳墓在仪征仙人掌。明隆庆《仪真县志》和清嘉庆《扬州府志》也有记载。

江苏镇江北固山或银山说。宋人叶梦得《避暑录话》载：“永终屯田员外郎，死旅，殡润州僧寺，王和甫为守时，求其后不得，乃为出钱葬之。”但叶梦得并未提及柳永究竟葬于何处。据传，北固山下有柳永墓。明《丹徒县志》、明《镇江府志》等，都说丹徒土山下有柳永墓，甚至有的还提及墓志铭残碑的部分内容。土山，今改为银山。

以上各说均有史籍记载。现代不少专家更倾向于润州（今江苏镇江）说。西北大学教授薛瑞生是研究柳永生平、著作的专家，他通过考证支持“镇江说”；中国现代词学宗师唐圭璋在《柳永事迹新证》中排除了柳永墓址“仪征说”“襄阳说”“枣阳说”等说法，肯定了叶梦得《避暑录话》的“润州说”，得到了国内诸多学界同人支持；官桂铨1982年的著作《关于柳永的葬地》通过清代考据家叶名沣的《桥西杂记》中的《柳耆卿墓》一文，再次重申了“润州说”。

其实，不论在仪征、襄阳、枣阳，还是镇江，今天都已经难寻柳永墓地的遗迹。镇江也是在2003年才在北固山新立了柳永墓碑。

在柳永的家乡福建崇安，就是今天的武夷山市，由于历史久远，人们已难觅柳永故居的踪影。故乡人民为了悼念这位词人，于2004年在武夷山四壁陡峭、屹然耸立的大王峰下修建了柳永纪念馆。纪念馆由原武夷宫三清殿改建而成，正门有一高大的牌坊，上书“渐入佳境”。纪念馆模仿宋代民居样式，素雅大方，极富乡土气息。走进大门，迎面一块巨石上，刻有毛泽东狂草书就的柳永《望海潮》，字迹潇洒。据说，毛泽东十分喜爱柳词。在毛泽东居住过的中南海丰泽园书房里，存有一本柳词集《乐章集》，毛泽东在书中圈画了柳永的54首词，有的词目与佳句还被反复圈点。与武夷山其他景点不同，柳永纪念馆里游人极少，即使是冬季，院中依然满眼苍翠，特别适合孤身探幽，静心品味。纪念馆正中的楼阁式展示厅里，柳永一生的境遇和词作成就次第呈现，果真是不一样的人生、不一样的情怀。纪念馆院落中陈列的两幅灰白浮雕，再现了柳永这位白衣卿相的情感故事。柳永与歌女“执手相看泪眼”，那种有情人离别时的难分难舍和彼此牵挂的情感，被表现得淋漓尽致，真可谓“便纵有千种风情，更与何人说？”

柳永作为宋词婉约派最具代表性的人物，一生佳作迭出。纪念馆后墙上特地用一组石块镌刻了柳永《蝶恋花》《曲玉管》《雨霖铃》《定风波》等脍炙人口的代表作品。柳永病逝后，没有魂归故里，但柳永故里的人们大多认可柳永葬在镇江。为让一代词人魂归故里，纪念馆特地从镇江柳永墓上取回一抔黄土，安放于此，并立石为铭：“柳永墓冢抔土还乡碑记，公元二〇〇四年九月，为武夷山柳永纪念馆新馆落成之际，柳永仙冢抔土自镇江北固山分移动至此，千载游子，今朝还乡，一代词宗魂归故里。”石碑旁矗立着柳永的全身站立铜像，他单手

“为伊消得人憔悴”石雕像取材于柳永《蝶恋花》

（摄于2015年2月27日）

柳永也曾追求功名，但现实使其成为白衣卿相

（摄于2015年2月27日）

《雨霖铃》石雕像体现了柳永与歌女“执手相看泪眼”的依依不舍之情

（摄于2015年2月27日）

持卷，儒巾布袍，神采飞扬，眉宇间才情尽显。

柳永的一生，从建立功业来说，是不成功的；从生活角度看，他是幸福的。古代那么多风流才子，几乎没有哪一个能像柳永那样得到名伎们的追捧和青睐，故里的后人又在美丽的武夷山曲溪畔，为他修建了朴实素雅的纪念馆。柳永若泉下有知，也该知足了。

柳永纪念馆后墙石壁上刻满柳永的代表作

（摄于2015年2月27日）

仪态潇洒安详的词宗在千年之后终于魂归故里

（摄于2015年2月27日）

文章太守称醉翁

北宋的杰出文人很多，欧阳修就是其中著名的一位，他的《醉翁亭记》不知让古今多少读者为之倾倒。作为“天下翕然而师遵之”的一代文宗，欧阳修是幸运的，但作为官员，欧阳修尽管遵循“但民称便，即为良吏”的原则，然其仕途却可谓波澜起伏，其一生可谓“窜斥流离”。

欧阳修（1007—1072年），字永叔，号醉翁、六一居士，吉州吉水（今江西永丰）人。欧阳修四岁丧父，在母亲的抚育下读书。其母用沙盘当纸，以荻杆代笔，教幼年的欧阳修写字习文，这就是民间广为传诵的“画荻教子”的故事，欧阳修的母亲后来被誉为我国古代著名的四大贤母之一。

宋天圣八年（1030年），欧阳修中进士，次年任西京（今河南洛阳）留守推官；景祐元年（1034年），召试学士院，授任宣德郎，充馆阁校勘。景祐三年（1036年），范仲淹为革除弊端，上书批评时弊，遭宰相吕夷简责难，范仲淹被贬饶州，欧阳修仗义执言，结果也被贬至湖北夷陵。夷陵虽偏，县令虽小，但欧阳修不敢懈怠，雷厉风行地处理了积压多年的冤案，使当地官员自此“遇事不敢忽也”。庆历三年（1043年），欧阳修被召回京城任谏官。不久，他帮助被重新起用的范仲淹推行庆历新政，但仍受保守势力诬陷。欧阳修再度奋笔疾书，向宋仁宗奏陈《朋党论》。但宋仁宗还是罢免了范仲淹等革新派的官职，欧阳修也被贬为滁州（今安徽滁州）太守，后来又改知扬州（今江苏扬州）、颍州（今安徽阜阳）、应天府（今河南商丘）等地。嘉祐二年（1057年），已届知天命之年的欧阳修做了礼部贡举的主考官，以翰林学士身份主持进士考试。据说，就是在这次考试中，欧阳修看到一份语言流畅、说理透彻的答卷，取为第二。此文的作者就是后来大名鼎鼎的苏轼。当时苏轼名不见经传，正是欧阳修的器重，使苏轼最终成为继欧阳修之后的又一位文化巨人。当年欧阳修录取的其他进士中，有很多人在此后也成为北宋的名臣。嘉祐六年（1061年），欧阳修任参知政事，后又相继任刑部尚书、兵部尚书等要职。六年后，欧阳修再遭诬陷，下放亳州（今属安徽），第二年，又改任青州（今属山东）知府。熙宁二年（1069年），王安石实行新法。一生都有清明政治理想的欧阳修，此刻却从当年的激进立场转向保守，他与韩琦、富弼等庆历新政的旧臣们一起，对变法进行指责，且抵制执行，结果差点被问罪。宋神宗和王安石考虑到欧阳修年事已高，且为一代文宗，就宽恕了他，让他改任蔡州（今河南汝南）知府。欧阳修到任后，多次上表请求退休，得到皇帝恩准，最后以太子少师的身份离职，居颍州（今安徽阜阳），结束了其几上几下的为官生涯。

欧阳修在官场上几经沉浮，但他在文坛上的地位却难以撼动。他是北宋中叶的文坛领袖，是一位有着多方面文学才能的作家，在散文、诗、词、史传等方面都卓有成就，他不仅在当时有崇高的威望，而且对后世也产生了深远影响，被誉为“唐宋八大家”之一。

欧阳修在文学创作上的成就，以散文成就最高。他主张文章应该“明道”“致用”，反对“弃百事不关于心”，强调文道结合，二者并重，提倡平易自然之文，反对浮艳华靡的文风。因此，他的散文大都内容充实，具有平实自然、流畅婉转的艺术风格。苏轼评其文“论大道似韩愈，论事似陆贽，记事似司马迁，诗、赋似李白”。欧阳修一生写了500余篇散文，有政论文、史论文、记事文、抒情文等，开宋代笔记文创作之先河。

欧阳修也是北宋诗文革新运动的领袖。他的诗在艺术上主要受韩愈影响，但继承中有创新。他扩大了取材的范围，使诗的内容更加丰富。其诗婉丽，承袭南唐余风，或寄情山水，或借景抒情，或平实流畅、委婉曲折，或雄奇变幻、气势豪放，或比兴兼用、情景相生。不过他的诗也存在一些说理过多、生动不足之处。

欧阳修博览群书，文史兼通。在史学方面，他也取得巨大的成就。他与宋祁同修的《新唐书》，第一次写出了兵志和选举志，系统论述了唐代府兵等军事制度和科举制度，具有开创性，为以后各朝史书所沿袭。他还自修《五代史记》，即《新五代史》，总结五代的历史经验，意在以史为鉴。

欧阳修长期在馆阁任职，收集了“上自周穆王以来，下更秦汉隋唐五代”的金石器物遗文1000卷，并撰写成《集古录》考古学资料专集。这是今存最早的金石学著作，开创了宋代金石学这门新的学问。

这位北宋时期杰出的政治家、文学家和史学家，历来受到人们的怀念。今天，在江西永丰、安徽滁州、江苏扬州和河南新郑等地，都留有欧阳修的遗迹和纪念性建筑。

江西省永丰县是欧阳修的故里。虽然欧阳修早年就离开家乡，不过作为家乡名人，永丰在恩江河畔修建了永叔公园及欧阳修纪念馆。其实，永丰已经没有任何欧阳修的遗迹，永叔公园只是一个纪念性的公园，里面建有欧阳修纪念馆，馆中的欧阳修塑像与公园内古老的报恩寺塔相映成趣。

欧阳修一生多地为官，他在滁州为官时，写下了名篇《醉翁亭记》。滁州位于长江和淮河之间，山高水清，民俗淳厚。欧阳修从京城被贬到地方做

千百年间，欧阳修的道德和文章为故里倍添荣光

（摄于2014年5月1日）

永丰恩江河畔的欧阳修纪念馆记载着欧阳修的点点滴滴

（摄于2014年5月1日）

太守，饮酒游山的爱好依然如故。他很喜欢滁州，在把政务治理得井井有条之余，开始了“醉翁”的生活。滁州西南有琅琊山，欧阳修常携酒前往，在山中野餐，于美酒和水光山色中，忘却了被谤遭贬的屈辱，忘却了自己的太守身份，忘却了自己的年龄。在这般惬意中，他的笔下流淌出了《醉翁亭记》。

滁州醉翁亭里，欧阳修醉中作名文，堪称文坛大家

（摄于2008年3月7日）

《醉翁亭记》委婉曲折，言辞优美，上下贯通，浑然天成。据说《醉翁亭记》写好之后，欧阳修为使文章精益求精，让人抄写了六份，分别贴在滁州的六处城门口，征求修改意见。有一位李姓樵夫指出，文章开头花了太多笔墨去描绘滁州四周的山景，有些啰唆，于是，欧阳修将那段文字浓缩成了“环滁皆山也”五个字。对此，朱熹大呼“改到妙处”，此句也成为散文史上的名句。

《醉翁亭记》广为流传，醉翁亭也因此闻名遐迩。据载，欧阳修到滁州后，认识了琅琊寺住持智仙和尚，并引为知己。为了能与欧阳修唱和，庆历六年（1046年），智仙特地在山麓建造了一座小亭。从此，欧阳修常同朋友到亭中游乐饮酒。“太守与客来饮于此，饮少辄醉，而年又最高，故自号曰醉翁也。”据说，欧阳修不仅在亭中饮酒，也常在此办公。有诗赞曰：“为政风流乐岁丰，每将公事了亭中。”醉翁亭原本只有一座亭子，北宋年间，知州唐俗在其旁建同醉亭。到了明代，亭周建筑达“数百柱”，后来皆遭破坏。清咸丰年间，这里只剩下一堆瓦砾。直到清光绪七年（1881年），醉翁亭才恢复了原样。如今，醉翁亭景区内亭、台、轩风格各异，园中有园，景中有景，人称“醉翁九景”。醉翁亭周边的名儒题刻，使醉翁亭底蕴更加深厚。

正当欧阳修在滁州过着有滋有味的“醉翁”生活时，朝廷一纸诏令，让他改知扬州。到了扬州，欧阳修显然还想拥有一座“醉翁亭”，于是自己在蜀岗设计建造了“平山堂”，意为“远山来与此堂平”。高敞的平山堂，近可观瘦西湖烟柳，远可眺长江渔帆。据说，在扬州的日子里，欧阳修经常漫步在花草葱茏的庭院，来到平山堂前凭栏远眺。到了夏天，他都会携客到平山堂饮酒观景，陶醉其间。平山堂为敞口厅，面阔五间，堂前有石砌平台，名为“行春台”。堂上有“坐花载月”“风流宛在”的牌匾。夏夜月下，百盆荷花，嘉宾围坐，击鼓传花，确实风流。牌匾所题，是对欧阳修扬州生活的最好概括。

在辗转地方多年后，欧阳修还是回到了京城。因为政见不同，熙宁四年（1071年），欧阳修黯然辞职，落脚颍州（今安徽阜阳）。

阜阳城西北1000米的新泉河两岸，有一片长5000米，宽1500米的湖泊，称“颍州西湖”。它是古代颍河、清河、小汝河、白龙沟四水汇流处，菱荷十里、杨柳夹岸，为唐宋名胜。欧阳修退居颍州后，就寓居于西湖畔的六一堂。欧阳修十分喜爱西湖，写诗赞道：“菡萏香清画舸浮，使君宁复忆扬州。都将二十四桥月，换得西湖十顷秋。”在六一堂西堂内，欧阳修曾与朝中同僚赵概、颍州太守吕公饮酒、唱和，尽欢而归，故名之为“会老堂”。熙宁五年（1072年），欧阳修终老于西湖居所。清嘉庆以后，由于黄河泛滥，颍州西湖的湖面逐渐淤塞，会老堂也随之荒废。1982年，会老堂得以修葺一新。会老堂虽建筑规模不大，却是欧阳修晚年退居颍州悠然岁月的见证，俨然一座文化的殿堂。

会老堂规模不大，却是欧阳修晚年颍州岁月的见证

（摄于2014年9月7日）

欧阳修卒于颍州后，朝廷赠他太子太师，谥“文忠”，追封“兖国公”。熙宁八年（1075年），朝廷赐其葬于新郑市城西13千米的欧阳寺村。这里，还葬有欧阳修的祖母李氏、继配夫人薛氏以及他的四个儿子和两个孙子，实际成为欧阳修的家族墓地。欧阳修墓园北依岗阜，南临沟壑，整个墓区碑石林立，古柏森森，庄严肃穆，红漆墓门很是宏伟。沿甬道徐行，直抵享殿。现存殿宇建于清乾隆四十七年（1782年），内设暖阁、牌位、供桌等，殿前筑有祭台。此外，还有宋、元以来的多通碑碣，其中有苏辙所写的神道碑。穿过大殿，即是欧阳修及夫人薛氏之墓。两墓东西并列，简朴庄重，两旁植有古柏，苍劲挺拔，四季常青。历史上欧阳修陵园曾多次遭破坏。据载，当

时墓区古柏遭砍伐，碑碣流失，仅存大殿、大门和东西厢房，1988年后才陆续修复。

欧阳修与薛夫人生前白首偕老，死后相依相偎

（摄于2013年10月18日）

欧阳修晚年自号“六一居士”，他说：吾家藏书一万卷，集录三代以来金石遗文一千卷，有琴一张，有棋一局，而常置酒一壶，以吾一翁，老于此五物之间，是岂不为六一乎？这是欧阳修宦海沉浮后不再留恋功名的表达。但他功绩永在，为后人怀念。其弟子苏轼就写下《西江月·平山堂》词予以颂扬：

三过平山堂下，半生弹指声中。十年不见老仙翁，壁上龙蛇飞动。

欲吊文章太守，仍歌杨柳春风。休言万事转头空，未转头时皆梦。

羡煞米老一支笔

米芾、黄庭坚、苏轼、蔡襄被尊为宋朝四大书法家。在今天的苏州虎丘，人们仍能见到米芾的字。在虎丘剑池旁的山石上，刻有米芾的“风壑云泉”，概括这里清风、危岩、浮云、碧泉四种景致。米芾飘逸劲秀的字体与虎丘剑池的奇险如此完美地结合在一起，相得益彰。

苏州虎丘剑池因为米芾挥洒的字迹而愈加神秘

（摄于2009年1月30日）

米芾（1051—1107年），字元章，号襄阳漫士、海岳外史，是北宋书法家、画家、书画理论家。米芾祖籍山西太原，祖上多为武职官员。太祖米信曾是北宋开国勋臣，侍奉过太祖、太宗两位皇帝，在《宋史》中有传记。宋太祖赵匡胤“杯酒释兵权”后，实行重文轻武的国策，武将地位一落千丈，因此米家后人弃武从文。

米芾出生在湖北襄阳，故人称“米襄阳”。据说他六岁就熟读诗百首，七岁学书法。米芾《群玉堂米帖》自叙云：“余初学颜书，七八岁作字，至大一幅，书简不成。”米芾的母亲是宋神宗乳母，因此20岁的米芾被“恩荫”为秘书省校字郎，从此步入官场。

米芾虽然为官贤能，但因其“不能与世俯仰，故从仕数困”，在官场上并不顺遂。米芾多年任地方小官，宋崇宁三年（1104年）六月才被召入京，任内府书画学博士，后擢升为礼部员外郎，但不久又被外放，任淮阳权知军州事等职。礼部员外郎是其就任的最高官位，因礼部俗称南宫，所以人们也常称米芾为“米南宫”。

米芾后期虽然以润州（今江苏镇江）为家，但因在多地为官，故常寓居在外。米芾的最后官职为淮阳权知军州事。淮阳军是北宋在江苏下邳所设的地方机构。57岁时，米芾因头疡不治，病逝于下邳馆舍。

米芾虽然在官场失意，但在诗、书、画等方面却有非凡成就。

米芾善诗，一生中写的最多的是写景咏物抒情诗，其余还有一些论书画诗和赠答诗等，形成了独特的风格，古人称之为“凌云绝尘之气”“沉着痛快之风”“经奇蹈险之语”。《米芾集》收录了米芾245首诗作。米芾亦善画，擅长画枯木竹石，尤工水墨山水。他以书法中的点入画，用大笔触水墨表现江南风景，以“浓、淡、染”的笔法，描绘了江南的山水、烟雨，人称“米氏云山”。米芾还精鉴别、好收藏，以其诗文家和书画家的独特眼光赏石、鉴石。他藏石颇丰，痴迷极深，有“襄阳米南宫，遇石便称兄”之说。据传，他曾见巨石，状极丑，大喜，具衣冠拜揖，呼之为“兄”，故世称“米癫”。

米芾在书法方面造诣最高，他擅长写篆、隶、楷、行、草等书体，可谓八面皆全。米芾平生于书法用功至深，强调学书重在勤奋和专攻。他曾说：“学书须得趣，他好俱忘乃入妙。别有一好萦之便不工也。”米芾先学欧阳询、柳公权等人书法，初显字体紧结、笔画挺拔劲健之风，后又转师王羲之、王献之等人笔法，又显体势展拓、笔致浑厚爽劲之气。他行书写得最好，有晋人风度。他还临摹古人墨宝，深得精髓，达到可乱真的程度。《宋史》对米芾的艺术成就评价很高，说他：“为文奇险，不蹈袭前人轨辙。特妙于翰墨，沈著（沉着）飞翥，得王献之笔意。”宋人葛立方在《韵语阳秋》中评论道：“本朝书，米元章、蔡君谟为冠，余子莫及。”由此可见米芾在北宋书法界已执牛耳。米芾行书作品传世者不少，尤以诗牍、书札最妙，《苕溪诗帖》《蜀素帖》《虹县诗》《向太后挽辞》等最为著名。他的刻石以《方圆庵记》为最好。此外，他的《张季明帖》行笔酣畅，气韵隽雅灵动，也是行书中的精品。

另外，米芾还有《书史》《海岳名言》《画史》等传世。

米芾生于襄阳，在涟水等地为官，病卒于下邳，安葬于镇江。在这些地方，至今都留有关于米芾的遗迹。

太原为米芾祖籍地，但米芾出生时，米家已经迁居襄阳。米芾是襄阳人的骄傲，至今，襄阳还保留着米芾纪念馆，也就是米公祠。米公祠位于湖北襄阳市樊城区沿江路的西段。据载，米芾于宋崇宁年间守无为军时，为官清廉，勤政爱民，时人感其德政，在他离任去世后，在其军邸的旧址上建起米公祠以示纪念。据《襄阳县志》记载，元末明初，米公祠毁于兵燹，明代曾重修，并由太子太保吏部尚书郑继之于明万历四十七年（1619年）撰书《米氏世系碑》，记述米氏故里的沿革。现祠为清光绪年间的知县王峻所建，主体部分是四进院落的建筑群，位于中间的拜殿是米氏后裔祭祀祖先的地方。米公祠藏有许多碑刻。拜殿后的宝晋斋是一座四合院，两侧有长长的碑

烟雨朦胧中，襄阳米公祠显得格外清幽，充满书卷气息

（摄于2009年4月18日）

廊，保存有大量的历代石刻碑文。这些碑刻，主要是晋唐以来的历代名家书刻，计140多方，出自50余位书法家之手，包括徐楷、苏轼、米芾、黄庭坚、蔡襄、赵佶、文天祥、赵孟頫、唐寅、祝允明、沈周、王守仁、王士禛等人的法帖，真、草、篆、楷各种书体无不具备。祠内还有仰高堂及洁亭、东苑、西苑等建筑，显得格外清幽，充满书卷气息。

米芾一生游历过很多地方，也在很多地方留有题字。在米芾所有的题字中，大概"第一山"几个大字被运用得最广。据说，在河南嵩山、江西庐山、湖北武当山、四川峨眉山等处都留有米芾的"第一山"。米芾的"第一山"三个字极有特点，像是用笔"刷"出来的，而且"刷"得很快，不然不会有飞白，从中可以感受到米芾笔意中显露出的癫狂。后人对"第一山"三字的评价非常高，认为运笔极其流畅，一气呵成，是神来之笔。其中"第"字结构严谨，笔画间架得当，疏密配合恰到好处。"一"字则壮硕遒劲，多处露有飞白，米芾当时一定是饱蘸浓墨，以快笔"刷"字而成，单单一横就变化万千，极显其笔下功力。三个字中，笔画最多和最少的两字排在一起，但“一”字并不因笔画少而显得单薄。粗犷的“山”字稳重坚实，牢牢托起其上二字，从而形成一个和谐的整体。

米芾“第一山”现在被很多名山“占为己有”，但实际上，米芾的“第一山”指的是江苏盱眙的名不见经传的南山。据北宋地方志和此后文人笔记中的记述可知，宋绍圣四年（1097年），米芾到江苏涟水任知县时，乘船经过洪泽湖畔淮河边的盱眙南山，这是米芾南下后所见到的第一座山。山虽不高，但米芾登临后诗兴大发，吟出《题泗滨南山石壁曰第一山》：“京洛风沙千里还，船头出汴翠屏间。莫论衡霍冲星斗，且是东南第一山。”随后，他为南山挥毫写下了苍劲飘逸的诗篇。后来，诗中的“第一山”三字被放大并摹刻到石碑上，后被广泛转摹。今天，南山已成为第一山国家森林公园，在半山腰的一座亭子边，有一座高大的“第一山”碑，不过这座碑刻已非原碑，为清乾隆年间翻刻，最早的摹刻石碑早已不存。

名不见经传的盱眙南山才是诸多第一山的源头

（摄于2014年5月18日）

米芾曾在江苏涟水为官。宋绍圣四年（1097年），米芾以太常博士来知涟水军，他在涟水仅两年，但为官公正廉洁，人称“青天”。涟水为官时期，正是米芾创作的盛年，他在此留下了大量的书法和诗文作品。米芾把涟水居所里的书画室命名为“瑞墨堂”。瑞墨堂环境幽雅，米芾非常喜爱，在他的《自涟漪寄薛绍彭》中就有“吟树对山风景聚，墨池濯砚龟鱼藏”的诗句。诗中提到的“墨池”，就是今涟水五岛公园内的“米公洗墨池”。人们为了纪念他，在洗墨池畔，建了一座米公亭。虽然时隔几百年，可是涟水仍旧流传着米芾勤政为民的故事，精心保存着他在任期间的一些遗迹。米芾以他的人格和才艺，在涟水人民心中竖起了一座不朽的丰碑。

涟水米公亭和洗墨池至今仍让人心仪

（摄于2016年4月21日）

江苏下邳是米芾度过生命最后时光的地方。宋大观元年（1107年），米芾遭弹劾后由礼部员外郎降职为淮阳权知军州事。淮阳军治所在下邳。米芾在下邳待了不到一年，但他知淮阳军时，为官清正，崇尚礼教，“使民足，且知方也”。据说，米芾还主持修建了当地的城隍庙，亲自撰写碑文及殿堂楹联。米芾知淮阳军时，在当地留下了很多书法遗迹，但淮阳水患不断，导致米芾书迹所存无几。下邳治所在今江苏邳州南部睢宁县北古邳镇。清朝晚期的一场大地震，下邳古城大部分下陷，沉入湖底。

米芾病逝于下邳，根据他生前的愿望，其子米友仁及其他亲友将其归葬镇江。米芾晚年居镇江，还在镇江建山林堂，故名其诗文集为《山林集》。文集原本有100卷，现大多散佚。米芾墓在镇江南郊黄鹤山麓。据说米芾晚年好佛学禅，特别喜爱南郊黄鹤山的鹤林寺，认为那里是念佛作画的佳所，表示死后愿做鹤林寺伽蓝护寺。因此，后人在鹤林寺山门前立祠，供奉米芾遗像。米芾墓迎面有一座三门冲天式碑坊，坊柱上镌刻一楹联："抔土足千秋襄阳文史宣和笔，丛林才数武宋朝郎署米家山。"米芾墓直径11米，坟包径约4米，外包护石。墓碑上刻"一九八七年春日重修，宋礼部员外郎米芾元章之墓，曼殊后学启功敬题"。

据说不久前，人们在广东清远也发现了始修于元末或明初的米芾墓。据清光绪年间编写的《米氏族谱》手抄本记载："太祖讳芾，字元章……太祖婆郑氏念六娘，生子友仁，合葬于獭凹背。"有专家考证后提出，米芾之子米友仁曾于南宋绍兴年间往南迁移过米芾墓。因此，有学者认为，清远米芾墓很可能是后人将祖先遗骸迁葬到这里的。当然，清远墓究竟是米芾的衣冠冢还是真墓，还有待进一步考证。

书法史上论及宋代书法，素有"苏、黄、米、蔡"四大书家的说法。他们四人被认为是宋代书法风格的典型代表，而米芾以其锋出八面、不泥古法的特点而备受推崇。其实，米芾的为官为人同样出彩，后人重其书，慕其人，瞻仰其遗迹，从中感受他的人格魅力。

米芾喜爱镇江山林的清幽，即便身后也愿栖身其中

（摄于2013年3月31日）

镇江南郊黄鹤山不高，但有了米芾墓就得仰视

（摄于2013年3月31日）

生死书丛不老泉

随着电视剧《铁齿铜牙纪晓岚》的热播，清代名臣纪晓岚走进了大众视野。虽然真实的纪晓岚的人生境遇并不如荧幕上那般春风得意，但总体而言，他在官场和学问方面都算得上名重一时的人物。纪晓岚历经雍正、乾隆、嘉庆三朝，官运亨通，曾三迁御史，三入礼部，两次执掌兵符，一生备受尊宠；他敏而好学，著述甚丰，知天命之年出任四库全书馆总纂。现存的民间传说中有许多纪晓岚的故事。据说他生性诙谐幽默，嬉笑怒骂皆成文章；又才思敏捷，颇具奇智，尤工于对联、联诗，常妙语连珠，语惊四座；纪晓岚生活上不拘小节，是一位名副其实的风流才子。

纪晓岚（1724—1805年），名昀，字晓岚，河间府献县人。相传纪母待产时，他的爷爷纪天申梦见火光入楼，而且在纪晓岚出生之日，城中许多人都看见了“火精”（这是一种五代时就有的精怪，本体为女性），正当他们敲锣打鼓驱逐她时，火精竟奔入纪府没了踪影。后来，纪夫人产下一子，耳垂上有针孔痕迹，双脚也特别白嫩纤小。当时有很多人认为纪晓岚是火精转世。纪晓岚晚年在《槐西杂志》中也回忆说自己四五岁时，夜能视物，与昼无异，然而七八岁后，这一特异功能便逐渐消失了。

纪晓岚从小就聪颖过人，颇有胆识，有“神童”之称。据说有一天，他和小伙伴们在大街上抛球玩耍，一不小心，把球掷进了刚巧路过的太守官轿内。孩子们一时惊慌失措，不知如何是好。纪晓岚不慌不忙地上前向太守讨要小球。太守觉得这个小孩挺可爱，就想出个对联考考他，如果纪晓岚对上来了，就将小球还给他。

太守出的上联是："童子六七人唯汝狡。"

没有想到纪晓岚眼珠一转，很快就续出了下联，却故意不说最后一字："太守二千石独公……"

太守好奇地问他："独公什么，怎么不说完？"

纪晓岚笑道："如果你把球还我，就是独公廉，不然就是独公贪。"

太守听后，连连笑叹，赞赏之余，把球还给了纪晓岚。

八岁那年，纪晓岚参加当地的童子试。主考官是一位青年才俊，已登科三年，因为久闻纪晓岚"神童"之名，便想借机调侃他一番。他也出了一个上联："八岁儿童岂有登科大志？"纪晓岚想都没想，立即对曰："三年经历料无报国之心！"

主考官听后，摸了摸鼻子，又指着门上贴着的哼哈二将，出了一联："门上将军两脚未曾着地。"纪晓岚随口接道："朝中宰相一手可以托天。"

眼见难不住纪晓岚，主考官极目远眺，见对面寺中有一座七层宝塔，便再出一联："宝塔六七层四面东西南北。"不料纪晓岚眼都不眨就念出："宪书十二月一年春夏秋冬。"

三联之后，主考官不得不叹服纪晓岚的才华，承认他的"神童"之名，果然名不虚传。

13年后，21岁的纪晓岚中了秀才。一日春游时，又遇上了当年“刁难”自己的主考官。此时，这位主考官已升任知府。两人相遇在一株花树下，纪晓岚手执一枝桃花，见知府走近，他慌忙将花枝掩入袖中，匆匆行礼。知府想起陈年旧事，不禁失笑，又起戏弄之意，于是他指着纪晓岚，施施然说道：“白面书生袖里暗藏春色。”纪晓岚一愣，很快就朗声答道：“黄堂太守眼中明察秋毫。”说罢，二人相视大笑，知府对纪晓岚的才思深表赞赏。

纪晓岚少年时就善于工对，出仕以后更甚。相传乾隆帝一直寻机想在对对联上难住纪晓岚，但始终未能如愿。一年初秋，乾隆帝东巡泰山，行至半山腰时，见怪石嶙峋，块块呈崩裂状，但触之却甚为坚硬。于是，乾隆帝随口说道：“泰山石稀烂挺硬。”让诸大臣对出下联，大臣们面面相觑，无人应答。一些大臣将目光转向随行的纪晓岚，却见他也是苦思状。过了一会儿，君臣一行登上了南天门，脚下江山万里，河清海晏。这时，纪晓岚突然高呼：“对上了！对上了！”众人看向他，只见纪晓岚清了清嗓子，答道：“黄河水翻滚冰凉。”乾隆帝听后，微笑着连连点头。

在民间传说中，这是纪晓岚用时最长的一次对对联，但很少有人知道，他曾被一介武夫狠狠地“教训”过一回。

清乾隆二十七年（1762年），纪晓岚奉诏前往福建督学。在渡江时，他所坐的船被一艘大船赶超，船上立着一名雄赳赳的壮年男子。男子看见纪晓岚乘坐的小舟，轻蔑地一笑，随即派人递给纪晓岚一张纸条，纸条上写着：“看阁下模样，想必是一位文士，在下不过一武夫，现有一联，阁下若能对出，敝船自当退避三舍；要是对不出，就只好委屈阁下尾随在后了。”男子给出的上联是：“两舟并行橹速（鲁肃）不及帆快（樊哙）。”不料，纪晓岚愣在那里，没有像从前那样迅速地反应过来。男子见纪晓岚皱眉冥思苦想，半天没有作答的样子，就哈哈一笑，让船夫扬帆而去。

纪晓岚气不打一处来，他不相信自己竟然被一介莽夫难住了。于是他一直想啊想啊，几乎到了食不甘味、夜不能寐的地步。直到他到了福建，主持院试的抡才大典时，才受到奏乐的启发，灵光乍现，想出了“八音齐奏笛清（狄青）怎比箫合（萧何）”的下联。这一联虽然对得绝妙，但毕竟用时太久，没有真正让对手服气，估计是纪晓岚对联生涯中的一大遗憾。

纪晓岚不仅才华横溢，声名远扬，而且也算得上官运亨通。乾隆十九年（1754年），31岁的纪晓岚高中二甲第一名进士，以庶吉士进入翰林院，从此步入仕途。他凭着渊博的学识和敏捷的才智得到了乾隆帝的赞赏，不过有时也会受到乾隆帝的戏弄。

有一年夏天，举国干旱。田野龟裂，草木凋枯，百姓人心惶惶。于是，乾隆帝决定亲自祈雨，遂择黄道吉日，率文武百官到天坛祭祷。一系列礼仪之后，轮到官员奉命宣读祷文。只见乾隆帝不慌不忙从袖中抽出一卷纸轴，直接交给了纪晓岚。官员们以为乾隆帝自己亲撰了祷文，也就静静地等着纪晓岚宣读。谁知这是乾隆帝跟纪晓岚开的一个玩笑，卷轴上只字全无，纪晓岚看着这一卷白纸也很吃惊，不过他很快镇定下来，临时撰稿，宣读道："帝曰，咨尔龙，岁大旱，用汝行甘雨，汝其往，钦哉！"

纪晓岚虽然受到乾隆帝的喜爱，仕途顺畅，但也有栽跟头的时候。乾隆三十三年（1768年）发生的扬州两淮盐务亏空案，差点使他前途尽毁。

纪晓岚膝下有三女，长女嫁给了两淮盐运使卢雅雨之子。卢雅雨喜好风雅，广交朋友，且性情豪爽，对很多志同道合之士多有馈赠。在他任上，两淮盐务发生了严重的税银亏空。乾隆帝震怒，下旨严查。卢氏身为盐运使，在这件案子上难脱贪污受贿、挪用公款之嫌，案情一旦查实，卢家将面临家产充公的悲惨命运。作为姻亲，纪晓岚非常焦急，但他也不敢明目张胆地为亲家通风报信，只好用一个空白的信封装上一些盐和茶叶，派人连夜送到卢家。

卢雅雨收到信后，悟出了纪晓岚的暗语："盐案亏空查

（茶）封！”于是，他火速转移了家中剩余的资产，让奉旨查抄的官兵扑了个空。但是，纪晓岚泄密之事被和珅捅了出来。乾隆帝大为光火，本应严惩纪晓岚，但他念着多年君臣情分，从轻发落，将纪晓岚发配到新疆乌鲁木齐充军。

纪晓岚在新疆待了近三年，于乾隆三十六年（1771年）初，被乾隆帝一纸诏书召回，担任《四库全书》的总编纂。

纪晓岚一生，有两件事情做得最多：一是主持科举，二是主持编修。他曾两次为乡试考官，六次为文武会试考官，所以门生甚众，在士林中颇具影响。他主持编修的次数就更多了，不过最为重要的当数奉命主持纂修《四库全书》。此书是乾隆帝亲自组织编修的中国历史上一部规模最大的丛书，是将《永乐大典》所辑佚书与“各省所采及武英殿所有官刻诸书”汇编而成的一部丛书，因分经、史、子、集四部，故名“四库”。《四库全书》共收3500多种图书，分7.9万卷，3.6万册，约8亿字，基本上囊括了中国古代所有图书，故称“全书”。纪晓岚带领360多位官员、学者编撰，历时10年才告完成。同时完成的还有《四库全书总目提要》。这期间，纪晓岚不断得到升迁，先后晋升为左都御史、礼部尚书。嘉庆帝亲政后，他又以礼部尚书、协办大学士加太子太保管国子监事。

纪晓岚一生的精力主要耗在《四库全书》等书的勘定上，但空闲之余，他也喜欢写些稗官小说，其中最著名的是他晚年写成的笔记小说《阅微草堂笔记》。该书近40万字，分24卷，包括《滦阳消夏录》6卷、《如是我闻》4卷、《槐西杂志》4卷、《姑妄听之》4卷、《滦阳续录》6卷，主要取材于纪晓岚的亲身经历、耳闻目睹以及他人提供或转述的材料，涉及社会生活各领域，从文人学士、妓女乞丐，到三教九流、花妖狐魅，几乎无所不包，从一个侧面反映了清代中期纷繁复杂的时代风貌。

嘉庆十年（1805年），81岁的纪晓岚因连日劳累，加上外感风寒，病倒在床。本以为病很快就会好的，没有想到，傍晚时分，纪晓岚永远地闭上了眼睛，走完了他辉煌的人生旅程。

作为清朝一位在正史和野史中都很引人注目的历史人物，纪晓岚在北京和乌鲁木齐都留有阅微草堂的遗迹，在其家乡沧县崔尔庄镇也留下了墓冢和纪园。

纪晓岚一生中的绝大多数时间都在北京度过。据了解，纪晓岚在北京的居所有两处：一处在城内的虎坊桥东，另一处在城外的海淀西苑圆明园附近。城外圆明园附近的居所被称作“槐西老屋”，不过，这一处居所由于多种原因，现在已经无从查找了。城内虎坊桥东的故居至今尚存，现址为北京西城区珠市口西大街241号。这一处故居在过去很长时间为晋阳饭庄所占用，基本格局没有发生变化。所谓故居，其实也只是原故居的一部分。一般的名人故居都历尽沧桑，能完整保留原貌几乎不可能，只要在原址，又能够留存一部分，再加以修缮和恢复，它依然是重要的文化遗产。纪晓岚故居就属于这种情况。

北京纪晓岚故居的长廊目睹了纪晓岚的爱恨情仇

（摄于2015年5月15日）

北京纪晓岚故居历尽沧桑，能够保存至今，实为幸事

（摄于2015年5月15日）

据说，这处住宅原为清雍正年间威信公岳钟琪的府第。岳钟琪，相传是岳飞的后裔，曾任四川提督、川陕总督、宁远大将军等职，因功被皇上封为威信公，并赏赐此宅。岳钟琪曾对住宅重新进行了规划整修。雍正十年（1732年），岳钟琪获罪入狱后，宅院被查封入公，后归纪晓岚，题名为“阅微草堂”。今天的纪晓岚故居，是一座四合院式建筑。这种院子在北京也很普通，原来的故居应该比现在大得多。据说，纪晓岚故居后来多次易主。他去世后不久，子孙就将阅微草堂的一半租赁给他人，近代梅兰芳、余叔岩等人也曾在此设国剧传习所。1958年，此处改为晋阳饭庄，1987年晋阳饭庄扩建新楼，部分故居被拆，当年悬挂在东小院北屋的“阅微草堂”旧额也不知去向。

第二院落后的正房就是纪晓岚当年的“阅微草堂”

（摄于2015年5月15日）

现今的“阅微草堂”，大门是中西合璧的建筑风格，悬挂着书有“纪晓岚故居”的匾额。原建筑为两进四合院格局，而现在第一进院落已被拆除，成为人行道。庭院中的一棵古紫藤萝也已成为人行道上的一处景观，虽经数百年，但仍然绿荫覆地，香气袭人。从左侧偏门直接进入第二院落，院落两侧建有回廊，庭园中植有海棠一株。海棠原为两株，是纪晓岚亲手所植，并承载着他与四叔家的婢女文鸾的一段恋情。

文鸾聪明伶俐，温柔貌美，与纪晓岚两小无猜，长大后，二人在海棠树下海誓山盟，定下终身。但因文鸾的哥哥向纪家索要的彩礼太高，纪晓岚的正室马夫人颇为不满，竟硬生生地将一对恋人给拆散了。文鸾为此忧伤过度，香消玉殒。文鸾之死对纪晓岚打击很大，直到他年近知天命之时也常常想起少年

海棠树下的塑像叙述着纪晓岚与婢女文鸾的一段恋情

（摄于2015年5月15日）

时的青涩爱情。据传，纪晓岚48岁那年做了一个梦，梦中他与文鸾故地重游，梦醒之后，纪晓岚写下一首《题秋海棠》：

憔悴幽花剧可怜，斜阳院落晚秋天。

词人老大风情减，犹对残花一怅然。

诗中以海棠比文鸾，恰有“人面不知何处去，桃花依旧笑春风”的悲凉。

文鸾走后，纪晓岚又纳了一妾，容貌酷似文鸾。纪晓岚为她取名明玕，有“虽石似玉”之意。明玕乖巧伶俐，常侍奉纪晓岚检点图书。在纪晓岚的教导下，明玕也能粗通文墨，解语知意，深得纪晓岚宠爱。可惜的是，明玕30多岁时便撒手人寰。在她病危期间，纪晓岚频频做梦，梦中他总是回忆起他的少年时光，梦中有一女子，时而是明玕，时而是文鸾。为了纪念他生命中的两位红颜知己，纪晓岚在宅内植下两株海棠，一株是文鸾，一株是明玕。

海棠记下了纪晓岚的一段风流佳话，可惜的是其中一株海棠在老房改造时被砍伐，现在只剩下一株。穿过院落，就是正房，也就是纪晓岚当年的“阅微草堂”。堂屋中央上方悬挂着启功书写的“阅微草堂旧址”匾额，堂内陈设古色古香，但据说纪晓岚故居中，已经没有一件物品是纪晓岚的遗物，多少令人怅然。

北京纪晓岚故居堂屋中央悬挂着启功所书的“阅微草堂旧址”匾额
（摄于2015年5月15日）

纪晓岚居官多年，走南闯北，但从未越过天山。在他的想象中，这边疆之地，一定是非常荒凉可怕。但事实上，乌鲁木齐九家湾一带，在弯弯曲曲的山路旁，也是流水潺潺，鸟语花香。充军新疆时，纪晓岚在这里暂时安了家，提笔写下了“阅

纪晓岚谪戍新疆，为乌鲁木齐带来了一处文化殿堂

（摄于2014年7月22日）

纪晓岚至今不愿离开给他带来创作灵感的新疆

（摄于2014年7月22日）

微草堂”四个字，贴在门额上。这就是纪晓岚在北京之外的又一处“阅微草堂”。

纪晓岚在这里写下了许多诗作。三年后，纪晓岚离开乌鲁木齐，九家湾的“阅微草堂”开始冷寂，逐渐残破直至消失。不过，纪晓岚在新疆的遗迹还是成为后人追寻的对象。据记载，我国爱国名将林则徐受贬谪戍伊犁，途经乌鲁木齐时，他冒着大雪，特地找到纪晓岚的“阅微草堂”故址，以崇拜的心情，凭吊这位前辈难友。后来，杨增新主

乌鲁木齐在纪晓岚戍所修建的纪念馆幽静清雅

（摄于2014年7月22日）

政新疆，也非常敬仰纪晓岚，亲诣九家湾寻访“阅微草堂”遗迹，并于1922年在乌鲁木齐鉴湖公园内的南滨河处，建起一座幽静的水榭，悬挂起由当时书法家张景州题写的“阅微草堂”匾额。今天，这里已成为乌鲁木齐人民公园的一部分。

人民公园树木葱茏，纪晓岚旧宅的位置上现已建成纪晓岚纪念馆。庭院中矗立着纪晓岚塑像，四周回廊中碑刻林立。纪念馆西侧还有一排平房，门额上书有“阅微草堂”四字。望着修葺一新的“阅微草堂”和纪晓岚纪念馆，让人深感往事如烟，纪晓岚在新疆的经历，不仅是纪晓岚一生的重要阅历，更是新疆人民的宝贵财富。

纪晓岚于清雍正二年（1724年）出生于直隶河间府献县崔庄，其故居遗址坐落在今河北沧县崔尔庄村内。纪晓岚的童年时期是在这里度过的，这里一定保留了纪晓岚很多难忘的记忆。历经岁月的沧桑巨变，纪氏祖屋早已荡然无存，崔尔庄父老为纪念这位家乡才子，特地修建了追溯纪晓岚生平业绩的纪园，仿建了阅微草堂、文漪阁等纪晓岚的生活和办公场所。

纪晓岚到底没有忘记故乡，病故后归葬故里。纪晓岚墓坐落在沧县崔尔庄镇北村村南约300米处，墓园砌有围墙保护。纪晓岚墓就坐落在墓园中央的数棵高大的椿树、榆树、槐树下，墓冢朝东，但很简陋，只有一堆黄土。墓前立有两块碑石：前碑为神道碑，碑身正面刻有“皇清太子少保协办大学士礼部尚书纪文达公神道碑”的楷书大字；后碑为御碑，刻有嘉庆帝御制碑文，非常精美。据当地村民说，纪晓岚墓原来规模很大，墓前建有神道，两侧立有石人、石马等石像生，甚至还有下马碑。后来，墓前的这些石像生被陆续盗走，至今荡然无存，墓地也逐渐荒芜，最后只剩下黄土一堆和墓周葱郁高大的一片树林。曾经规模壮观的一代才子墓冢落到如此地步，不禁让人唏嘘。在纪晓岚故乡，还流传着这样一个说法，说是纪晓岚逝世后，为防盗墓，人们从北京到家乡每隔25千米埋一座坟，这一传言也曾引起了人们对北村纪晓岚墓真实性的怀疑。不过，从纪晓岚墓前的御制墓碑和朱珪为纪晓岚所写的《墓志铭》记载来看，纪晓岚和马太夫人合葬于献县北村应该是有依据的。

200多年过去了，后人也许并不关心纪晓岚的故居和墓地，但通过影视剧，人们还是会对他的旁征博引、诗文功夫、黠慧敏捷的才智留有深刻印象。尤其是他的《四库全书》和传奇著作《阅微草堂笔记》，必将光耀千代。

崔尔庄纪园寄寓着故乡父老对纪晓岚的崇敬之情

（摄于2015年5月14日）

崔尔庄纪晓岚墓历经风雨，而今只有几棵大树陪伴左右

（摄于2015年5月15日）

三 雨中聊旧闻

概　述

旧事者，旧闻也。中国历史上有太多的旧闻值得我们回味。这些旧闻的发生地也自然成为人们向往的地方。历史虽然已经远逝，但旧闻使它们的发生地在后人看来具有不一般的韵味。当然，并不是所有的旧闻都值得回味，也不是只有惊天动地的事迹才能流传。许多在当时并不显赫的事情，经过文人骚客的渲染，也会成为后人关注的对象。

不同背景的人对旧闻有不同的兴趣点。笔者感兴趣的是那些与历史有关，并留有遗迹的旧闻。我们不远万里地去参观考察这些旧闻故地，看到的也许是原物，也许是后人重修的，也许只是断壁残垣，但它们承载着尘封的历史，使人们对历史旧闻的认识和理解进一步加深。

本编的内容，有对君子侠士的追忆，有对名人逸事的寻访，有对亡国之君的感叹，有对古战场的凭吊，有对历史谜团的探究……这些“陈年旧事”，也是历史精彩瞬间的遗珠。

本编是散记，没有明确的主题，是笔者在东南西北各地参观考察后的游记串编。这样的归类，虽然没有一定的系统，但旧闻好比是历史进程中散落的明珠，对后世有很大的启示。历史其实就是由这许许多多的旧闻串联起来的。

忆旧事，可以随时随地，但不同的时节，心境也各有不同。雨中聊旧闻，带有一种怀旧的感觉。江南多雨，淅淅沥沥的小雨，会让笔者在想起旧闻时，产生更多的感触和思考。

战国英豪称四君

战国时期是列强纷争的动荡时代，同时也是英才辈出的时代，战国四公子无疑是当时的显赫人物。战国四公子，指的是魏国的信陵君、齐国的孟尝君、赵国的平原君和楚国的春申君。他们四人出身显赫，不是王室后裔，就是权贵大族。他们在秦国日益强大、虎视群雄的危急关头，为了抵抗秦国的入侵，挽救本国的命运，竭力网罗人才，为国分忧。他们借助士人食客的才智取得竞争上的优势，在某种程度上影响着国家的兴衰。战国四公子用自己的才能，在食客的辅弼下，在战国纷乱的时局里纵横捭阖，取得了令人刮目相看的功业，并永远载入史册，流传千古。

信陵君姓魏名无忌，是魏昭王的少子。他哥哥继位为魏安釐王后，魏无忌受封在信陵（今河南宁陵），因而被称为“信陵君”。魏无忌为人仁爱宽厚，礼贤下士，最典型的例子是礼待侯嬴。侯嬴是魏国的一位隐士，年届七十，仍为一守门小吏。魏无忌不仅屈尊拜访，还在一次大宴宾客时，亲自到东城门迎接侯嬴。侯嬴毫不谦让，穿着破衣昂首坐上车，而且路上还长时间拜访其友朱亥。面对此景况，魏无忌并无半点不悦，依旧耐心等候，恭敬驾车。迎到家后，魏无忌让侯嬴坐上席，并向全体宾客恭敬介绍。事后，侯嬴告诉魏无忌，自己这样做是想成就公子礼贤下士的名声。从此，魏无忌声名远扬，士人争相前往归附于他。据说，魏无忌门下食客最多时达3000人。

魏无忌最为后人津津乐道的是“窃符救赵”的故事。事情发生在公元前257年，气势正旺的秦国军队包围了赵国都城邯郸，形势非常危急。赵国丞相赵胜的妻子是魏无忌的姐姐，她请求魏王和魏无忌派兵救援。魏王派将军晋鄙领兵十万前去救赵。秦昭王得知此事后，就派使臣威胁魏王，使魏王放弃救援，命令晋鄙把军队留驻邺城。赵胜连续派使臣前往魏国告急。魏无忌非常焦虑，在劝说魏王无效的情况下，打算自带宾客与秦军相拼，与赵国共赴国难。这时，侯嬴献计：让魏无忌请魏王最宠爱的如姬，从魏王的卧室里偷出调兵的兵符。魏无忌过去有恩于如姬，如姬为报恩情，冒险盗出了兵符。魏无忌拿上兵符，带着朱亥到达邺城，假称魏王命自己代替晋鄙为将。虽然兵符无误，但晋鄙仍然拒绝受命。魏无忌不得已让朱亥用铁锤砸死晋鄙，然后率兵开赴前线，抗击秦军。秦军见状，只得解围撤兵，邯郸因此得救。

赵国保住了，但魏无忌自知得罪魏王，于是他让手下的将军带着军队返回魏国，自己与门客留在赵国。赵王把鄗地封赏给魏无忌，作为汤沐邑。魏无忌在赵国一住就是十几年，直到秦国进攻魏国。在魏王的再三请求下，魏无忌才回到魏国，受命为上将军。魏无忌在各诸侯国的支援下，率领五个诸侯国的联军，在黄河以南大败秦军，并乘胜攻至函谷关，魏无忌因此声名大震。

后来，魏无忌屡遭魏王猜忌，心灰意懒，终日沉迷酒色，于公元前243年去世。魏国失去顶梁柱，从此一蹶不振，18年后，被秦国灭亡。

孟尝君姓田名文，字孟，封于尝邑，故号“孟尝君”。他的父亲田婴在齐国担任过宰相。田文是田婴40多个儿子中的一个，但他自幼机敏过人，最后得以袭父爵位，封于薛（今山东滕州东南），称“薛公”。孟尝君以广招宾客、食客三千闻名。他礼待食客，不分三六九等，这些食客在关键时刻都能发挥重要的作用。例如食客冯谖，用“狡兔三窟”之谋恢复了孟尝君的相位，并将齐国宗庙设在薛地，以长久保护封地。“孟尝君为相数十年，无纤介之祸”，冯谖一系列的策略起了重要作用。

孟尝君先在齐国为相，后被秦昭王召为相国。但不久昭王听信谗言，囚禁了孟尝君。其食客再显神通：一位食客用“狗盗”的方法窃取了名贵的“狐白裘”，送给秦昭王的宠妾，昭王听了宠妾的美言，释放了孟尝君。孟尝君获释后，另一位食客又用“鸡鸣”的方式骗守卫打开城门，使孟尝君迅速逃离函谷关。食客苏代也多谋善辩，数次为孟尝君出谋划策。

孟尝君凭借食客的“鸡鸣狗盗”之术，逃离函谷关

（摄于2008年9月20日）

仰仗所养之士，孟尝君不断开拓自己的事业。他一生中为三国相，曾联合韩、魏击败楚、秦，也曾西合秦、赵与燕共伐齐，可谓风光一时。孟尝君去世后，发生了诸子争立事件，薛地气势日衰，最终被灭。

平原君姓嬴，赵氏，名胜，是赵武灵王之子，赵惠文王的弟弟，因贤能而闻名。他的封地在东武（今山东武城），号“平原君”。他在赵惠文王和赵孝成王时期为相，是一位礼贤下士的君子，甚至为了门客而不顾性命。例如，他收留了秦相范雎的仇人魏齐，秦昭王给赵胜写信，假意邀请他赴秦作“十日之饮”。赵胜到秦国后，秦王要求他交出魏齐的人头，否则就不放他回国，结果赵胜严词拒绝。秦王又写信给赵王，威胁如果不交出魏齐，就即刻发兵攻赵。赵王发兵包围了赵胜的宅院，逼交魏齐，魏齐趁夜出逃，后自杀，秦昭王这才放归赵胜。赵孝成王七年（公元前259年），秦兵包围赵都邯郸。危急关头，赵胜听从食客建议，尽散家财，“令夫人以下编于士卒之间，分功而作。家之所有，尽散以飨士”，激励士兵坚守城池长达三年。赵王派赵胜向魏国和楚国求援，食客毛遂自告奋勇，愿和赵胜一同前去楚国。毛遂用犀利的言辞说服楚王当场结盟。在楚军和魏军的支援下，赵胜率军奋力抵抗，最终解了邯郸之围。赵孝成王十五年（公元前251年），赵胜去世。

春申君姓黄名歇，《史记》说他是楚人。战国四公子中，他是唯一一位非诸侯国王室出身的人。黄歇早年游学博闻，这为他25年的楚国宰相生涯打下了坚实的基础。

当时，秦国凭借强大的军事实力入侵楚国，黄歇临危受命，出使秦国。黄歇用历史的教训告诉秦昭王：楚国灭亡只会有利于韩、魏、齐等国，只有联合楚国才是制衡韩、魏等国的上策。秦昭王认为黄歇说得不无道理，于是决定停止进攻，并与楚国结盟，楚国转危为安。秦楚和解后，楚国太子作为人质，留居秦国，黄歇陪伴左右。数年后，楚顷襄王病重，但秦王不许太子回国探视。在此紧要关头，黄歇不顾被秦王杀头的危险，让太子化装先回楚国，自己装病拖延时间，帮助太子逃离虎口。秦王无奈，为了不与楚国结仇，只得放归黄歇。太子继位为楚考烈王，黄歇也因功被封为“春申君”，并当上相国。

为相期间，黄歇亲自率军击秦援赵，又北伐灭鲁。同时，黄歇也与其他三位公子一样，礼贤下士，广揽食客。让人没有想到的是，黄歇最后竟惨死在食客李园手下。李园是一个有野心的食客，他得知楚王无子，就先将自己的妹妹献给了黄歇，待其怀孕后，又转送给楚王。李园的妹妹生子后，被立为王后。李园因此得以参与政事。公元前238年，楚考烈王病逝，李园出于揽权欲望，竟在黄歇奔丧途中，设伏杀死了他，并派官吏把黄歇一家满门抄斩。黄歇虽然足智多谋，但识人不够，最终被小人算计。

战国四公子名重一时，直到今天，我们还能够看到他们的一些遗迹和纪念性建筑。

信陵君的遗迹主要分布在今河南一带。《如梦录》记载：“相国寺即七国魏公子无忌住宅。”《汴京遗迹志》则说，相国寺旧址是信陵君游玩的地方。相国寺至今犹存，但人们已很难寻得信陵君的遗迹。

魏安釐王三十四年（公元前243年），信陵君患病去世，葬于今河南省开封市。据说，信陵君墓在禹王台（即古吹台）西部一带。汉高祖刘邦非常崇敬信陵君，行军打仗，每路过这里，都要祭拜信陵君。刘邦为信陵君墓设置了五家守冢户，年年奉祀不绝。到了唐代，信陵君墓虽在，但已荒废。唐代诗人李白在《梁园吟》中有“昔人豪贵信陵君，今人耕种信陵坟。荒城虚照碧山月，古木尽入苍梧云”的诗句。今天，信陵君墓已无存，只剩一片柏树林在风中沙沙作响。

高耸的开封古吹台也许就是信陵君的墓冢所在地
（摄于2015年4月26日）

河南省商丘宁陵县为信陵君封地，此处亦有信陵君墓。它位于宁陵县北部，现在只剩下了一个大封土堆。由于黄河泛滥、兵灾等原因，地面上已经没有任何墓冢痕迹。有趣的是，用铁锤砸死了晋鄙的朱亥，虽然已经不知其墓的具体位置，但据《光绪祥符县志》载："朱亥墓，在朱仙镇，俗称屠儿墓。"中国四大名镇之一的朱仙镇，就是因为有朱亥之墓而得名的。

孟尝君的遗迹主要分布在今山东的滕州和青州一带。

在孟尝君的一生中，其封地薛非常重要，它是孟尝君的根据地。薛位于山东省滕州市张汪镇与官桥镇之间，原为诸侯小国薛国的地盘。战国初期，齐灭薛。齐滑王三年（公元前299年），薛地被封给了孟尝君之父田婴，之后孟尝君继承了父亲的爵位和封地。据载，孟尝君封于薛后，继续扩筑薛国城池与宫城。现在，古薛城中心的高地皇殿岗，即当年孟尝君父子的宫城所在地。在薛地，孟尝君设立礼贤馆，广罗人才。明万历年间《滕县志》载："在薛城内西北隅，孟尝君养士之所也。"如今，薛国故城被列为全国重点文物保护单位。

孟尝君死后，安葬于薛国故城内东北隅，与其父亲的墓冢东西并列。今天，孟尝君墓依然矗立在田野之中，四周由红色墓墙围砌。墓园正面为礼贤馆，为1992年春复建，规模较小，馆内陈设的文物也很少。礼贤馆后面就是孟尝君及其父田婴的墓冢。据清末民初杨守敬《水经注疏》记载，该墓曾被挖掘，墓"内如宫室，以铜铁铸壁，扣之有声，坚不可动"。

滕州孟尝君墓几经毁建，如今已经难呈旧貌

（摄于2014年6月13日）

滕州孟尝君墓园的红墙在田野之中显得格外醒目

（摄于2014年6月13日）

青州的朱良镇段村也有一座孟尝君墓，不过据说已经陷入蔬菜大棚包围中。

在滕州孟尝君墓不远处，就是毛遂墓，墓主人因“毛遂自荐”而声名远扬。毛遂墓虽靠近孟尝君墓，但毛遂却是平原君赵胜的门客，可能因为毛遂是薛人才葬于此。据《滕县志》记载：“毛遂，薛人也……后卒，葬于薛。”毛遂墓为穹隆顶式，墓前立有书法家王学仲所题“毛遂之墓”的石碑，两边各有侧碑。墓前还建有一座锥形冒尖碑，四面有书法家欧阳中石书写的“毛遂自荐”四个大字。墓园还建有青砖小瓦的围墙。

毛遂虽为平原君的门客，却葬在孟尝君墓的附近
（摄于2014年6月13日）

平原君的遗迹主要分布在今河北和山东地区。

平原君的墓地有两处：一处在河北省邯郸肥乡县，另一处在山东省西北部的陵县。

河北平原君墓位于邯郸肥乡县元固乡西屯庄。据《肥乡县志》记载，该陵墓原高约六十米，到明代尚有三十多米。“(自)唐宋相传以来，城南数里有冢，即平原君墓。”今天，平原君墓尚存。墓园正中为神龟驮起的墓碑，碑阳为明万历年间武进士张懋忠所书“赵平原君墓”五个大字，碑阴书写平原君生平事迹。穿过两排柏树，就能看到平原君墓冢。墓封土的高度已不足四米，且非常简陋。在墓前的供桌上，能够看到今

邯郸平原君墓碑在苍松翠柏的掩映下显得高大清幽

（摄于2015年5月14日）

人祭祀留下的痕迹，说明平原君并没有被人们忘记。

山东平原君墓坐落在陵县护城河边一片破旧村子的菜地中间，没有台基，没有护栏，只有一个不高的土坟堆，坟堆前立有一块墓碑。走近看时，墓碑上刻着“平原君墓”四个大字。碑上另有两行小字，上面一行刻的是“大清嘉庆十六年（1811年）岁次辛未孟夏”，下面一行刻的是“知陵县事浙湖沈瑊重立”。

春申君的遗迹主要分布在楚国故地，即今湖北、安徽、江苏和上海一带。公元前262年，黄歇被楚考烈王任命为楚国令尹，获赐淮北12县的封地。由于淮北与齐国相邻，经常发生战事，因此黄歇请求转封到江东去。于是楚考烈王把春申君封到吴国故都，即今苏州、上海一带。春申君曾在此修建城堡，把它们作为自己的都邑。春申君封吴后，为治理吴地做出了巨大贡献。他组织治理申江，疏通河道，抑制水患，政绩显赫，深得民心。当地人为了纪念他，纷纷以其姓或号为许多山、水、地方命名，如上海的黄浦港，上海的简称“申”，浙江吴兴的黄浦，江苏江阴的申港、黄田港等，都因春申君而得名。苏州人敬春申君为城隍，定期祭祀。至今在苏州市王洗马巷内还保存有春申君庙，庙建于明代，重修于清代同治年间，现存大殿、戏楼、二殿、厢房、道舍等建筑。

春申君死后葬于何地，众说纷纭。一说葬于安徽淮南市谢家集区李郢孜镇，一说葬在河南潢川县隆古乡隆古村，一说葬于湖北武汉黄鹤乡仁义村，一说葬于江苏江阴君山，一说葬于吴国故都江苏苏州。

淮南市春申君墓位于淮南市谢家集区李郢孜镇境内，旧名

淮南春申君墓冢高耸，尽显黄歇上邦相国的气度

（摄于2014年8月9日）

黄泥孤堆。1979年，安徽省考古队曾钻探考察，证实其为积炭和青膏泥土坑木椁墓。1986年，该墓被盗，近年重修。此墓冢封土高大，墓前有两层平台，四周有石制护栏。沿台阶而上，第二层平台中央竖有赑屃驮负的墓碑，墓碑上刻有“楚令尹春申君黄歇墓”几个篆字。据载，楚考烈王驾崩后，春申君被李园谋害于寿春棘门，后葬于此。经过整修，春申君墓园气势非凡，不过，由于缺乏管理，墓冢杂草丛生，显得有些荒芜。

河南东南部的潢川县，也有一座春申君墓。潢川县隆古乡隆古村原为黄国故城，周围还有黄宫遗址等遗迹。据传，黄歇被杀后，他的食客将其遗骸偷葬于故宅内。1930年吉鸿昌将军率部驻潢期间，曾在专署后院内的春申君墓地旁建立墓碑。碑上除“春申君墓”四个大字，还注明：“春申君故居即在此。”之后多次有人对春申君墓地加以整修，墓区保存完好。

湖北黄鹤乡仁义村也有一座黄歇墓，其右为黄歇夫人李氏之墓。墓前至今仍有石人、石马、石狮、石象和春申君祠庙。

江苏江阴春申君墓位于江阴城北的君山中，君山也因春申君而得名。墓冢现已修缮一新，墓前有一座石质牌坊，坊额书有“声震华夷”四个大字。穿过牌坊，拾级而上，高高的平台中央坐落着春申君墓。墓为圆形，条石围护，墓碑上书有“楚春申君黄歇墓”几个红色大字。这是一座衣冠冢。据有关记载可知，春申君薨后，封邑之民无不思恩怀惠，至楚求其柩而葬之，不可得，乃奉其所遗衣冠，以王礼葬焉。

春申君被李园伏杀后，其族人非死即逃，不太可能公开行葬。因此，各地的春申君墓，更有可能是黄歇各支裔为了纪念春申君这位先祖而建立的衣冠冢。

江阴君山深处的春申君墓冢草木茂盛，十分幽静

（摄于2014年5月15日）

当各处纷纷扩建春申君墓的时候，1992年11月，真正的春申君墓在江苏苏州被发现。它是被意外发现的。当时，苏州郊区的农民在浒墅关镇西北的小真山上开山炸石，发现了一座古墓。经考古人员抢救发掘，确认它是凿山为穴的战国古墓。古墓主室有三级台阶，封土堆高达七米，规模相当大。考古人员在墓中发现了一方官印，文字为“上邦相玺”。据史载，战国末期，六国合纵，以楚国为首，对抗强秦，楚被尊为“上邦”，而楚大臣春申君黄歇，合纵六国时曾挂六国相印，因此“上邦相玺”为春申君黄歇所拥有。结合《史记·春申君列传》记“春申君因城故吴墟，自以为都邑”，以及《越绝书·吴地传》载“封春申君于吴……治吴凡十四年”，可知苏州为春申君封地治所。再从墓葬规模、形制、葬俗、出土物、年代等方面综合分析，专家最终认定，此墓即为春申君墓。

有人这样评价战国四公子：信陵君最义气，孟尝君最好客，平原君最贤明，春申君最奢华。无论如何，战国四公子都应该是“明智而忠信，宽厚而爱人，尊贤而重士”的时代英豪。他们散落在全国各地的一些遗迹，如今大多已经残破不堪，分布在村落中、农田里，只留下断碑残冢。战国四公子，曾经名重一时，留下了诸如“窃符救赵”“鸡鸣狗盗”“毛遂自荐”等今人耳熟能详的成语，以及他们重情重义、礼贤下士的佳话。

士为知己颂千古

春秋战国时期，社会崇尚“士为知己者死”的侠义精神，涌现出不少刺客侠士。其中四位特别突出者，被称为“四大刺客”，他们以视死如归的气魄和撼动山河的壮举，在历史上留下了自己的侠义之名。记得唐代诗人李白曾有一首描写刺客的诗《侠客行》：“十步杀一人，千里不留行。事了拂衣去，深藏身与名。”写得潇洒，可惜现实中春秋战国时代的“四大刺客”最终都命殒现场，留下了名却保不了身。

历史上关于四大刺客有两种说法：一种是指专诸、聂政、豫让和荆轲；另一种是指专诸、要离、聂政和荆轲。他们侠肝义胆、疾恶如仇、重义轻利、舍身取义的侠义精神令人敬仰。

专诸刺吴王姬僚的故事发生在春秋时期的吴国。当时的吴王诸樊有三个弟弟，三弟季札最为贤明，所以诸樊就不立太子，想依照兄终弟及的次序，把王位传给季札。没想到季札不受，于是二弟的儿子姬僚就被立为吴王。这引起诸樊长子公子姬光的不满。姬光四处物色侠士，意图通过谋刺吴王姬僚以取得王位。从楚国流亡到吴国的伍子胥把专诸推荐给了姬光。专诸是吴国堂邑人，英武有力，是一位敢于赴难的勇士，同时也是当地有名的孝子。据说，有一次专诸与一大汉厮打，众人力劝不止，但其母一唤，他便收手而回。受到厚待的专诸，甘愿为姬光赴汤蹈火。公元前515年的一天，姬光宴请吴王姬僚，专诸把匕首藏到鱼腹中，在进献时，趁势用匕首刺杀了吴王姬僚，专诸也被吴王姬僚的侍卫杀死。姬光最后消灭了吴王姬僚的卫队，自立为君，这就是吴王阖闾。

聂政刺侠累的故事发生在战国时期的韩国。当时，韩国大臣严仲子与韩相侠累产生了仇隙。严仲子害怕侠累谋杀他，逃亡出国。在齐国，严仲子得知流亡此地的聂政是个勇士，就屈身结交。聂政为轵县（今属河南济源）深井里人，因杀人避仇，与母亲、姐姐来到齐国，以屠宰为生。严仲子登门拜访聂政，并捧上黄金百镒孝敬聂母。聂政虽然拒绝，但感于严仲子的情谊，在母亲享尽天年和姐姐出嫁之后，只身前往韩相侠累府。聂政冲破侍卫的层层阻拦，刺杀了侠累。他自知无法逃脱，为不连累严仲子，聂政自破面相，切腹而亡。他的姐姐闻讯后伏尸痛哭，大声呼喊弟弟的名字，傍弟自尽。

豫让刺赵襄子的故事发生在战国时期的赵国。赵襄子原本是晋国实力最强的四位卿大夫之一，面对强悍的智伯瑶，他以“唇亡齿寒”的利害关系，说服韩、魏两家与自己结盟。晋出公二十二年（公元前453年），赵襄子联合韩、魏共灭智氏，瓜分了智家的封地。智伯瑶的家臣豫让发誓要为主公报仇，于是怀揣匕首，化装混入赵襄子的宫室，结果被赵襄子发现并抓获。赵襄子认为豫让是个义士，就释放了他。豫让以漆涂身，吞炭致哑。朋友问他何苦自残形体，豫让表示，他这样做，就是为了让世人明白，为人臣子，不应怀有二心。豫让潜伏在赵襄子乘车出行必经的桥下伺机刺杀，再次被赵襄子发觉。赵襄子的士兵包围了豫让，豫让见刺杀不成，于是请求赵襄子给他一件衣服，他在赵襄子的衣服上砍刺数刀，以示报仇，随后自杀。

荆轲刺秦王的故事虽然发生在战国后期的秦国，但策划这次行动的地点是在燕国。燕国是中国北方的诸侯国，在秦国大军占领赵国，逼近燕国之际，燕太子丹决定派荆轲入秦行刺秦王。荆轲为朝歌（今河南淇县）人，好读书击剑，为人慷慨侠义，由燕国豪侠田光推荐给太子丹。在易水边慷慨悲歌后，荆轲带着藏有毒匕首的燕督亢地图及秦国叛将樊於期的头颅，来到秦都咸阳。秦王嬴政在咸阳宫接见了荆轲。荆轲手捧装有樊於期头颅的盒子，副手秦舞阳捧着燕督亢地图，两人一前一后走上秦国朝堂。秦舞阳面露惧色，引起秦王的怀疑，被拦在一边。荆轲一人上前，待“图穷匕首见”，连忙抓起匕首，拉住秦王的衣袖，朝秦王胸口直刺过去，未中。秦王挣断袖子，绕着朝堂上的大柱子跑。荆轲紧追不舍。秦王的御医拿起药包扔向荆轲，秦王乘机拔出宝剑，砍向荆轲。荆轲倒地后，仍把匕首投向秦王，秦王躲开后上前猛刺几剑，侍从武士也一拥而上，杀死荆轲。相比于其他刺客，荆轲名气更大，荆轲刺秦王的故事流传得也更广。

上述四大刺客中，豫让刺赵襄子最不成功，影响相对较小，因此另一种说法就没有把豫让列入四大刺客之中，而换上了要离。

要离刺庆忌的故事发生在吴国，也与姬光和吴王姬僚有关。姬光（吴王阖闾）通过专诸刺吴王姬僚登上了王位，吴王姬僚的儿子庆忌闻讯逃往卫国。庆忌号称“吴国第一勇士”，逃往卫国后，伺机复仇。阖闾就与伍子胥商议，伍子胥推荐友人要离前去谋刺庆忌。要离亦为吴人，虽然身材瘦小，高仅五尺，但有万人之勇，且擅长剑术。为迷惑庆忌，要离故意在宫殿中激怒阖闾，被阖闾斩断右臂并关入大牢。要离越狱逃走后，阖闾依计杀掉了他的妻子，并弃尸闹市。要离到了卫国后，投奔庆忌，庆忌对要离深信不疑，视为心腹，委托他训练士卒，伺机举事。几个月后，庆忌率领舟师伐吴。要离与庆忌同坐一条船，乘机用短矛刺透庆忌的心窝。庆忌忍着剧痛，倒提着要离，将他溺水三次，然后对左右卫士说："这是天下勇士，怎么可以一日杀两个天下勇士呢？"让卫士不要杀要离，放他回国。庆忌倒地死后不久，要离也自刎而亡。

专诸、聂政、荆柯、豫让和要离，在后世的传说演绎中逐渐为人们所熟悉。"交友胜孟尝，孝母赛专诸"，这句俗语显示出专诸的深入人心；聂政刺侠累，姐弟俩的高义为后人赞颂，东汉蔡邕为他创作了名曲《广陵散》，现代历史学家郭沫若也为他编写了剧本《棠棣之花》；荆轲刺秦王也因诸多诗词的提及而流传千古。

上述刺客的刺杀行动，不论成败，一段段历史因此改写。专诸刺吴王姬僚，姬光成为吴王；要离刺庆忌，庆忌倒下，使阖闾得以灭楚伐齐，其子借此终成霸主；聂政刺侠累，严仲子得偿所愿；豫让刺赵襄子，赵襄子无恙，晋国最终裂国为三；荆柯刺秦王，秦王幸免，燕国被秦国先行剪灭。直到今天，在我国许多地方还流传着他们的事迹，还保存着他们的遗迹。

专诸的遗迹主要分布在今苏州、无锡等古代吴国的范围内。阖闾既立，封专诸之子专毅为上卿，并从优安葬了专诸。据传在苏州和无锡都曾有专诸墓。王鏊《姑苏志》载，专诸墓在苏州盘门内伍大夫（伍子胥）庙之侧，但今已无迹可寻。阖闾根据专诸希望葬在泰伯皇坟旁的遗愿，将他安葬在无锡鸿山东岭，其墓至今犹存。鸿山东岭专诸墓，墓为圆形，规模不大，墓前有刻着篆体字的墓碑，绿树掩映，一代勇士长眠于此。此外，苏州城西部还有一条专诸巷。这是一条紧挨内城河和城墙的巷子，南通金门，北达阊门，相传因为专诸墓在此而得名。无锡大娄巷还有一座专诸塔，据传是阖闾为纪念专诸而建，可惜在"文化大革命"时被拆除。邑人秦颂硕曾写诗描绘专诸塔："一剑酬恩拓霸图，可怜花草故宫芜。瓣香侠骨留残塔，片土居然尚属吴。"

聂政的遗迹主要分布在河南济源市轵城镇泗涧村和禹州市。聂政的家乡为今济源市轵城镇泗涧村，聂政自尽后，家乡父老为其修建了衣冠冢，以示

无锡专诸墓虽杂草丛生，但侠义的气概永载史册

（摄于2014年6月23日）

纪念。据载，宋代还在冢前建起聂政祠。如今，泗涧村已无聂政祠，但路边竖起了高高的聂政衣冠冢。禹州，春秋时期属韩国。战国初期，韩国一度建都于此。据传，聂政自尽后，官府把姐弟俩的尸体扔到了城西的荒郊野外。韩国百姓感念聂政姐弟的侠义精神，冒着危险，连夜堆出了两个高大的土冢，把他们埋葬了。以后，人们又用青砖把两个坟冢连在一起，砌成一个高台，并在台上树碑立传，这就是最初的聂政台。宋、明等朝代都对聂政台进行过大规模的修复和扩建，逐渐形成了现在高耸的模样。遗憾的是，今天普通人很难看到聂政台的真容，因为新中国成立后，它就被圈入监狱系统。聂政台坐北朝南，为砖石混合建筑，高十余米。拾级而上，迎面是山门。山门东侧，有一座六角亭。绕过山门，为一小院落，紧挨小院落的是一排庙房。穿过庙房中间的台阶，人们可以进入一个更大的院落，院落中央一座雄伟的大殿就是聂政台的主体建筑。因为年久失修，殿内空空如也，聂政台上也遍布荒草枝蔓、破砖碎瓦。从房顶、墙面的细微处，还能够看出建筑曾经的辉

煌。庄严巍峨的聂政台不仅是禹州一大景观，也是四大刺客的纪念性建筑中规模最大的。

姐弟的高义使禹州聂政台随着岁月而越建越高

（摄于2014年5月31日）

豫让的遗迹主要分布在原属赵国的山西、河北一带。今天，人们已经难寻豫让墓，但传说中豫让刺杀赵襄子时的桥，却至今留名，而且不止一座。这可能是因为《史记》《战国策》并没有载明桥的确切位置，再加上《水经注》引《魏土地记》误传，致使豫让刺杀赵襄子之桥有多处，如太原豫让桥、邢台豫让桥等。

太原豫让桥，位于太原西南24千米处的赤桥村，后人因豫让血流桥下，故将它命名为赤桥。据《吕氏春秋》载，赤桥村中的豫让桥原为战国之初赵襄子所修。明洪武《太原志》载，赤桥在太原县西南晋水北渠上。明嘉靖

太原赤桥村的豫让祠虽然残破，但仍使人想起豫让的壮举
（摄于2015年5月11日）

《太原县志》载：“赤桥，县西南七至晋水北渠上。智伯引水灌城。初名豫让桥……”据说，赤桥原为沙石砌筑，桥上栏杆围护，桥下晋水常流，桥侧还立有碑记，建有祠宇，祠内供奉着晋哀公、智伯瑶及豫让的坐像。不过，现在的赤桥村，豫让桥早已被毁，河道也改成暗渠，只有原来桥旁的古槐树依然枝繁叶茂。桥址不远处的豫让祠，早已改作他用，且破败不堪。豫让曾被誉为“晋地七贤”之一，离豫让桥不远处的晋祠文昌宫中建有七贤祠，祠中供奉有豫让塑像。

邢台豫让桥，位于邢台市辖区和邢台县的交界处。此处原来地势低洼，掩映在芦苇和垂柳深处的石板桥，相传就是豫让

邢台豫让桥早已废毁，但豫让的塑像却永留人间

（摄于2015年5月14日）

刺杀赵襄子的地方，人们曾在此建祠纪念。抗日战争期间，祠堂遭到破坏，后来重修京广公路时，人们把桥边记载豫让事迹的石碑作为桥洞基石。近年来，为了纪念豫让的忠义，邢台市园林部门在原豫让桥附近，修建了一座豫让公园。走进豫让公园，即能看到高耸的黑色豫让塑像。塑像表现了豫让涂漆吞炭的模样，十分醒目。

此外，晋阳县、定襄县、赵城县、襄垣县、顺德府等地，也都号称有过豫让桥。它们均出自传录，未见确切依据，今天大都无迹可寻。

荆轲的遗迹相对分布较广。据载，秦王将荆轲杀死后，为了警诫反秦者，遂令人将荆轲的尸体剁成肉酱，分别送往所辖各地。因此后世多地都出现了荆轲墓冢，包括河北易县、河南淇县、山东鄄城、陕西蓝田、江苏

易县荆轲衣冠冢前的荆轲塑像仍旧英气逼人

（摄于2013年7月16日）

丰县等地。尽管有些荆轲墓经过考古发掘，被专家证实所传不确，但是它们寄寓了人们对荆轲的敬重。

河北易县是荆轲刺秦王的出发地，也是他慷慨悲歌，发出“风萧萧兮易水寒，壮士一去兮不复还”之叹的地方。在易县城西南一千米，有一座荆轲山，传为荆轲衣冠冢。冢高34米，系沙石堆积而成。据说燕太子丹诀别荆轲后，知道荆轲此行必定有去无还，因此就埋其衣冠建荆轲衣冠冢。后人在荆轲衣冠冢上建寺塔，称为“荆轲塔”。塔前有明朝御史熊文熙题“古义士荆轲里”的石碑和清乾隆十一年（1746年）的“义士荆轲”残碑。

易县荆轲塔因为壮士的名声而被赋予了特殊的意义

（摄于2013年7月16日）

河南淇县也有一座荆轲墓，它位于淇县朝歌镇南关外。据载，荆轲为卫地朝歌人，生前常居朝歌城内读书、击剑。明嘉靖《淇县志》有“荆轲旧居在县境内，战国时刺客常居于此”的记载。荆轲殉义后，家乡朝歌的百姓把他的遗骸运回来，安葬到了离其故居不远的朝歌城南。《朝歌乡志》记载：“荆轲古冢，在朝歌镇南关外……南堂庙后，靠折胫河岸北有土冢一处，传为战国荆轲之墓。荆轲亦淇隐人，刺秦失败后，淇地人民重其义行，乃收其尸葬于此。”朝歌荆轲墓屡遭盗掘。“文化大革命”时，为修水利，人们又挖取墓壁条石。原来直径20米、高8米的墓冢现仅剩西南部分的半边封土，并长满荆棘荒草。

山东鄄城荆轲墓，位于鄄城东北20千米处的宋楼乡。据说那里是荆轲好友高渐离的家乡，荆轲生前经常和高渐离在一起饮酒作歌。荆轲死后，高渐离不忘旧情，把荆轲的残躯运回到自己所住村子东南不到一千米的地方安葬。如今的鄄城县吉山镇还保存有著名的孙膑墓、义士羊角哀与左伯桃合葬墓等。荆轲墓坐落其旁。从墓冢旁木牌的介绍中可知，此地1994年出土了清嘉庆时期的荆轲墓祭祀碑，今天的墓冢仍保存着挖掘时的原状，因此被称为荆轲墓遗址。

陕西蓝田荆轲墓位于西安市蓝田县西北，是一座高大的墓冢。清《蓝田县志》和民国牛兆濂《续修蓝田县志》都认为这是荆轲墓。2011年，考古工作者对荆轲墓进行了抢救性挖掘。从出土的宦者俑与皇室官印推断，墓主人应是与皇室有关的汉代官吏，而非世传的荆轲。

江苏丰县曾经有一个荆冢村，村东有一座荆轲的肉醢冢。民国初年，村东尚立有一座被称为“太阳碑”的古碑，碑上记载着荆轲刺秦王的壮举及荆冢村的由来。不过，1935年开挖西支河的时候，荆轲冢已经被掩埋于南岸堤下。

要离墓主要分布在江苏苏州和无锡一带。苏州要离墓相传位于苏州胥门内梵门桥西城脚下的马婆墩。清道光七年（1827年），人们曾在此处的水潭边发现石碣一方，上刻“古要离墓”四字。无锡要离墓位于鸿山，与梁鸿孟光墓、专诸墓一起称为“鸿山三墓”。要离墓在专诸墓的左侧，与专诸墓相仿，也有篆刻墓碑。由于平时祭拜的人很少，要离墓杂草丛生。据当地人回忆，在无锡新寺镇东南约两千米处，原来还有一座要离墓。据传吴王阖闾厚葬要离，并特意为要离配金头

无锡鸿山的绿树青草终年陪伴着一代勇士要离

（摄于2014年6月23日）

一颗，为了防止盗墓，一夜之间建墓七座，其中一座就是新寺镇东南的那座墓。此墓在20世纪60年代搞农田基本建设时被拆除，改作农田。

四大刺客，作为古代侠客的代表，一直为后人颂扬。《史记》《战国策》等古代重要文献都对他们有专门的叙述。他们确实是当时的英雄豪杰，他们追求的是侠肝义胆、舍身取义的精神。他们表现出来的孝、诚、义、勇的侠义精神，是那个时代的绝唱。侠义的刺客故事，大概只能出现在春秋战国时代，在以后中国各朝各代的大多数刺客身上，我们已经很难感受到春秋战国时期刺客的那种血性和勇气。四大刺客身上体现的以弱小的个体反抗强暴的勇气和甘为高尚的政治价值观与理想主义献身的牺牲精神，千古流芳。

但愿在时代的嬗变中，生活在我们这块土地上的人们，能够继续保持古人豪侠仗义、不畏强暴、古朴率直的品格和慷慨悲歌的文化传统。

借得名山避世哗

中国是一个有着悠久的隐逸传统的国家。隐逸既指隐居不仕，遁迹山林，也指隐居的人。它作为一种文化现象和一种人生选择，自古就存在，是中国古代社会历史文化中一道独特的风景。

古人崇尚“贤者在世，天下无道则隐，有道则至”。隐士大都满腹经纶，有匡扶天下之志，由于各种各样的原因选择了归隐。虽然隐逸使他们息影山林，过着无拘无束、与世无争的生活，但除了少数人是真心向往这种生活之外，大部分人都是因为怀才不遇，不得已而为之，遇到明主还是会出山的。诸葛亮就是这样的人。还有一部分人是借隐逸提高自己的声望，把隐逸作为自己再入仕途的筹码。

大多数的隐逸者放弃唾手可得的权力和荣华，退隐于山林和岩穴之中耕读自娱。这种生活远没有想象中来的悠闲自在，需要耐得住寂寞、艰苦，许多隐逸者甚至在贫病交加中离开人世。因此，没有高洁的道德修养是难以坚持隐逸的。从这点来看，隐逸者是世间一群坚守自己理想的清醒者。

我国文人仕宦隐逸之风早已有之，但主要盛行于唐以前。有专家认为，隐逸最早出现在战国时期；到魏晋时，由于政治现实和士人政治品格的双重作用，中国的隐逸文化传统逐步形成和成熟；到了唐代，随着封建思想的逐渐成熟，封建统治的日益巩固及文化政策的日趋严厉，隐逸很难再作为实现人格独立和人生价值的途径，盛极一时的隐逸文化便开始走向衰落；明清时期，隐逸之路越来越狭窄；现代，隐逸已成为遥不可及的梦想。

中国历史上的隐逸者不可胜数，但我们能知其名姓的并不多，因为真正的隐逸者是大隐不现的。就史籍记载来看，他们大都是当时的奇才，不仅虚怀若谷，更有着旷世的才智。他们以自己的价值认定、人生实践和文化创造，极大地影响了中国的历史文化传统。我国古代不少伟大的思想家、诗人、艺术家，同时也是他们那个时代的隐士，他们留传下来的作品是我国重要的瑰宝。

从古至今，隐逸之风普遍受到崇尚。商臣伯夷、叔齐不食周粟，隐入首阳山；介子推耻于争功，背负老母避入绵山；严光垂钓富春江；魏晋时期的竹林七贤；“采菊东篱下，悠然见南山”的陶渊明……所有这些贤者无不具备高尚的隐逸之风。

伯夷、叔齐不食周粟是历史上很有名的传说，《史记》中也有记载。伯夷、叔齐是孤竹国君的长子和三子。伯夷因为得知父亲有立叔齐为太子的意思后，就托词替父亲寻觅草药而避走他乡。叔齐得知后，也伺机逃走。以后兄弟二人便一同隐居在东海之滨。他们听说武王兴兵伐纣，认为武王父死不葬，又以臣伐君，是为不孝不仁。于是两人在武王进军的路上拦马进谏。失败之后，他们不食周粟，最终饿死在首阳山。后世文人称他们为“二贤”，并为他们修建了祠墓。目前，全国有六座首阳山，都说与伯夷、叔齐有关。虽然祠庙已毁，但墓冢尚存，常有人瞻仰。从武王伐纣的路线来看，偃师首阳山墓冢的真实性较大。偃师伯夷、叔齐墓位于首阳山最高处，墓冢已难寻觅，只有“古贤人伯夷叔齐墓”的墓碑。这里是北邙山首先见到太阳的地方，是名副其实的首阳山。

介子推与寒食节的来历在我国家喻户晓，历代诗家文人也留有大量吟咏缅怀的诗篇。这一故事发生在公元前655年，晋国公子重耳遭到其父王宠妃骊姬的陷害，被迫流亡，介子推从之。他们一路上风餐露宿，备受艰辛。重耳在卫粮绝时，介子推割腿上的肉给他充饥。后来，重耳登上了晋国王位，史称“晋文公”。此时，晋文公志得意满，大肆分封。介子推苦心规劝无济于事，便背上老母隐居绵山。晋文公知道后，急忙带着大臣们赶到绵山寻找，介子推不肯相见。晋文公命人放火烧山，想逼他出山，没有想到介子推宁死不从，和母亲一起被烧死在山顶一棵大柳树下。晋文公悲痛之余，下令在介子推蒙难的那个月，全国上下家家禁烟火、吃冷食，久而久之，便形成了寒食节。晋文公将介子推安葬在介公岭上，并在其庐旁立庙奉祀，供人瞻仰；又将绵山封给他作为祭田，所以绵山也称“介山”。绵山位于山西省介休市西南20千米处，山高林密，延绵不绝。山中建有纪念介子推的介公祠和介公墓。介公祠位于介公岭半山腰，是一座规模宏大的石窟悬塑祠。祠堂依山而建，殿内供奉有介子推、介母等金装塑像。介公墓位于介公岭巅。从介公祠拾阶而上，翻越上千级台阶方可到达介公墓。墓为圆形山丘墓，四周有石人及东晋、隋、唐、宋、元、明、清数十通古碑和三座碑亭，在苍松翠柏掩映下，显得格外古朴庄重。

东汉时期的严光，字子陵，生卒年不详，会稽余姚（今

依山而建的绵山介公祠为一座规模宏大的石窟祠

（摄于2015年5月13日）

绵山介公墓前石人相伴，古碑矗立，令人肃然起敬

（摄于2015年5月13日）

浙江宁波慈溪）人，也是历史上著名的隐逸高士。严光少年时颇有才名，与汉光武帝刘秀是同窗好友。光武帝有一次在回忆少年时期的往事时，突然想到了严光，便派人持着他的画像到处寻访。严光改名换姓，隐身远避，但还是被找到了。光武帝立即备车亲诣，共载回宫，日夜与他在宫中叙旧论道。相传有一次，两人谈得很晚了，光武帝就留严光在宫里过夜。严光睡着后，居然把脚搁在光武帝的肚子上。次日，太史官奏“客星犯御座甚急”，光武帝笑着说：“朕故人严子陵共卧耳。”严光无意为官，尽管光武帝再三邀请，严光还是婉言拒绝。后来，严光隐居到浙江富春江一带，终老于林泉之间，被时人及后世视为不慕权贵、追求高洁的榜样。今桐庐有严子陵钓台，余姚有严子陵祠庙等遗迹。

富春山腰的严子陵垂钓处的石亭古碑，记载着严光的高风亮节

（摄于2015年5月23日）

富春江畔的严子陵钓台至今仍然远离尘世

（摄于2015年5月23日）

竹林七贤是群体性隐逸的著名代表。七贤指的是三国魏晋时期的嵇康、阮籍、山涛、向秀、刘伶、阮咸、王戎七位名人，因他们常在今河南修武的云台山山阳竹林之下畅饮聚会，时人称之为“竹林七贤”。他们所处的魏晋时期，是中国古代战乱频仍的年代。司马氏集团为争夺皇位，与曹氏集团争斗不已，朝堂上一片腥风血雨。七位名士为了躲避灾祸，先后来到了云台山中一片幽静的竹林聚会。他们在竹林里开怀畅饮、放歌长啸、抚琴赋诗、谈玄论道，过着潇洒飘逸的生活。他们曾被视为中国士人精神理想的象征，为后人纷纷效仿和津津乐道。其实，在他们内心深处，隐藏着难以抑制的痛苦，仿佛独自负荷着世界上的全部苦难。竹林七贤中的阮籍经常独自驾车痛哭，刘伶饮酒长醉，嵇康就戮前弹《广陵散》以抒发回归精神家园的追求，都突出表现了这一点。他们的结局也都是悲惨的。竹林七贤的不合作态度为司马氏朝廷所不容，最后嵇康被杀，阮籍佯狂避世，王戎、山涛投靠司马氏，竹林七贤最后各散东西。

据载，嵇康被司马昭所杀时，神色自若，弹奏着《广陵散》，从容赴死。嵇康墓位于安徽涡阳县石弓镇嵇山南麓，依山凿石而建，巨石封门，上覆山土，墓在山腹中，外表与山一体。以前虽有记载，但莫知所在。后来，墓穴在一次开山劈石时被发现。墓内随葬品早已被盗窃一空，只留下一座空墓。

阮籍通过放浪佯狂，做一些违背礼法的行为，来逃脱司马昭的迫害，最后得以终其天年。阮籍墓有两处。一处在今河南开封市尉氏县县城东南15千米的小陈乡阮庄村，墓前有清朝大学士阮元书写的墓碑，墓地原有的祠宇已被黄河淹没，现墓为阮氏族人于1986年重修。另一处在江苏南京市城内西南角的花盝北岗，此墓应该为衣冠冢。从阮籍人生经历来看，他一生并未来过南方，估计是其后人随世家大族南渡后，在当时东晋都城建康为纪念先人而建的衣冠冢，现墓冢前立有清光绪二十四年（1898年）所立的墓碑。

竹林七贤中其余几位的遗迹及墓冢散于江苏、山东、河南等地。

历史上对竹林七贤的记载很多。1960年4月，在南京西善桥南朝大墓中出土了一面长2.4米、高0.8米的《竹林七贤》墓砖壁画，壁画中，竹林七贤的形象栩栩如生，超脱风姿跃然画中，是已知南朝绘画中最有代表性的作品。

陶渊明是隐逸文人的代表性人物，被称为“古今隐逸诗人之宗”。人们一提起“隐逸”，首先想到的可能就是陶渊明。尤其是他那“采菊东篱下，悠然见南山”诗句所展现的归隐田园后悠闲自得的生活，以及他虚构的那个令世人无比向往的神

南京阮籍衣冠冢寄寓着南迁后裔对先祖的景仰

（摄于2012年4月23日）

仙国度“桃花源”，曾经引起了多少人的憧憬。陶渊明，浔阳柴桑（今江西九江）人，生活在东晋末期、南朝宋初期。陶渊明做过几年小官，也曾怀有“大济苍生”的愿望，但世事动荡，他发现自己的政治愿望难以实现，于是急流勇退，在彭泽县令任上，耻为“五斗米折腰”，辞官回家，从此隐居，徜徉在由赋诗、饮酒、采菊、躬耕等构成的田园生活中，并为自己和世人创造了一片人间乐土——“桃花源”。427年，陶渊明在庐山下走完了他63年傲然自洁的人生，后人尊其为“靖节”。今天，庐山西南的面阳山南坡还留有陶靖节祠墓。

陶渊明生前归隐田园，逝后也托魂青山
（摄于2014年4月30日）

说起隐逸文化，就不能不提到陕西终南山。终南山在西安南25千米处，是秦岭主峰之一，千峰叠翠，景色优美，自古以来就是著名的隐逸修道胜地，有“仙都”之称。我国历史上，不少名人都做过“终南隐士”，比如商周时期的姜太公、秦朝末年的“商山四皓”和“汉初三杰”之一的张良等，都曾隐居终南山麓。据说，如今仍有5000多位来自全国各地的修行者隐居在终南山谷。终南山也是道教的发祥地之一。据传，周代天文星象学家尹喜任函谷关关令时，也曾结庐终南山。一日，他见紫气东来，预感必有圣人经此，果然老子骑青牛而至。尹喜把老子请到终南山楼观，执弟子礼，请其讲经著书，于是老

景色优美的终南山自古以来就是隐逸修道胜地
（摄于2014年8月2日）

子在楼南的高岗上为尹喜讲授道学，并著《道德经》五千言。道教产生后，老子被尊为“道祖”，尹喜被尊为“文始真人”，《道德经》也被奉为经典。终南山至今仍保留着当年老子讲经的楼观台。

隐士与隐逸文化是中国传统文化中一种独特的现象，产生于特定社会历史时期。不管他们的隐逸是自觉的，还是不自觉的，他们在隐逸中所追求的生活方式、精神乐趣和价值理想，都建立在独立的人生追求和深厚的文化素养之上，他们所展现的空灵、超脱、悠然、飘逸的精神境界和审美情趣，成为了一部分中国古代文人追求的最高精神境界。

玉楼琼殿枉回头

洛阳东边的邙山，安葬着中国历史上三位著名的后主：三国时蜀汉后主刘禅，南北朝时南朝陈后主陈叔宝，五代十国时南唐后主李煜。他们都曾贵为一国之君，过着锦衣玉食的生活，但最后都走上了国破家亡的穷途末路，甚至不能归葬祖茔，只能长眠于远离故国的邙山。

蜀汉后主刘禅（207—271年），字公嗣，或字升之，小名阿斗，刘备之子。刘备在三国时期是一代枭雄，在诸葛亮辅弼下，打下了蜀汉一片江山，包括四川、重庆、云贵、湖南，以及湖北大部分地区。刘备本可大有作为，可惜在夷陵之战中报仇心切，遭东吴将领陆逊火攻，兵败，病逝在白帝城，上演了历史上著名的“白帝托孤”。16岁的刘禅继位。诸葛亮辅政时，刘禅非常信任和尊重诸葛亮，军国大事全权委托给诸葛亮。但在诸葛亮、蒋琬等贤臣相继去世后，刘禅开始重用宦官黄皓，蜀汉朝廷一时间小人当道，乌烟瘴气。当时，后宫歌舞嬉乐之风盛行，蜀汉逐渐衰败。与此同时，魏国却整肃兵马，大有吞蜀伐吴之势。姜维是蜀汉后期最重要的将才，他得到魏国即将大规模攻蜀的消息后，立即上奏后主，建议加强防守。但黄皓竟把姜维的表章压下，不作任何防备，带着刘禅去庙中求神保佑。当蜀汉宫中笙管悠扬、歌舞升平之际，魏国邓艾、钟会率领的大军已经兵临蜀汉北部要塞剑门关下。由于姜维的坚守，邓艾一时难以正面攻克。于是，他出其不意，从阴平小道进攻蜀中，奇袭防守虚弱的成都。刘禅听闻魏军兵临城下，慌作一团，不知所措。此刻，姜维率领的蜀军主力还在剑门关坚守。昏庸的刘禅决定降魏，他反缚了自己的双手，出城向邓艾投降。蜀汉就此灭亡，这一年是263年。刘禅投降后，遵从邓艾的命令，劝降了姜维及尚在抵抗的蜀军。亡国后，后主刘禅被迫举家迁往洛阳，受封“安乐公”。据载，有一次魏国权臣司马昭宴请刘禅，故意安排了蜀国的节目，刘禅的随从人员想到灭亡了的故国，都非常难过，只有刘禅看得津津有味。司马昭问刘禅感受如何，刘禅竟然说：“此间乐，不思蜀也。”这就是成语“乐不思蜀”的由来，刘禅也因此被民间称为“扶不起的阿斗”，成为昏庸无能的代名词。有人认为刘禅的“乐不思蜀”是一种自保的行为，希望以此苟延残喘。确实，刘禅是三位后主中活得最长的。他在位共41年，在魏国又苟活了8年。刘禅这样奴颜婢膝地活着，还不如昂起头赴死，多少留下点儿凛然风度。

271年，刘禅客死洛阳，葬于孟津平乐镇翟泉村东。刘禅一生，并没有留下什么遗迹。他生活多年的蜀汉宫殿早已灰飞烟灭，在洛阳邙山的陵墓也早被夷为平地，不知所踪。当他父亲刘备的昭烈祠陵、蜀汉丞相诸葛亮的武侯祠墓、蜀汉名将姜维的祠墓受到后人瞻仰怀念的时候，后主刘禅只能以昏庸无能的面貌留在后人的印象中。

成都刘备昭烈庙中陪祀的是孙子刘谌，而非刘禅

（摄于2011年7月16日）

尽管刘禅轻易奉送蜀汉江山，但姜维依然报国至死

（摄于2014年7月30日）

相隔近300年，历史上又一位后主登场了，这就是江南的陈后主陈叔宝。

陈叔宝（553—604年），字元秀，南朝陈第五位皇帝。陈是南朝最后一个朝代，557年由武帝陈霸先创建，建都建康（今江苏南京）。南朝到陈朝时期，国力已衰，仅控制江陵以东、长江以南的狭小地区，随时面临北方政权的入侵，形势十分危急。陈叔宝即位后，自恃长江天险，不思治国强兵，反而大建宫室，起临春、结绮、望仙三阁，日夜与妃嫔、文臣游宴，采集艳词，谱曲吟唱，作有《玉树后庭花》《临春乐》等。陈叔宝在位六年，生活奢侈，朝政废弛。据记载，陈叔宝甚至把张贵妃搂在怀里处理朝政，荒淫无道至极。祯明三年（589年），隋军大举渡江，陈朝沿江守将望风而逃，隋军如入无人之境。告急文书很快送到朝廷，但陈叔宝只顾饮酒作乐，不予理会。不久，隋军攻入建康，隋将韩擒虎直奔朱雀门，陈叔宝慌乱之下与宠妃张丽华、孔贵妃藏匿于宫中花园内的一口枯井中。韩擒虎得知后，下令用吊篮把陈叔宝吊出来。没想到吊篮里除了陈叔宝，还有张丽华和孔贵妃。这口井井栏上染过张丽华、孔贵妃的胭脂，得名“胭脂井”，被视为亡国之井和耻辱之井。陈朝灭亡后，陈叔宝被俘至长安。隋文帝对陈叔宝很宽容，不仅赏他三品官，每次朝宴时，为怕陈叔宝伤心，还特地嘱咐乐师不许演奏江南音乐。不料，陈叔宝竟向隋文帝讨封号，缘由是“每回朝集，无法与人交谈，愿得一官号”。隋文帝不得不叹息说：“陈叔宝全无心肝。”604年，陈叔宝在洛阳病逝，终年52岁，封“长城公”，葬于邙山。

景阳楼下的胭脂井因陈后主的荒唐而被人耻笑千年

（摄于2010年9月23日）

陈朝灭亡后，隋文帝得到了陈朝30州的土地。他夷平了建康宫室，曾经繁华一时的南朝宫殿被毁坏殆尽，但南京玄武湖畔、鸡鸣寺旁、景阳楼下的胭脂井却一直保留至今。尽管历史学家对胭脂井的位置有不同的看法，但这口古井仍然每天都迎来无数的游客。王安石曾在此留诗一首："结绮临春草一丘，尚残宫井戒（诫）千秋。奢淫自是前王耻，不到龙沉亦可羞。"胭脂井很有史鉴意义，值得后人去凭吊、思索。

如果说陈后主陈叔宝以自己骄奢淫逸而贻笑千年，那么南唐后主李煜却多少让人感到惋惜。

南唐是五代十国的十国中规模较大的王国，占有今江西全省及安徽、江苏、福建、湖北、湖南等省的部分土地，最盛时占有35州，人口约500万，定都金陵（今江苏南京）。南唐享国39年，在五代乱世中"比年丰稔，兵食有余”，是一个经济发达、文化繁荣的王国。它经历了先主李昪、中主李璟和后主李煜三位君王。

李煜是南唐中主李璟第六子，他不喜欢政治，也不懂政治，却具有非凡的艺术才华，精书法，善绘画，通音律，诗词和文均有一定造诣，尤以词的成就最高。他的《虞美人》《浪淘沙》《乌夜啼》，皆为千古杰作，李煜也被誉为“千古词帝”。就是这样一位翩翩才子，因为五个兄弟早殁，无奈之下，极不情愿地于宋建隆二年（961年）登基称帝。当时，北方的宋政权虎视眈眈，南唐风雨飘摇。李煜采取奉宋为正朔的策略，希望以向宋称臣，换取江南一隅苟安。李煜不思练兵，把满腔的热情都投入到文艺创作中，吟诗作赋，谱曲填词。南唐夜夜歌舞升平，纸醉金迷。可惜，李煜的词还没填完，宋军就已攻破了金陵。可怜的李煜沦为了阶下囚，应了那句“作个才人

南唐先主李昪落葬钦陵之时，难料江山易姓之快

（摄于2011年12月23日）

真绝代，可怜薄命作君王”。李煜因词而闻名，也因词而丧命。他被押解到开封后，郁郁寡欢。宋太平兴国三年（978年）七夕，恰逢李煜42岁生日，他当着宋太宗赵光义的面，安排带来的歌女吟唱了哀婉动人的《虞美人》。宋太宗恨他词中有“故国不堪回首月明中”之句，认定他复国之心未死，便用牵机药酒毒死了他。牵机药毒性非常强，据说吃下去后，人的头部会抽搐，最后头与足部拘挛相接而死，状似牵机。李煜死后，被葬于洛阳邙山，他至死未能回到魂牵梦萦的故都金陵。

从李煜的词中，我们能够感受到“雕栏玉砌”的南唐宫殿之美，可惜今天我们已经看不到精美的南唐宫殿建筑的地面遗存了。今天的南京中华路一带曾是当年南唐宫城前的御道，御道两旁还有中央官署分布，但这些遗址都被埋在地下，有待考古发掘。我们能够看到的南唐遗存，是位于南京中华门外祖堂山西南的南唐二陵，它们是南唐先主李昪及其妻宋氏的钦陵和中主李璟及其妻钟氏的顺陵。

南京南唐中主李璟顺陵侧缺了李煜陵，尤显孤寂

（摄于2011年12月23日）

历史上的后主不少，但这三位后主更牵动世人的心。不管他们是有才还是无能，他们确实都因政治上的庸碌无为或荒唐生活而导致国家的灭亡，最终成为亡国之君。而同时，他们不同的性格又造就了不同的人生归途。刘禅靠装疯卖傻而苟延残喘，陈叔宝靠无心无肝而得过且过，李煜则因为沉溺于“不堪回首”的故国追忆中而被毒死。相比之下，陈叔宝和李煜都有很高的文学造诣。陈叔宝给后人留下的《玉树后庭花》，虽为格调不高的亡国之音，但也显露出其非凡的文学艺术涵养；李煜更是我国极为少见的帝王艺术天才，是我国宫廷词之集大成者，在古代文学史上具有非常重要的地位。三人之中，只有刘禅最平庸，他几乎没有什么突出的才能。他或许不是真的“阿斗”，但以其平庸的才能是无法保障弱国在乱世中生存的，最后只能以投降而告终。

洛阳邙山可以掩埋三位后主的身躯，但无法掩去他们遭遇的屈辱。斗转星移，沧海桑田，一个个朝代消亡，新的王朝又继之兴起。江南初夏，青草如茵；洛阳城外，孤坟零落。

崖山悲歌有天知

翻看中国历史上朝代的变迁，人们常常为宋王朝的结局唏嘘不已。且不说北宋王朝覆亡时，几乎所有皇室成员被俘北上的“靖康之耻”，就说南宋王朝崖山之战后，幼帝、后宫和大臣，连同十几万南宋军民相继跳海自杀的惨烈景象，也同样令读者掩卷长叹。

崖山的“崖”原作“厓”，新中国成立后实行文字规范化，才逐渐统一为“崖”字。崖山位于广东新会，本来远在南海之滨的崖山同南宋的国运并无多少关系，但时局的变化却偏偏把遥远的崖山与南宋王朝的命运紧紧相连。

时间追回到南宋末年。当时，强大的元军在剪灭金和西夏以后，长驱直入，兵锋直逼南宋首都临安（今浙江杭州）。德祐二年（1276年），南宋朝廷在求和不成的情况下，年仅五岁的小皇帝宋恭帝只得投降。但宋度宗的杨淑妃在国舅杨亮节的护卫下，带着自己的儿子益王赵昰、广王赵昺南撤，并在金华与大臣陆秀夫、张世杰、陈宜中、文天祥等会合后，进奉赵昰为天下兵马都元帅，赵昺为副元帅。到福州后，刚满七岁的赵昰登基成为皇帝，是为宋端宗，尊生母杨淑妃为杨太后，在张世杰、陆秀夫、陈宜中、文天祥等辅弼下组织抗元。此时，元朝加紧了灭宋步伐。宋景炎二年（1277年），福州沦陷，南宋流亡朝廷先直奔泉州，再达广东。宋端宗在前往雷州途中病故，年仅六岁的弟弟赵昺继位。在左丞相陆秀夫和太傅张世杰护卫下，赵昺逃到崖山，在当地建立据点，准备继续抗元。但不久，丞相文天祥在今广东海丰被元军俘获，南宋陆上的抗元势力就此覆灭。

祥兴二年（1279年），元将张弘范大举进攻赵昺朝廷，崖山之战随即展开。宋军虽号称有20万人，但实际上多为老弱病残，千余艘战船也多为小船。元军在兵力上相对较少，但战斗力较强。张世杰决心决一死战，下令尽焚陆地上的宫殿、房屋、据点，还将千余艘宋军船只以“连环船”的办法连贯在海湾内。为防元军火攻，船上皆涂泥，并在每条船上横放一根长木。元军水师见火攻不成，就封锁海湾，断绝了宋军汲水、砍柴的道路，使宋军只能吃干粮、喝海水，导致脸部浮肿，大量呕泄。张弘范乘此机会，将兵力分成四路，以奏乐迷惑宋军。待宋军松懈之时，张弘范指挥水师发起进攻，用装有伏兵的楼船，冒着矢雨冲向宋船，一时间连破七艘宋船，宋军大败。张世杰见大势已去，抽调精兵，试图带着赵昺突围，但为时已晚。陆秀夫只得背着八岁的赵昺跳海自杀，随行的十几万军民，包括不少后宫和大臣闻讯后，亦相继跳海自杀。《宋史》记载，七日后，十几万具尸体漂浮海面。杨太后在听闻噩耗后亦投海殉国。不久，张世杰也在狂风骤雨中落海溺亡。

崖山之战是南宋末年宋军与元军之间进行的一次大规模战役。它直接关系到南宋的存亡，是元朝势力崛起以来所遇到的费时最长、耗力最大、最为棘手的一场战争。战争以元军以少胜多、宋军全军覆灭告终。此次战役后，宋朝彻底灭亡。崖山之战，不是简单意义上的改朝换代。崖山之战使中国整个精英阶层丧失殆尽，一脉相承数千年的中华文明由此产生断层，其深远影响延续至今。

崖山位于江门市新会区南约五千米处。当年崖山之战的范围现今已不可考，大约是以古井镇官冲村一个无名小丘为中心，北起银洲湖，南至崖门口，方圆数十里的水陆区域。

如今，崖山已经成为忠贞、节烈和正气的象征，是人们祭祀忠魂的重要场所。在历史上，崖山祠曾经三建三毁。据史书记载，崖山祠初建于明成化十三年（1477年）。据说，因明代理学大儒陈献章与提学佥事陶鲁联名向朝廷力奏，当地在崖山南宋行宫废墟上兴建了大忠祠。明弘治四年（1491年），广东右布政使司刘大夏再次向朝廷奏请扩建，在崖山南宋行宫故址上，又建成了慈元庙。慈元庙俗称“国母殿”或“全节庙”。以后，又增建了义士祠，从而形成了“一庙（慈元庙）二祠（大忠祠、义士祠）”为核心的崖山祠。明嘉靖九年（1530年），崖山祠因移建新祠而荒废，后修复。到了清康熙元年（1662年），崖山祠再度祠废祀停，直到28年后才得以重建。抗日战争期间，侵华日军惧怕崖山祠蕴含的爱国主义民族正气，再度把崖山祠建筑变为废墟。新中国成立后，经过多年努力，崖山祠才逐渐恢复旧观。

崖山祠的多次重建，充分说明崖山祠在国人心中的分量。崖山祠北依崖山，迎面为三座古朴的石牌坊，穿过牌坊，即为

崖山祠屡毁屡建，充分说明崖山祠在国人心中的分量

（摄于2013年11月14日）

崖山祠山门，门额上的“崖山祠”三个大字由陈献章题写。进入山门，映入眼帘的是一排三栋歇山顶式的宫殿式祠庙，正中最高最具规模的便是慈元庙。庙内供奉着“故宋景炎太后杨氏神位”和仪态端庄、秀丽慈祥的杨太后塑像。慈元庙左侧为大忠祠，是奉祀南宋重臣文天祥、陆秀夫、张世杰的祠宇。慈元庙右侧为义士祠，原名“忠义坊”，是为了纪念崖山之战中牺牲的南宋军士和勤王志士而建。崖山祠原是宋帝行宫，因此崖山祠的规制一如帝宫，黄瓦红墙，层层递进。历代对崖山祠的祭祀也规定“如古帝王仪制”。

慈元庙内仪态端庄的杨太后塑像永受后人祭奠

（摄于2013年11月14日）

大忠祠是奉祀文天祥、陆秀夫、张世杰的祠宇

（摄于2013年11月14日）

义士祠是为纪念崖山之战中牺牲的南宋军士和勤王志士而建

（摄于2013年11月14日）

整个崖山祠除慈元庙、大忠祠、义士祠外，还有杨太后寝宫、白鹇亭、望崖楼等多处建筑，并设有崖山史迹陈列馆。古朴庄重的崖山祠庙建筑群，彰显了宋朝君臣忠心保国的浩然正气，500多年来，成为国人缅怀忠烈、访史凭吊的重要场所。

寝宫组雕再现了杨太后与少帝赵昺生活起居和学习治国经略的情景

（摄于2013年11月14日）

古朴庄重的崖山祠庙建筑群见证了南宋君臣忠心报国的浩然正气

（摄于2013年11月14日）

崖山祠的最高处为望崖楼。700多年前，望崖楼下是南宋朝廷指挥军民抵御元军的行宫，远处就是血雨腥风的崖山之战古战场。当年，古战场还处在万顷波涛中，后经数百年上游的泥土淤积，才与陆地连接。今天，这里已是千顷良田，阡陌纵横。海风中已经没有了当年的血腥气，只有峻峭的山石诉说着这里曾经的悲壮。

崖山祠附近的杨太后陵墓，被当地人称为“国母坟”。陵墓坐落在崖山脚下的一个村边，墓冢很小，采用华南地区民间普遍采用的墓葬形式，很不起眼，与想象中堂堂大宋王朝国母的陵墓规模相去甚远。杨太后的陵冢虽然不大，但她的凛然气节使这座椭圆形墓冢成为众人心目中的圣地。如今，杨太后墓香火缭绕，墓前还悬挂着“港澳台百姓子民秋祭太后陵”的横幅。小皇帝赵昺的陵墓坐落在深圳市南山区的赤湾村，据说赵昺随陆秀夫殉国后，遗体被海水冲至这里，当地百姓加以厚葬。

时光的车轮已经踏平了相关的遗迹，当年张弘范灭宋后，在崖山奇石上所书的“镇国大将军张弘范灭宋于此”字样也被磨毁，由田汉题字的“宋少帝与丞相陆秀夫殉国于此”石碑也被圈进某海军基地。

仰观崖山饱含血泪的历史遗迹，感悟其中的民族气节，具有重要的历史意义。遥想当年，面对凶悍的元朝铁骑，贫弱的南宋王朝竟然有十几万军民自发跳海殉国。如此气节，反映了华夏民族所具有的骨气。

建文下落成谜团

在南京城东，有一处明故宫遗址公园。尽管声名显赫，但走进园中，满眼都是残垣碎瓦。只有沧桑的午门、金水桥和残存的大量规模宏大、雕刻精美的石础基遗物，才使人从中能够想见这座皇宫曾经的辉煌。

当年，明太祖朱元璋“命刘基等卜地定作新宫”，修建了这座南北长2.5千米、东西宽2千米的壮丽巍峨的明代开国宫殿。这座宏伟的明代帝宫曾经盛极一时，最终沦落到如此苍凉的境地，与历史上发生在这里的一桩叔篡侄位的事件密切相关。这桩被称为明史第一谜案，也是传说中中国历史“四大谜案”之一的事件，就发生在明成祖朱棣策划的“靖难之役”期间。

明朝初年，天下初定，明太祖朱元璋认为要使朱明王朝长治久安，必须“惩宋元孤立、宗室不竞之弊”。为此，太祖把儿孙分封到全国各地做藩王。但朱元璋分封太侈，而且这些藩王拥有护卫军队，这就埋下了以后变乱的祸根。

朱元璋驾崩后，因为太子朱标早逝，于是由朱标二子朱允炆继位，是为建文帝。建文帝深感藩王势力过于膨胀，于是采取了一系列削藩措施。这威胁到了藩王的利益，太祖四子、藩王中势力最强的燕王朱棣借口“清君侧”，从封地北平起兵叛乱，挥师南下，史称“靖难之役”。1402年，朱棣攻破南京，战乱中建文帝下落不明。同年，朱棣即位，是为明成祖，第二年，改元“永乐”。1421年，朱棣下令迁都北平，南京降为留都，南京明朝帝宫由此逐渐零落。

朱棣通过武力夺取帝位，违背了封建宗法制度的传统，正如《明史》所称，这是“奋起方隅，冒不韪以争天下”。朱棣为自己的篡位找了一个冠冕堂皇的理由，即建文帝已经不在人世，这样，他就能名正言顺地坐上皇帝的宝座。当时的官方文献，一再强调建文帝自焚而亡。《太宗实录》载建文帝自感无颜见燕王，于是下令焚烧宫殿，并携马皇后跳入火中自焚。朱棣入宫后，从火堆里找到了建文帝被烧焦的尸体，于是“礼葬建文皇帝”，并辍朝三日。其他如《明史·成祖本纪》《明史·方孝孺传》等，基本上持此观点。

《太宗实录》是在朱棣在位时期编写的，可以想见当时的史官们慑于朱棣的淫威，自然只能为他掩饰，篡改这段历史。明朝大学士张居正说“国史不载此事”就指这件事。不仅如此，据说，朱棣还曾经三次修改《太祖实录》，目的显然是掩盖自己非法夺取皇位的蛛丝马迹。因此《太宗实录》和《太祖实录》等明朝官史所记的建文帝自焚之事的真实性很早就引起质疑。《太宗实录》说“礼葬建文皇帝”，可建文帝陵寝在哪里？据说到了明朝中后期，就已经没有人知道建文帝葬于何处了。有明一代对于先祖先皇的定时祭奠是非常重视的，而建文帝陵寝竟不知在何处，如何祭奠？可见明皇室也清楚并不存在真的建文帝陵寝。今天，在南京周边也没有发现任何建文帝陵墓的遗迹，因此《太宗实录》所说的“礼葬建文皇帝”纯属子虚乌有。《明史》虽然为清代编修，但由于明成祖在位时期实行高压政策，以致有关建文帝的下落几乎没有留下任何记载。据说当年清朝编修《明史》时，明史馆编撰人员就提出了不同的意见。撰写《明史·恭闵帝本纪》的徐嘉炎就认为，建文帝未死于火，而是逊国外逃；而同在明史馆的著名学者朱彝尊却认可了《太宗实录》关于建文帝“自焚”的记载。最终，《明史·恭闵帝本纪》采用了这样折中的表述：“宫中火起，帝不知所终。”

建文帝出亡这一说法，出现于永乐朝以后。相关史料从早期的含糊，逐渐到晚期的具体。这可能是由于建文帝力行的宽仁政策以及悲惨的境遇引起人们的同情，他的下落自然就引起很多人的关注。各种野史、戏剧，都猜测和演绎了建文帝的去向，可谓众说纷纭。

当时，记载建文帝下落的文献很多，有谷应泰的《明史纪事本末》、史仲彬的《致身录》与程济的《从亡随笔》等。其中，《明史纪事本末》的记载最具有代表性。谷应泰认为，建文帝并未自焚，而是在大臣的保护下由密道逃出南京，出逃过程描写得十分生动。他说，建文帝知燕军破城后，长吁短叹，曾想一死了之。但少监王钺告诉建文帝，朱元璋生前留下一个铁箱子，让他在大难临头时交给建文帝。君臣急忙打开箱子，发现里边有僧人的度牒、僧衣、剃头刀、盘缠和遗书。于是，建文帝君臣三人剃了头，换上僧衣，只带了九个人来到鬼门。

鬼门在太平门内，是内城一扇小矮门，仅容一人出入，外通水道。建文帝一行人弯着身子出了鬼门，就看见水道上停放着一只小船，船上站着一位僧人，僧人招呼他们上船，并向建文帝叩首称万岁。众人乃乘舟至太平门，等到黄昏时才到庙里。不久杨应能、叶希贤等13人同至。也有的说法认为，建文帝是从玄武湖武庙闸的隧道逃离南京的，武庙闸至今犹存。

上述文字虽然无法确认真伪，但建文帝“削发为僧，易服出走”之说，其他一些史籍也多有记载。其实，对于建文帝的下落，朱棣应该心知肚明，不然怎么会出现了后来的郑和下西洋和胡濙的常年求访？《明史·胡濙传》载：“传言建文帝蹈海去，帝分遣内臣郑和数辈浮海下西洋，至是疑始释。”就是说，朱棣也明知所谓宫中“自焚”的尸骸并不是建文帝，但又不知建文帝“遁去”何方，所以派郑和下西洋“欲寻踪迹”。另外，《明史·胡濙传》载：“惠帝之崩于火，或言遁去，诸旧臣多从者，帝（指成祖）疑之。（永乐）五年遣濙颁御制诸书，并访仙人张邋遢，遍行天下州郡乡邑，隐察建文帝安在。濙以故在外最久。”也就是说，朱棣派亲信胡濙以寻访道士张三丰为名，从陆路遍访各州、郡、乡、邑，去查访建文帝下落，长达16年之久。永乐二十一年（1423年）的一个晚上，胡濙被朱棣召到北征驻军地宣府彻夜长谈，估计胡濙是已经打听到了建文帝的确切消息。蹊跷的是，从此以后，朱棣不再究问建文帝的踪迹。可能是事隔多年，建文帝已经没有重夺帝位的想法，因此朱棣放心了。

建文帝究竟是逃亡海外还是隐匿山寺，我们不得而知，但在国内一些地方却流传着他逃离到此的传闻，一些地方据说还有建文帝出家的庙宇和墓冢。在建文帝出逃的诸多传说中，有一点是相同的，那就是建文帝是装扮成僧人出走并最终入持庙宇。建文帝究竟是在哪一座庙宇削发为僧的呢？一些学者根据地方志、遗迹、遗址等资料考证，认为有关建文帝的遗踪和传说，主要分布在江苏、浙江、福建、广东、云南、贵州、四川、湖北等地。

江苏苏州的建文帝遗迹，分布于城西南五六十千米处的穹窿山。历史上，穹窿山一直是隐居的绝佳地，据专家考证，孙子就曾在穹窿山隐居，并在这里写就了闻名天下的《孙子兵法》。《苏州府志》和《木渎小志》等文献均记载，当年建文帝离开南京后，被僧司溥洽所救，一直隐藏于江苏苏州穹窿山的普济寺内（一说隐藏在皇驾庵），此后一心为僧，并得到了姚广孝的秘密保护。姚广孝是苏州人，当初曾帮助朱棣夺得帝位，也许是心怀愧疚，因此当建文帝来到穹窿山后，他也来此归隐。在他的保护下，建文帝得以安度时日。永乐二十一年（1423年），建文帝病殁于穹窿山，享年45岁，葬于拈花寺后的山坡上。如今，拈花寺因为山前湖塘的扩建而被拆除，人们在原址上修建了临水的静幽阁，原来拈花寺后相传为建文帝“皇坟”的小山岗也消失在茂密的树林中，不见了踪影，只有原来通往拈花寺的香花桥用原石进行了异地复建。离开穹窿山，回望醉人的湖光山色，我们不禁为建设过程中，一些有关建文帝遗迹的消失而深感可惜，因为这是

苏州穹窿山狭小的拈花寺远比新修的静幽阁更令人遐想

（摄于2015年4月29日）

苏州穹窿山香花桥因为通往建文帝皇坟而显得神秘

（摄于2015年4月29日）

穹窿山最引人关注的地方。

云南武定的建文帝遗迹，位于县城西面的狮子山。狮子山因形似丘陵中雄踞的狮子而得名，有“西南第一山”之称。此山峭拔雄奇，林木葱郁，古树丛中隐藏着一座正续禅寺，相传建文帝逃离南京后，就隐居在此寺中。一些云南史籍记载了这件事，其过程大致是：建文帝经两湖，入巴蜀，进滇南，初到昆明，寓城中五华寺。镇守云南的沐晟得知后，护送建文帝至武定狮子山隐藏。据说，建文帝晚年考虑朱棣已死，就向明英宗自首，被英宗迎入北京赡养，寿终后葬北京西山，不树不封。今狮子山正续禅寺中还建有惠帝祠阁。祠阁位于寺后的藏经楼下，阁内彩塑三尊僧像，中间一尊身披袈裟、背靠龙椅的坐像，据说就是建文帝像。塑像建于清康熙初年，龛额书有“明惠帝”三字。阁前有一副对联：“僧为帝帝亦为僧数十载衣钵相传正觉依然皇觉旧，叔负侄侄不负叔八千里芒鞋徒步狮山更比燕山高。”此联意味深长。

福建宁德的建文帝遗迹，位于宁德蕉城区金涵乡的上金贝村。2008年，专家在这里发现了一座墓塔混搭的奇特古墓。此墓墓碑已经不知去向，因此不清楚建造的年代，但从古墓的形制、格局、构件、构件纹饰等方面观察，均有相当的规模，有专家认为此墓暗含了明代皇陵的特点。据说，该墓舍利塔的莲花基座造型，与安徽凤阳明皇陵及江苏盱眙明祖陵的莲花座造型完全一致。尤其是该墓舍利塔落款“御赐金襕佛圆明大师第三代沧海珠禅师之塔”，有的专家认为，这正暗含了建文帝身份：“圆明”，含“明朝”之意；“第三代”喻朱允炆是朱元璋孙辈；“沧海”有“曾经沧海难为水，除却巫山不是云”的

宁德上金贝古墓的格局隐含着一种皇家气派

（摄于2015年2月25日）

悲壮情感；“珠”则是“墓主姓朱，本是帝王”的隐喻。上金贝村后山上的金贝寺，是一座地处偏僻、少人知晓的小寺庙，这可能是建文帝选择隐居此寺的原因吧。此外，在金贝寺的上寺华严寺（支提寺）里还珍藏着一件明代云锦袈裟，似乎也为上金贝古墓为建文帝陵寝提供了佐证。上金贝古墓位于宁德郊外的一处山坳里，在通往墓穴的途中，有一尊建文帝塑像，身披袈裟，表情悲戚。拾级而上，有一座石牌坊，额上书有“明二陵”几个大字。穿过牌坊，沿山道前行，不久就能看到一泓清水，上建一座亭桥，过桥即是传说中的建文帝陵墓。从外观上看，这是一座规模较大的僧人墓冢。墓碑已毁，墓亭也只剩下四根石柱，左边的护墙也有部分坍塌。若仔细观察，此墓结构精巧，墓碑底座及后部墓墙顶端都有一些花纹，尤其是两侧护墙上的闭嘴龙雕像，令人浮想联翩。

宁德山中的金贝寺虽小，但曾庇护建文帝度过艰难岁月

（摄于2015年2月25日）

宁德上金贝古墓前，建文帝僧服像透露出一腔悲愤

（摄于2015年2月25日）

宁德上金贝古墓两侧护墙上的闭嘴龙雕刻令人浮想联翩

（摄于2015年2月25日）

此外，在广东、贵州、四川、湖北等地，也有建文帝的传闻和遗迹，《徐霞客游记》《明史纪事本末》中也有相关的记载。

关于建文帝出亡之谜的传闻，也许不仅涉及上述诸地，日后可能还会出现各种新的“证据”和“遗迹”。其实，从朱棣炮制建文帝“自焚”结论，又遣人海陆搜寻的那一刻起，建文帝的历史谜团就注定会长久地萦绕在人们心中。这些传说中的建文帝遗迹，多少会勾起人们对那桩谜案的好奇，多少会引起大家对那段历史的追忆，并为建文帝的境遇感到些许惋惜或不平……

风逝秦淮怜八艳

秦淮河是南京的一条历史底蕴非常深厚的河流。这里是南京最繁华的地区之一，被称为“六朝烟月之区，金粉荟萃之所”。一些朝代的兴衰也与秦淮河有着千丝万缕的联系。唐代杜牧《泊秦淮》中的诗句“烟笼寒水月笼沙，夜泊秦淮近酒家。商女不知亡国恨，隔江犹唱后庭花”，就道出了南朝陈后主迷恋艳词而亡国的故事。

朱元璋定都南京后，秦淮河更是空前繁华。明成祖迁都后，虽然国家的政权中心北移，但秦淮河依旧是达官贵人的流连之地。这里邻近南方最大的考场——江南贡院，大量学子临河租屋而居，温书备考。秦淮河畔勾栏瓦肆中青楼女子的袅袅歌声，不时扰动着学子们的心境，一段段才子佳人的故事就此演绎出来。到了明末清初，这种故事与当时风云激荡的社会背景相结合，更显凄婉壮烈。

1644年是一个风云突变的年份。这一年，闯王李自成率领大顺军攻下北京城，明崇祯帝自缢煤山。一个月后，山海关总兵吴三桂联合清军击败李自成，刚满六岁的清顺治皇帝福临登上了紫禁城的金銮宝座。同年五月，南明福王在南京建立弘光政权。偏安政权的建立，催生了秦淮河沿岸的繁华。一时间，秦楼楚馆毗连，莺语笙歌彻夜。不过，谁也没有想到，在国家存亡的危难时刻，当一些朝廷官员贪生怕死、卖国求荣之时，秦淮河畔的一些青楼女子却表现出崇高的民族气节，尤其是“秦淮八艳”中的李香君、董小宛、柳如是、陈圆圆等。她们不仅容貌出众，诗词绘画也颇有造诣。更难能可贵的是，她们虽然身处社会底层，但关心国事，具有高尚的民族气节。她们与复社文人来往密切，与明末四公子中的侯方域、方以智、冒辟疆的交往韵事，也被时人传为美谈。

秦淮八艳的事迹，最先见于明朝遗老余怀的《板桥杂记》一书。这部书分别写到了顾横波、董小宛、卞玉京、李香君、寇白门、马湘兰六人，后人又加入柳如是和陈圆圆，最终形成八艳。当然，“秦淮八艳”还有其他说法，例如，有人把李十娘、龚之路、黄艳秋等也列入其中。

秦淮八艳不仅貌美如花，身姿曼妙，而且具有很高的文化修养，名冠一时。其中，李香君、董小宛、柳如是和陈圆圆的故事，更为后人津津乐道。

李香君，苏州人。其父原为武官，因系东林党成员，被魏忠贤一伙阉党治罪，以致家道中落。李香君无奈漂泊异乡，居南京秦淮河畔的媚香楼。她小巧玲珑，歌喉圆润，通晓音律诗词，声名远播。但李香君唯独钟情“复社四公子”之一的侯方域。侯方域，字朝宗，河南商丘人，出身官宦之家，15岁就中了秀才，才华横溢且风度翩翩。明崇祯十二年（1639年），他在南京结识了李香君，一见倾心。侯方域后因在李香君支持下拒绝了弘光朝权臣阮大铖的拉拢，遭诬陷而逃亡外地。阮大铖意欲强逼李香君嫁给漕抚田仰作妾，李香君宁死不从，撞头倒地，鲜血溅到侯方域送给她的扇面上。后来，杨龙友将这些血点画成桃花，这就是崇祯十七年（1644年）发生在南京的“扇血点染桃花”。

南京失陷后，李香君逃到南京东郊的栖霞山，但侯方域却降顺了清朝。两人再度相遇时，李香君毅然割断情根，遁入空门。据说，侯方域回到老家后，悔恨不已，终生不仕。37岁时，侯方域在忧愤和思念中病逝。孔尚任感于李香君的民族气节，创作了《桃花扇》，李香君因此闻名于世。今天，在南京秦淮河畔的来燕桥边，还有一座被称为李香君故居的“媚香楼”。至于真实的李香君故居在哪里，目前尚存争议。据载，南京失陷后，李香君进入南京栖霞山葆贞观为尼，葆贞观目前已毁，后人在原址上修建了桃花扇亭。这里现在名为“桃花涧”，位于栖霞山巅北侧一陡峭的山涧内，依山傍水，环境清幽，确为隐居的绝佳之处。李香君何时去世，史籍并无明确记载，但她安葬在栖霞山的可能性很大。目前，在桃花扇亭南不

秦淮河边的媚香楼至今仍流传着李香君的故事

（摄于2012年9月17日）

远处的一片树林中就有一座李香君墓。在侯方域的故里河南商丘，也有一座李香君墓。据说，侯方域后来在栖霞山寻到了李香君，经商议后，两人回到商丘侯府。李香君隐瞒身份，住进侯府西园翡翠楼，但不久就被侯方域的父亲发觉。李香君被迫迁居到离城7.5千米的侯氏柴草园，生下一个儿子。产后几个月，李香君含恨离开人间，终年30岁。商丘现存有侯方域的壮悔堂和李香君墓。壮悔堂中保存着传说中李香君短暂住过的翡翠楼。相比壮悔堂的精致典雅，坐落在李姬园村村头的李香君墓就显得异常寒酸，只有一座不起眼的圆形坟墓和刻有“李香君之墓”字样的墓碑。比起栖霞山的清幽，这里的环境太过杂乱。据说，此墓在20世纪五六十年代被扒开过，里面还有尸骨、头发和饰品。其实，究竟哪一座才是李香君的真墓已经不重要，重要的是李香君的骨气永留人间。

商丘郊外这座不起眼的坟墓竟是一代才女李香君的墓冢

（摄于2013年9月28日）

董小宛，苏州人，名白，字青莲，她的名与字均因仰慕李白而起。她对“明末四公子”之一的冒辟疆一见倾心。明崇祯十六年（1643年），董小宛嫁给冒辟疆，并与他来到如皋。董小宛过门后，常与冒辟疆泼墨挥毫，赏花品茗，感情甚笃，与冒家上下相处得非常和谐。清顺治二年（1645年），清兵南下，冒辟疆带着董小宛避难，颠沛流离，辗转乡间。董小宛的结局，一直流传着两种说法。一说是清兵南下时，董小宛被掠进宫，做了顺治帝的妃子；另一说是董小宛积劳成疾，病逝于如皋，葬在影梅庵旁。第一种说法从清末开始流行，《清宫演义》《清宫十三朝》等小说及多部戏剧均认为董小宛就是后来的清孝献皇后董鄂氏。据说是清军统帅洪承畴攻占江南时，因仰慕董小宛而藏之府中，但董小宛誓死不从。洪承畴不得已，将她献入皇宫，成为顺治帝宠妃。其实，只要翻读史籍，就不难发现其中的谬误。史籍中对董鄂氏记载非常清晰：董鄂氏，正白旗人，内大臣鄂硕之女，18岁入宫，深受宠幸，病逝于顺治十七年（1660年），年仅22岁，追谥“孝献皇后”。顺治帝哀伤过度，第二年就驾崩于养心殿，顺治帝和董鄂氏被安葬在遵化孝陵。因此，董鄂氏根本不可能是董小宛，更何况董小宛还比顺治帝大了15岁。这极有可能是一些文人在编写野史时，为了使情节离奇，有吸引力，或出于对清帝的不满，故意虚构，将董小宛说成是董鄂氏。真正的董小宛在婚后一直没有离开过冒辟疆。顺治八年（1651年）正月初二，董小宛因心

顺治帝和董鄂氏安葬在遵化孝陵，至今陵寝犹在

（摄于2012年7月8日）

力交瘁而死，享年28岁。据说“安香魂于南阡”，即安葬在影梅庵侧。不过，在历代《如皋县志》中，都没有关于影梅庵的记载，不知影梅庵在何处，因此人们难觅董小宛墓冢。据当地老人说，今如皋城南中学南面，龙游河边彭家荡在旧时确实有个董小宛墓，墓被发掘时，穴中没有发现骨殖，只有随葬品。虽言之凿凿，但不知真相如何，有待考古研究。墓虽不存，但见证冒辟疆与董小宛隐居生活的水绘园至今犹存。

董小宛隐居的如皋水绘园仍在，但已不见美人风姿

（摄于2012年11月23日）

柳如是，苏州吴江人，原姓杨，名爱，字影怜，后改姓柳，名隐，又名是，字如是。她生于明万历四十六年（1618年），因家贫被掠为婢，妙龄时堕入章台。明崇祯十四年（1641年），20余岁的柳如是嫁给了东林领袖钱谦益。钱谦益，江苏苏州府常熟县（今江苏常熟）人，学问渊博，颇有文名，被誉为“江左三大家”之一。钱谦益在崇祯年间曾任礼部侍郎、翰林侍读学士，迎娶柳如是时已经59岁。红颜白发，酬唱应对，相得甚欢。钱谦益特地为柳如是在常熟虞山盖了壮观华丽的“绛云楼”和“红豆馆”。两人生有一女。南明弘光

政权成立后，钱谦益当了南明的礼部尚书。清军兵临城下，柳如是劝钱谦益与其一起投水殉国，钱谦益借口“水冷”推辞，而且也阻拦柳如是赴死。不仅如此，钱谦益还失节开城，投降了清朝，被清朝任命为礼部侍郎兼翰林学士。柳如是不愿随行，坚持留在南京。钱谦益受到柳如是的影响，半年后便称病辞归，并在柳如是鼓励下，全力资助尚在抵抗清军的郑成功、张煌言、瞿式耜、魏耕等人。柳如是的义行，冲淡了世人对钱谦益的反感。据载，钱谦益去世后，乡里族人聚众欲夺其房产，柳如是为了保护钱家产业，竟用缕帛结项自尽，一代才女就这样结束了一生。柳如是逝世后，钱谦益门生王梦鼎等人，将她安葬于钱氏别业拂水山庄的秋水阁庭院。

柳如是墓坐落在虞山山麓，墓呈圆形，规模不大，墓后矮墙上镶有刻着“河东君之墓”五个字的墓碑。墓前有一座石祭亭，亭柱上书写着一副对联：“浅深流水琴中听，远近青山画里看。”一语双关。柳如是墓东侧50余米就是钱谦益的墓。钱谦益墓前也建有方形石祭亭，祭亭石柱上也刻着一副对联：“遗民老似孤花在，陈迹闲随旧燕寻。”祭亭后，是青砖围成的三个黄土坟堆，墓碑镶在坟后矮墙上。柳如是墓和钱谦益墓虽然相邻，但与甘为“贰臣”的钱谦益相比，柳如是的人品和气节要高得多。

柳如是墓前石祭亭柱上，柳如是亲书的对联富有寓意

（摄于2014年6月19日）

常熟柳如是墓虽小，但墓主人的人品和气节世人共仰

（摄于2014年6月19日）

钱谦益虽然品行稍欠，但其墓与柳如是墓相依相偎

（摄于2014年6月19日）

陈圆圆，本姓邢，名沅，字畹芳，常州武进人，幼从养母陈氏，故改姓陈，居苏州山塘街。由于她色艺冠绝一时，又曾寓居秦淮，所以清人便将她列入了“秦淮八艳”。明崇祯时期，崇祯帝宠妃田妃的哥哥田畹受命下江南选美，陈圆圆被选上。因为局势危急，崇祯帝无心逸乐，陈圆圆只好回到田府。田畹乘机占有了陈圆圆。不久，辽东总兵吴三桂遇见陈圆圆，一见倾心，随即纳为妾，留在北京。李自成攻下北京后，其将领刘宗敏掳走了陈圆圆，吴三桂震怒之余，引清军入关，击败李自成。李自成弃京之前，将吴三桂之父及家中38口人全部杀死。吴三桂抱着杀父夺妻之仇，昼夜追杀农民军到山西，竭力剿灭。后来，其部将在京城搜寻到了陈圆圆，吴三桂带着陈圆圆由秦入蜀。吴三桂被清王朝封为平西王后，陈圆圆随同他前往云南。吴三桂政治、军事实力迅速增长，与中央政府的矛盾激化，清康熙十二年（1673年），清廷下令撤藩，吴三桂起兵反叛。康熙十七年（1678年），吴三桂在衡州（今湖南衡阳）称帝，但不久病逝。从此吴部军队连遭惨败。康熙十九年（1680年）十月，其孙吴世璠自杀，余部投降。

昆明莲花池畔的陈圆圆画像碑再现了圆圆的高雅志趣

（摄于2014年1月7日）

吴三桂为陈圆圆修建的昆明安阜园，美人已逝，景色依旧

（摄于2014年1月7日）

吴三桂的行径，给陈圆圆带来了灾难。据说，她在劝告不成的情况下，遁入空门，在昆明西郊三圣庵茹素吃斋，不问世事。康熙二十八年（1689年），陈圆圆病逝于三圣庵，葬于商山寺旁。另有一说是陈圆圆得知吴三桂病逝后，投昆明莲花池自尽。如今，吴三桂为陈圆圆修建的安阜园已经修复，陈圆圆自尽的莲花池池水依旧清澈，但已不见美人踪迹。

秦淮八艳中，除了李香君、董小宛、柳如是和陈圆圆等因为与明清时国家兴亡、战争风云、朝代更迭以及当时著名的历史人物有关而被人们熟知外，其余四位没有什么可歌可泣的事迹，因此她们的故事和遗迹也已渐渐随着时光而远逝。

顾横波，字眉生，通晓文史，工于诗画，婚后改名徐善持。据《板桥杂记》记载，顾横波"庄妍靓雅，风度超群"，17岁时所绘的《兰花图》今藏于故宫博物院。

卞玉京，名赛，自号"玉京道人"，出身金陵秦淮官宦之家，因父早亡沦为歌伎，诗琴书画无所不能，尤其擅长小楷，还通文史。她与明末清初的著名诗人吴梅村有过一段恋情，因吴梅村惧崇祯帝宠妃田氏的哥哥田畹，凄然离去。卞玉京后来嫁人，但并不如意，遂在苏州出家当了女道士，晚年隐居无锡惠山，死后葬于惠山柢陀庵锦树林。

寇白门，又名寇湄，南京人，出身世娼之家，"风姿绰约，容貌冶艳"。她曾嫁明保国公朱国弼。寇白门病逝后，葬南京筑园亭。

马湘兰生长于南京，自幼不幸沦落风尘，但她为人旷达，常挥金以济少年，因此慕名求访者甚多。她与江南才子王稚登交情甚笃，57岁病逝，葬在今白鹭洲公园的碧峰寺附近。

秦淮八艳是那个时代的特殊产物，她们是秦淮河畔许多才艺双全的名伎代表，后来因被文人冠以"八艳"而声名远扬。在明末清初那个动荡的年代，当明朝廷许多大臣已经麻木得感觉不到他们所面临的内忧外患时，南京秦淮河畔的一座座香浓衣翠的绣楼里，却生活着对国家的前途忧心忡忡的风尘女子。她们个人生活中的生离死别，体现了对国家命运的担忧和对美好生活的向往，她们凄婉的爱情故事也将永留秦淮河畔。

冲冠一怒为红颜

明末清初，吴三桂（1612—1678年）算得上是一个非常重要的人物。如果不是发生了“冲冠一怒为红颜”的历史事件，他的人生也许会是另一种面貌。吴三桂是将门之后，父亲吴襄是锦州总兵，舅舅祖大寿官至辽东总兵。他以父荫袭军官，是一位勇冠三军的将领。他曾带20余名家丁，在众多满洲人包围中勇救父亲，孝勇之举天下闻名。明崇祯时，吴三桂被任命为辽东总兵，镇守宁远，严防虎视眈眈的清军。当时，他手中掌握着明朝最后一支有战斗力的铁骑部队。

吴三桂曾掌持山海镇总兵府，明朝安危系于一身

（摄于2012年7月9日）

崇祯十七年（1644年）三月初，李自成率领的农民起义军攻破大同、真定，逼近京师。崇祯帝飞檄令吴三桂入援京师。当吴三桂兵抵河北丰润时，李自成起义军已进入京师，崇祯帝自缢景山。吴三桂只得退保山海关，但他的父亲和爱妾陈圆圆还留在京师。陈圆圆原为苏州名伎，色艺双绝，名动江南，吴三桂一见倾心，纳为妾，宠爱异常。因此，当陈圆圆和父亲身陷京师时，吴三桂焦急万分。恰好此时李自成想招降他，正当吴三桂准备归降之际，传来了陈圆圆被李自成部将刘宗敏掠去和父亲被拘押的消息。吴三桂闻讯大怒，上书山海关外的清睿亲王多尔衮，邀请清兵入关灭贼。李自成得到消息后，急率大军奔赴山海关。在吴三桂和清军的联合打击下，李自成兵败，被迫退出京师，西撤河南、陕西，临走时怒杀了吴三桂家老小38口。1645年，李自成在湖北九宫山失踪，有人说他在湖南省石门县夹山寺削发为僧，称“奉天玉大和尚”，并圆寂于此，其墓尚存。有人说他被九宫山的地方武装杀死。今湖北省咸宁市通山县九宫山牛迹岭也建有李自成墓，规模宏大，是全国重点文物保护单位。

吴三桂降清后，不但联合清军追杀李自成农民军，还率兵剿灭南明势力。南明是指明亡后，明朝宗室先后在南方建立的抵抗清朝统治的政权，包括弘光政权、隆武政权、鲁王监国、绍武政权及永历政权，前后共历18年。清康熙元年（1662年），吴三桂在昆明逼死坡将永历帝及其子处死，此举为后人所不齿。

李自成在吴三桂追击下退至湖北九宫山，被地方武装杀死

（摄于2012年11月10日）

天下初定，清王朝为了笼络吴三桂，封他为平西王，镇守云贵，又于清顺治十年（1653年），嫁太宗第十四女予其子吴应熊。吴三桂封藩云贵后，成为拥兵自重的三藩之一，其余两藩为镇守福建的靖南王耿精忠和镇守广东的平南王尚可喜。吴三桂兵精地广，所辖地区俨然是个割据的小王国。他不仅将自己中意的人员从外省调到云贵充实力量，还把自己的亲信派往其他各省任职，权倾一时。吴三桂的所作所为引起清廷的警觉，始有撤藩之议。清康熙十二年（1673年），康熙帝下令撤藩，吴三桂铤而走险，于同年十一月起兵反清。反清行动开始

吴三桂把永历帝处死在昆明逼死坡，为后人所不齿

（摄于2014年1月7日）

进展顺利，吴三桂的军队不久就攻到长江流域，数月便得六省。康熙十七年（1678年），吴三桂在衡州（今湖南衡阳）称帝，国号“大周”。但吴三桂只做了五个多月的皇帝，就病死了。其孙吴世璠继位，但军事形势江河日下，三年后清军便平定了这场叛乱，吴氏家族被诛戮殆尽。

吴三桂一生纵横南北，至今在山海关、云南、贵州等地，都留有他的遗迹。

山海关是明朝东部要隘，天下闻名。历史上，这里曾多次发生战事，吴三桂献城无疑是山海关历史中浓重的一笔。其实，吴三桂镇守山海关的时间并不长，1639—1644年，吴三桂担任辽东总兵，镇守山海关，前后不过六年。不过，这却是决定明王朝命运的几年。吴三桂降清，雄关一夜易主，山海关失去了“雄关划内外，地险扼长安”的作用，清军轻而易举地夺取了关内的大好河山。如今，山海关依旧雄伟，吴三桂曾掌持的山海镇总兵府也已修复。徜徉在关城、关楼、总兵府间，抚今追昔，回想这一段历史，令人感慨万千。

吴三桂封藩云贵，坐镇昆明16年。从1662年开始，吴三桂就占据了昆明西郊五华山上的南明永历帝宫殿。此处原为明黔国公沐氏的府第，后来改建成南明永历帝的宫殿。吴三桂看中此宫后，大兴土木，进行扩建，十余年后建成一个占地广阔、规模宏大的宫殿群。当年殿阁崇峙、回廊百转的奢华宫殿，随着吴三桂失败而被损毁。以后，人们在此修建了愍忠寺，复立了五华书院。清光绪年间，此地兴建了高等学堂，以后一直是都督府和云南省政府所在地。

昆明市东郊鸣凤山麓的金殿，是我们今天能够看到的吴三桂重要遗迹。金殿其实是用青铜铸造的金属殿宇，因为古代青铜有“美金”之称，再加上它在阳光照耀下熠熠生辉，故名“金殿”。它初建于明万历年间，由云南巡抚陈用宾仿照湖北武当山天柱峰的太和宫及金殿样式建造，供奉北极真武大帝，周围建砖墙保护，有城楼、宫门等建筑。明崇祯十年（1637年），云南巡抚张凤山将金殿拆运至宾川鸡足山。清康熙十年（1671年），吴三桂在镇压农民起义后，率军进驻昆明。也许是为祈求神灵宽恕自己的罪过，吴三桂重建了金殿，并不时顶礼膜拜。今天，在金殿大梁上尚可看到“大清康熙十年

昆明鸣凤山金殿是今天能够看到的吴三桂重要遗迹

（摄于2014年1月8日）

昆明鸣凤山太和宫琉璃黄瓦，似森森宫阙，也似吴三桂的美梦

（摄于2014年1月8日）

衡阳见证了吴三桂称帝的荣耀和病逝国亡的悲凉

（摄于2012年11月8日）

（1671年），岁次辛亥，大吕月（十月）六日之吉，平西亲王吴三桂敬筑”的铜铸字样。这座重达250吨的金殿，是我国现存最大的铜铸殿。金殿并没有护佑吴三桂“世镇云南”。数年后，吴三桂客死衡州。

吴三桂的归葬地，一直是清史上的一个谜。刘健的《庭闻录》说：“大兵逼云南，世璠潜易祖柩，自郭壮图数人而外，无知真骨所在者。城破后，掘逆冢，知其伪，遍求之。一日而得十三尸，尽焚而灰，传闻真骨瘗铜璧（壁）关外。”刘健生于康熙年间，追忆旧闻，网罗轶事，资料应有一定的可信度。

铜壁关是明朝在西南边境修建的古关之一，按刘健所言，吴三桂似乎应该归葬境外。不过，我们没有听说境外有吴三桂墓，倒是国内有多处地方自称发现了吴三桂墓。

据说，安徽省无为县昆山乡汪田发现过吴三桂墓。此处四面环山，交通闭塞，人迹罕至。1965年9月，村民挖山掘土时发现了埋于地下近300年的“周昭武皇帝”吴三桂墓。墓前埋着两块石碑，刻有墓志铭，记载了吴三桂的生平。于是村里请县文管所来人启棺。只见墓中人面如金纸，头发银白，就像刚死一样。由于之前遭到盗抢，墓中人身上的龙袍被撕成碎片，棺材四周堆满小碗，墓室虽大，但四壁徒空。

湖南省偏僻的安化县九龙池附近有一个叫将军乡的地方，当地人无论老幼，都说吴三桂就葬在这里的碗米山上。据说吴三桂起兵失败后，逃亡至此，死时很惨。当地老百姓每人捐出一碗米买下一座山，埋葬了吴三桂。20世纪50年代，因为修水库，碗米山被淹没。

贵州省岑巩县水尾镇有个马家寨，寨中吴氏族人自认为是吴三桂的后裔。据说，吴三桂遗体被其大将马宝秘密运到黔东南，最后葬在岑巩马家寨。马家寨之名也是为纪念忠心护主的大将马宝而取的。可惜今天吴三桂墓已不存。

一世枭雄与倾国美姬的结合，总是格外引人注目。吴三桂“冲冠一怒为红颜”，献出山海关后，随清军打进京师，在兵荒马乱中找到了陈圆圆。此后，陈圆圆一直跟随吴三桂辗转征战。吴三桂平定云南后，陈圆圆就住在昆明平西王府。陈圆圆在云南生活多年，这里留下了许多关于她的传说。吴三桂起兵反清后，陈圆圆最终魂系何方，几百年来一直众说纷纭。有的说不知所终，有的说陈圆圆投水自尽，有的说她遁入空门，还有的说她终老贵州，等等。

一说投水自尽。据《昆明风物志》记载：康熙十七年（1678年）秋天，吴三桂兵败并病死在衡州的消息传来后，陈圆圆已有所思。后来，在一个萧瑟的深秋傍晚，云贵总督蔡毓荣带领兵丁前来查抄吴三桂的珍宝古玩时，陈圆圆从容走到窗前，遥望着秋水长天，双手合十，跳进屋旁的水池。据说后人还曾在池边写下一首诗："花落苏台晚照红，晓莺啼彻彩云空。沧桑一段风流话，凭吊湘波惜玉容。"也有人说，她在清兵攻破昆明之日，就投莲花池而死，后来被人葬于池旁的寺院中。

二说遁入空门。吴三桂起兵后，陈圆圆知他此行必败，便削发为尼，改名"寂静"，法号"玉庵"，移居宏觉寺，诵经念佛，后又迁居昆明西郊瓦仓庄的三圣庵，茹素吃斋，不问世事。康熙二十八年（1689年），陈圆圆病逝于三圣庵，葬于商山寺旁。其墓联上联为"尘劫中不昧本来朗月仍辉性海"，下联为"迷障里能开觉悟净莲更出污泥"。横批为"圆光寂照"。由于沧桑巨变，昆明已不见三圣庵和商山寺。

20世纪80年代以来，陈圆圆终老贵州马家寨的说法得到许多专家的认可。据说，吴三桂病逝后，遗体被大将马宝秘密运到此处，陈圆圆也随之来到这里，隐姓埋名度过余生，其墓尚在。陈圆圆墓位于马家寨后狮山绣球凸上，墓前立有清雍正六年（1728年）的墓碑，碑上阴镂“故先妣吴门聂氏之墓位席”。当地老人解释说：“故先妣”没用“清”字，表明她是明末的一位王妃，“妣”代表女性。“吴门”暗指她是苏州人，苏州古称“吴门”，对外也可解释为吴家。“聂”用的是雍正年间没有的字，是吴家造的。陈圆圆本姓邢，后跟养母姓陈，邢有右耳，陈有左耳，“双耳”代表邢和陈，一字双意；“双”字的繁体字上边为两个“佳”字，佳佳为好，花好月圆，暗喻“圆圆”。“位席”显示她地位崇高，虽为女性，但位居宗祠。十一个字连起来就是“明苏州人氏陈圆圆王妃之墓”。

吴三桂和陈圆圆的故事，在这几百年里不知道有多少人不厌其烦地讲述过，他们的遗迹也不知道有多少人不倦地寻访过。不管历史的真相究竟如何，我们还是会一再地在这些故事和遗迹中徘徊、寻觅。

四 闲话说仙事

概　述

我国流传着无数美丽的神话故事，它们大致可分为神话、传说、仙话三类。如果说神话和传说某种程度上还留有一些历史的影子，或者说曲折地反映了历史，那么仙话更多地寄寓了人们美好的愿望。

仙话起源于遥远的上古时代，是我国一种非常独特的民间文学类型。它奇妙多姿，意境瑰丽，浓缩了丰厚的意蕴，具有很强的艺术性和故事性，是中华民族璀璨的文学瑰宝。

在历史的发展过程中，我国形成了许多绚丽多彩的仙话。在这些仙话中，我们可以看到中华民族对美好生活的追求以及为真、善、美献身的精神。它反映了古人对自然现象及社会生活的一种幻想，并将这些幻想通过超自然的形象表现出来。它承载着历代人们追求自由的梦想，凡是现实中做不到的事情，都可以在想象的世界中得以实现。中国的仙话，意象之丰富，意境之美幻，令人叹为观止。

许多仙话在流传过程中，逐渐与现实的建筑或山水相结合，留下了众多的“遗迹”。现实社会中，人们不会把它们当作真正的历史遗迹看待，但还是饶有兴趣地前去参观。中国的许多名胜古迹，因此变得丰富多彩，富有意蕴。这是一种特有的文化现象，蕴含着中华民族丰富的想象力和无穷的创造力。

仙话是一种遥远而虚无缥缈的传奇故事，这种故事最容易引发人们的瑰丽想象和希冀。对这一类故事，我们一定要静下心来，用一种闲适的心情，坐下来慢慢听，细细品，就像我们小时候心无旁骛地看小人书，听大人讲故事一样。这样，我们才能感受到仙话给我们带来的美感和满足，才能深层了解中国古典文化。

仙话是我们生活中最美好的一部分，如果没有仙话，我们的生活将会少了许多乐趣。

嫦娥奔月问春秋

在中国古代神话传说中，嫦娥奔月是影响最深，也是最凄美的一则。历史上吟咏“嫦娥奔月”的诗词歌赋特别多，其中唐代诗人李商隐的《嫦娥》最为透彻：“云母屏风烛影深，长河渐落晓星沉。嫦娥应悔偷灵药，碧海青天夜夜心。”《西游记》甚至把猪八戒从天蓬元帅被贬到人间变为畜生，都归因于他调戏嫦娥。嫦娥奔月也是小朋友最爱听的故事，人们常常看着夜空中高悬的一轮明月，猜想嫦娥每天会做些什么。

按照流传的说法，月亮上有一棵1600多米高的桂树。在嫦娥奔月之前，有一位叫吴刚的西河人氏，早年醉心于仙道，但始终不肯专心学习，因此惹怒了天帝，被罚到月亮上去砍树。他只有砍倒桂树，才能获得仙术。于是，吴刚每天就不停地奋力砍桂树，可是桂树被砍坏的地方很快又自动愈合，日复一日，吴刚的目标始终无法达成，月亮上也就留下了吴刚无休止劳作的孤单身影。

嫦娥奔月的神话在民间流传广泛，版本也有多种，不过情节大同小异：传说后羿和嫦娥都是尧时代的人，那时候，天上有十个太阳同时出现，土地被烤焦了，庄稼也都干枯了，人们热得喘不过气来，一些耐不住酷热的怪禽猛兽，也从森林里跑了出来，到处残害人民。于是天帝令善于射箭的后羿下到人间，让其协助尧解除人民的苦难。后羿与妻子嫦娥一起来到了人间，将十个太阳射去了九个，这就是有名的“后羿射日”的故事。后羿的功绩引起了其他天神的妒忌，天帝也因此疏远了后羿，并把他贬到了人间。后来，后羿从王母处求得一包长生不老药，据说服下此药，就能即刻成仙升天。后羿将药交给嫦娥保管，结果嫦娥在有人盗药的危急情况下，吞下了长生不老药，最后飞到月亮上成了仙。月亮上，孤单的吴刚旁边，又多了嫦娥的身影。不过，吴刚和嫦娥虽然同在月亮上，民间传说中，两人却并没有成就一段美好的姻缘，这或许与人们“从一而终”的传统观念有关。后羿从此与嫦娥天各一方，据说后羿十分思念妻子，于是便在院子里摆上香案，放上鲜果，遥祭嫦娥。百姓们也纷纷效仿，在月下摆设香案，向嫦娥祈求平安，从此，民间逐渐形成了中秋节拜月的风俗。

还有一种说法是嫦娥到月亮上后，因偷吃神药遭到惩罚，被罚变成丑陋的蟾蜍，在月宫中终日捣不死药，过着寂寞清苦的生活。也有传月宫里有一只玉兔，常伴嫦娥左右，后来逐渐也肩负起捣药的任务。有的传说把玉兔作为嫦娥的化身。从此吴刚、蟾蜍、玉兔、桂树成为人们谈及月亮时永恒的话题。

按专家推断，嫦娥奔月传说的出现，可能源于古人发现了月亮上的高山和枯海所形成的阴影，于是就把它想象为蟾蜍或玉兔，并与其他传说糅合在一起，变成美丽的神话故事。也有专家认为，蟾蜍在古代是多子多福的象征，让嫦娥变身为蟾蜍，可能是图腾崇拜的缘故，等等。

嫦娥奔月的神话故事，大体产生于春秋战国时期。西汉初《淮南子》最早提及嫦娥神话和月中蟾蜍：“……羿请不死之药于西王母，姮娥窃以奔月”，“月中有蟾蜍”。其实，古书上关于嫦娥奔月的记载，各不相同，仅《淮南子》一书就有多种说法：一说是遭后羿徒弟逢蒙的加害，嫦娥无以为计，吞不死药以升天；一说是嫦娥过不惯人间生活，乘后羿不在家的时候，偷吃了长生不死药，化为仙人，奔到月亮上去了；一说后羿的养子寒浞发动政变杀死了后羿，并欲加害嫦娥，嫦娥在危急时吃下两粒仙丹，飞身飘向月宫。屈原在《天问》中则说是后羿对嫦娥不忠，引起嫦娥不满，嫦娥才离开后羿飞到月亮上去了。

据说嫦娥本名姮娥，西汉时为避汉文帝刘恒的讳而改称“嫦娥”，又作“常娥”。在道教中，嫦娥为月神，又称“太阴星君”。

与古文献中有关嫦娥的记载不同，老百姓对嫦娥奔月寄寓了更多的同情和赞美。人们对嫦娥奔月的故事做了很多加工、修饰，使嫦娥的形象与月同美，更符合人们对美的追求。在我国，很多地方都流传着嫦娥奔月的传说，不少地方甚至还保存有一些所谓嫦娥奔月的遗迹，如山东的日照、潍坊，河南的新密、南阳，江西的宜春，湖南的常德等。

山东日照涛洛古镇附近有一座天台山，海拔260米，山上留有上古时期的一些遗迹。当地人坚信这里就是嫦娥的故乡，因此这一带世代流传着关于后羿嫦娥的传说，认为嫦娥吞下不死药飞到广寒宫，做了月中仙女。据说今天在山上依然保存着后羿陵和嫦娥墓。据传，后羿是天台山东侧太阳部落的男儿，而嫦娥是天台山西侧月亮部落的女子，他们在天台山一棵月桂树下相遇并产生了爱情。嫦娥飞升后，后羿就将她的物品葬在了天台山上那棵古老的月桂树下。后羿去世后，被埋在了嫦娥墓旁。走近传说中的后羿陵和嫦娥墓，人们可以看到墓前荒草丛里有两块石碑，石碑上刻着古文字。遗憾的是，石碑上的古文字，今人已经无法辨认，据说是在“文化大革命”初期被红卫兵凿掉了。

当地人坚信日照的天台山就是嫦娥的故乡

（摄于2014年4月18日）

日照天台山东夷部落太阳崇拜的遗存神秘莫测

（摄于2014年4月18日）

日照天台山上的后羿陵和嫦娥墓，墓碑字迹模糊，神迹茫茫

（摄于2014年4月18日）

在山东半岛中部、渤海莱州湾南岸的潍坊市，有一个寒亭区。据载，这一带曾是黄帝所封古寒国的封地，西汉末王莽改封国为亭，始称“寒亭”，寒亭区因此得名。寒亭区有一座云台山，长期以来一直流传着嫦娥的传说：嫦娥原是居住在古寒国云台山下的一位姑娘，养了一只玉兔，后羿到云台山附近狩猎时，因追赶玉兔遇到了嫦娥，并结为夫妻。后来，古寒国的国君寒浞杀死了后羿，强占了嫦娥，并为她在云台山上建了广寒宫。每当月圆之夜，嫦娥就会在山上观月、占月。嫦娥后来吃下了后羿留下的仙丹，飞到了月亮上。今天的寒亭云台山，山名犹在，嫦娥遗迹无存，只有一座被称为“寒亭高庙”的建筑耸立在云台山上，提醒人们这里曾经居住过一位叫嫦娥的姑娘。据说寒亭区杨家埠民间艺术大观园的三星湖内，原来建有一个嫦娥奔月台，台上还立有嫦娥的塑像，但如今嫦娥塑像已被拆除。看来，嫦娥在寒亭大地上留下的也许只剩下一段美丽的传说。

河南新密市的牛店镇月台村周围的一些乡村，也有关于嫦娥奔月的传说。当地的不少地名和山名都与嫦娥奔月有关，如超化镇的娥沟据说就是因为嫦娥在此奔月而得名，米村镇的月寨村相传是西王母赐仙丹给后羿的地方，来集镇的东、西月沟相传是因嫦娥在此帮助后羿射日而得名。宋太祖赵匡胤曾在此拜月，至今村边的小土岭还有一处叫望月台的地方。直到今天，当地还保留着很多与月亮有关的风俗，如中秋节的时候，家家户户都要在院内摆设供品“愿月”，逢十五的晚上，也经常有人到望月岭，围着望月台转圈儿，许下自己的心愿。赵匡胤望月台，其实就是一块平整的田地。如果没有田边竖立的两块文物碑，谁也想不到这里就是当地传说的嫦娥奔月的地方。

新密传说中的嫦娥奔月台，隐藏在一片茂盛的农田中

（摄于2014年5月31日）

江西宜春、湖南常德和河南南阳等地，也有关于嫦娥奔月的传说。江西宜春有一座明月山，当地流传神蛙在这里劝嫦娥服下仙丹。湖南常德有一个叫月亮湾的地方，据说与嫦娥奔月有关。相比之下，河南南阳虽然没有留下与嫦娥奔月有关的历史遗迹，但有着更多的材料依托。例如，汉代南阳人张衡在其天文著作《灵宪》说："羿请不死之药于西王母，姮娥窃之以奔月。……姮娥遂托身于月，是为蟾蜍"，"月者，阴精之宗，积而成兽，象兔"。更为可贵的是，人们在南阳还发现了不少表现嫦娥奔月的汉画像石，有"后羿射日""嫦娥奔月"和蟾蜍、玉兔等形象。南阳汉画像石馆里，在反映汉代丰富多彩的

社会生活的画像石中，嫦娥舞动身躯飞向刻有蟾蜍的圆月的画像石，令人印象深刻。

中国人素有月亮情结，这从古代很多咏月的诗句上就能看出来。嫦娥奔月的故事虽然有不同版本，但都体现了人们对美好事物的追求。

南阳发现的不少表现嫦娥奔月的汉画像石使人印象深刻

（摄于2014年4月18日）

鹊桥有路亦难逢

在我国，喜欢黄梅戏《天仙配》的人为数众多。严凤英甜美的唱腔和朴素真挚的表演把《天仙配》这一凄美的古代神话故事演绎得委婉动人，缠绵悱恻，也让董永与七仙女的传说家喻户晓。

这一爱情悲剧传说早已流传了千百年。董永与七仙女传说的版本有好多种。

有的版本写董永卖身葬父，孝行感动了天帝的第七个女儿，她下凡与董永结为夫妻，助他偿债赎身。但当夫妻刚刚开始幸福生活的时候，天帝却严令七仙女返回天庭，造成人间悲剧。

有的版本写董永家境贫寒，父亲卧病在床，董永每天耕地时就把父亲拉到地头，一边干活一边照料父亲。父亲去世后，因无钱下葬，董永卖身为奴，给一大户人家当三年佣工。他的孝举感动了天帝，天帝派七仙女下凡帮助董永，并许了100天的夫妻缘分。七仙女每天为大户人家织绢100匹，大户人家只好按承诺把董永的佣期减为100天。期满后，在回家的路上，七仙女对董永说出了真相，然后转身不见了。

有的版本更加离奇，说众仙女下到人间洗澡，董永偷偷把七仙女的衣服偷走了，导致洗完澡后，其他仙女都回到天上了，就剩下七仙女没有衣服，无法回去，最后嫁给了董永。

有的版本说，天帝的七个女儿因感天宫孤独寂寞而思慕人间生活，下到人间游玩时偶遇青年农民董永，最小的七仙女对他一见钟情。七仙女在人间，经土地爷说合，大槐树做媒，与董永结为夫妻。

有的版本还将七仙女混同为织女，使董永与牛郎的关系难以厘清。

在传说的所有版本中，都描写了董永勤劳善良和卖身葬父的孝行，董永也因此被列入“二十四孝”中的第八位。在元代郭居敬编绘的《二十四孝图》中，就有对董永“卖身葬父”事迹的文字说明：“汉董永，家贫。父死，卖身贷钱而葬。及去偿工，途遇一妇，求为永妻。俱至主家，令织缣三百匹，乃回。一月完成。归至槐荫会所，遂辞永而去。”

董永与七仙女传说的形成应该是经历了逐渐发展的过程，目前已知最早反映董永与七仙女传说故事的记载是在汉代。西汉时期刘向的《孝子图传赞》就对此有记载，修建于东汉末年的山东嘉祥武梁祠石刻中，也有表现董永行孝的画像石。这一时期故事的情节比较简单。到了东晋时期，干宝编撰的中国古代志怪小说集《搜神记》中叙述的董永孝行、仙女下凡的故事，情节渐趋完整。宋元时代，随着说书行业的发达，“董永遇仙”的传说在话本中开始流行。到了明代，文人洪楩整理出《董永遇仙传》，并将此收入他的《清平山堂话本》。大约在明代嘉靖年间，民间艺人据此改编成戏曲《槐荫树》《织锦记》《遇仙记》等，董永的形象被搬上了舞台。

20世纪50年代，戏剧作家陆洪非根据历代流传的董永与七仙女的故事改编创作了《天仙配》。《天仙配》的结构模型虽然与明话本一脉相承，但故事情节、人物形象，乃至思想内涵，都有了丰富和创新。特别是经过黄梅戏表演艺术家严凤英等人的精心塑造，并被拍成电影在全国上映后，董永和七仙女的形象更加丰满，广为人知。

在董永和七仙女的传说故事中，七仙女是神话人物，无可稽考，但董永却是历史人物，唐宋以来，许多地方都有与他相关的记载和遗迹。目前，江苏的丹阳、东台，湖北的孝感，浙江的义乌，河南的武陟县、汝南县、西平县、遂平县等地，均被认为是“天仙配”故事的发生地，也都留有传说或遗迹。2006年，江苏省东台市、湖北省孝感市、山西省万荣县和河南省武陟县的董永与七仙女的传说，被列为国家级非物质文化遗产。

东台位于江苏省沿海地区中部，是江苏省面积最大的县级城市，境内的西溪古镇、台南乡一带，被认为是“天仙配”的发祥地，也留有这方面的传说和遗址。东台的董永与七仙女传说被国家列入非物质文化遗产名录后，当地加大了对“天仙配”相关遗址的保护和景点的开发。西溪古镇在2006年建设了全国首个“董永与七仙女”的主题景区，也仿建了一些与“天仙配”有关的景点，因为都是新建的，缺乏历史感。台南乡至今保存着董永祠和董永墓。董永祠、墓均在台南乡兴圩村边的田野中，祠分前、后二殿，后殿神龛内供奉董永塑像，殿侧为董永的土墓，墓较小，石碑上刻有清道光年间的“汉董孝子讳永墓”字样。台南乡的董永祠、墓虽然简陋，但很真实。当地老人认为，董永就是他们的老乡。

孝感位于湖北省东北部，离省会武汉42千米。孝感是在同董永与七仙女的传说有关的诸多城市中，唯一的城市名称与传说直接关联的地方。当然，对于孝感名称的来源也有多种说法。据载，孝感最早建县于南朝宋孝建元年（454年），初名

东台台南乡董永庙，黄墙黑瓦，矗立田间，倒也雄伟

（摄于2014年5月14日）

孝感天地牌坊彰显了董永的孝行，孝感人民备感自豪

（摄于2014年8月14日）

孝昌，五代后唐同光二年（924年）更名为孝感。查《辞海》可知，孝感地名有两种来源："一说以孝子董黯为名，一说以孝子董永为名。"董永卖身葬父、孝心感动天地是孝感得名的来源之一，孝感也因此被认可为"天仙配"的发源地之一。当地传说董永祖上本为山东千乘人，但早在汉代即迁移至孝感安家落户，这不仅有史籍记载，而且孝感地区至今遗留的许多遗迹、地名和民俗可资佐证。今天在孝感市孝南区中心还有一座董永公园，园内有棵槐荫树，据说那里就是董永与七仙女"槐荫为媒"的地方。槐荫树不远处有孝子祠，祠院前矗立有董永和七仙女的汉白玉雕像。祠内陈列着关于董永生平的介绍，以及一些碑帖、族谱、名人字画等。公园一角，还建有董永墓。据传，园内还有七仙女被迫离开人间时的升仙台。

孝感的槐荫树见证了董永和七仙女这段感人的百日姻缘

（摄于2014年8月14日）

孝感董永墓草色青青，历经奇缘的董永永受祭拜

（摄于2014年8月14日）

武陟位于河南省西北部，地处黄河北岸，与郑州隔河相望。武陟以西20千米的小董乡小董村，被认为或是董永的老家。长期以来，当地的百姓都传诵着董永和七仙女的传说，而且方圆数十里都有与董永和七仙女有关的遗迹。小董村的董永庙，庙宇简陋、破旧，但香火很盛。董永庙的路口，立有一块刻着“董永墓”三字的文物碑。距小董村一二千米的大樊村，据说有一棵当年为董永与七仙女做媒的大槐树，后人还为此修建了一座槐荫寺。这只是一座乡村小庙，建在民居中的一个小广场上。

万荣位于山西省西南部，历史悠久，文化遗存较多，董永传说就是当地的重要文化遗存。据《万荣县志》记载：董永为万泉稷王山西麓的上孝村（现改称小淮村）人，离董永家不远有座田家窑村，村中田家有位姑娘叫田仙，长得美丽动人且聪明伶俐，能做一手好活计，她织出的布常被选为朝廷贡物，因

万荣董氏宗祠

（摄于2014年7月4日）

此被人视作天仙。后来，田仙被董永的孝心感动，嫁给了董永。可见，万荣版的七仙女不是从天上降临到人间的神女，而是当地的一名勤劳、善良的民间女子。虽有记载，但万荣一些与董永传说有关的实物却均已损毁。小淮村原有的董公祠，祠的正殿、南北厢房和对面的戏台当年被日军烧毁，大门和两座木牌楼也毁于20世纪60年代，大门前的一对石狮子近年被盗，只留下底座。现在只有南巷西官门上的“董永故里”石匾尚存，但已断为两截。据说，小淮村附近的怀介庄，至今仍保留着董永墓。

此外，江苏丹阳、金坛，浙江义乌，河南西平、汝南等地，也流传着董永与七仙女的传说。人们把丹阳作为故事发生地，源于《天仙配》中董永的一句唱词：“家住丹阳姓董名永……”与丹阳毗邻的金坛则认为，唱词中的丹阳，应该是金坛的直溪镇。因为金坛在历史上曾经隶属润州（古称丹阳郡），北宋时期，董永故里——董里，从丹阳划归金坛县域。

据说，这里原有董永庙、董永墓等，现基本无存。义乌也被认为是董永和七仙女故事的发源地，其主要依据是世代相传着的有关董永家世的《恩怨情仇录》及龙祈山、六都冷湾村、翁界村的三处“七仙女庙”。可惜的是，《恩怨情仇录》已毁于“文化大革命”中，三处“七仙女庙”原建已毁。西平的董永传说在明《汝宁府志》、清《河南通志》及清《重修汝宁府志》中都有明确记载，当地也留有“仙女庙”“梳妆台”“董永墓”等众多的遗迹。离西平不远的汝南也有相关传说和遗迹。汝南城西有董会村，意指董永与七仙女相会的地方。人们在汝南县城西三里店乡十里铺湖东村曾发现清道光时期残碑，书有“仙女桥”和“汉董永遇仙女（处）”。近年来，汝南重修了董永遇仙亭和董永墓等。

上述地方有关董永和七仙女传说的遗迹，原物大都被毁，目前建筑基本上都是近年来修建的。即便如此，我们还是有理由认为，这些地方可能是董永和七仙女传说的发源地。一是因为有一些文献记载作佐证；二是因为董永后代很可能多次迁移，他们每到一地就建董永衣冠冢作为祭奠之处。以孝治国是我国的一种特有的文化现象，它贯穿了几乎整个中国历史。董永作为千古流芳的大孝子，自然备受后人推崇，他与七仙女的美丽传说，表达了人们对爱情的渴望，对婚姻自由的追求。

董永和七仙女的传说代代相传，绵延不绝，并渗透到民风民俗之中。人们用董永和七仙女的故事，表达自己对美好生活的向往。

筝弦轻奏梁祝曲

中国古代传说中的爱情故事很多，梁山伯与祝英台的传说可谓爱情的千古绝唱。这个在民间流传了1000多年的故事，几乎家喻户晓。从古到今，梁山伯与祝英台的爱情悲剧感染了无数国人，一曲小提琴协奏曲《梁祝》，使多少人闻之断肠。

梁山伯与祝英台的爱情故事，版本很多，但情节大致相同。

东晋时，祝家有一女英台，女扮男装外出游学，途中遇到了也是赴外求学的书生梁山伯。两人一见如故，相谈甚欢，于是相偕同行。梁山伯和祝英台同窗三年，感情深厚，但梁山伯始终不知祝英台是女儿身。后来祝英台中断学业返回家乡，梁山伯和祝英台分离，甚是不舍。后来梁山伯到祝英台家拜访，才知道同窗三年的好友竟是一位女子，于是欲向祝家提亲。但此时祝英台已许配给马文才，梁山伯凄然而别，因郁闷过度离世。祝英台出嫁时，经过梁山伯的坟墓，突然狂风大起，阻碍迎亲队伍前进，祝英台下花轿到墓前祭拜。突然梁山伯的坟墓塌陷裂开，祝英台投入坟中，墓复合拢。之后，梁山伯与祝英台化为一对蝴蝶，在人间蹁跹飞舞。

一些专家认为，梁祝传说起源于南朝乐府《华山畿》。《华山畿》是南朝时期流行在长江下游的爱情民歌，为一女子在哀悼为她而死的恋人时所唱："华山畿！君既为侬死，独活为谁施？欢若见怜时，棺木为侬开。"不难看出，《华山畿》所述情节与梁祝故事有着惊人的相似之处。20世纪20年代，学术界即有专家认为《华山畿》便是梁祝传说的雏形。据专家考证，真正意义上的梁祝故事最早产生于晋朝。现存最早的文字材料见于初唐梁载言所撰的《十道志》，后来，经过不断充实加工，最终形成了流传千古的梁祝故事。

有学者认为，历史上的确存在过梁山伯与祝英台这两个人，而且他们之间的爱情故事也确实发生过。故事在不断充实加工的过程中，可能吸纳了一些地方的传说，反倒使故事的发源地变得扑朔迷离。

镇江丹阳被认为是梁祝故事的最早源头。目前，在距镇江30多千米的姚桥镇华山村，有处叫作“玉女墩”的神女冢遗址。此外，在南京高淳区，当地人认为《华山畿》中的华山，就是高淳的花山。至今，高淳民间还有口口相传的《华山梁祝》山歌。

梁祝故事的一些佐证材料和古迹遗存，分布在浙江省宁波市、山东省济宁市、江苏省宜兴市及河南省汝南县等地。

许多专家认为浙江宁波为梁祝故事的发生地。《鄞州县志》认为，梁山伯是鄞州人，祝英台是上虞人。因此，宁波很早就在城西五千米处的高桥乡邵家渡修建了梁山伯庙和梁山伯墓。1997年7月，这里出土了一座晋代墓葬，墓的位置、规格和随葬器物，与方志记载的梁山伯埋葬地和他的鄞县县令身份相吻合，被认为是可信的实物证据。目前，宁波已修复了梁祝墓，以及全国唯一的梁祝庙。梁祝庙高大雄伟，庙内供有梁山伯和祝英台塑像。在梁祝庙不远处，有两座几乎并列的墓冢，一座

宁波拥有全国唯一的梁祝庙，梁祝在此永受祭奠

（摄于2013年1月1日）

为挖掘出土的晋代古墓，另一座是新修的梁祝墓。新墓为一墓双碑，墓碑又称“蝴蝶碑”，前面的横碑刻着“敕封梁圣君山伯之墓”。碑中间有一明显的断裂缝迹，使人联想起当年祝英台祭梁山伯时，墓冢裂开的情节。墓后有祝英台墓碑。

山东济宁也被认为是梁祝故事的发生地，根据是1995年4月在济宁市微山县马坡乡出土的梁祝墓。墓中出土了一块明正德年间的墓碑，上书《梁山伯祝英台墓记》，843个字的碑文不仅载明了两人合葬的地方，还点明了地方官员指令两人合葬的原因。这是目前全国对梁祝身世记录最翔实的一块墓碑，碑文说祝英台是济宁泗河南沿九曲村人，梁山伯住在邹邑西居。据说，梁祝墓在1976年大造农田、平整河道时被平掉，墓志碑被深埋地下。20世纪90年代中后期，济宁文物局根据史料记载，对梁祝墓碑进行勘探，找到了具体位置并将其挖掘出土。

有学者认为，从历史记载看，梁祝故事的文字记载最早出现在江苏宜兴。从宋咸淳年间重修的《毗陵志》到明代冯梦龙的传奇小说，都有大量文字及其他证据显示，梁山伯和祝英台的故事发生在宜兴。《毗陵志》写道："祝陵在善权山，其岩有巨石刻，云碧鲜庵，盖祝英台读书处……俗传英台本女子，幼与梁山伯同学，后化为蝶，事类于诞。"明代《宜兴县志》也载："阳羡善权禅寺，相传为祝英台宅基，而碧鲜岩者，乃与梁山伯读书之处也。"此外，宜兴明《万历志》、常州府清《康熙志》、宜兴清《雍正志》等，均有关于梁祝的记载。至今，宜兴仍留有多处印证梁祝故事的地名和风物，如因祝英台墓葬得名的祝陵村、梁祝故事中"十八相送"的地方、曾为祝英台故宅的善权寺、祝英台琴剑之冢英台阁、祝英台和梁山伯读书之处碧鲜庵等。

据说，碧鲜庵是祝英台在宜兴的读书处，如今，这里仅剩一方残碑

（摄于2015年6月20日）

在祝英台故宅上修建的宜兴善权寺一直香火旺盛

（摄于2015年6月20日）

宜兴英台阁修篁幽林中曾经响起过祝英台的读书声

（摄于2015年6月20日）

河南有关学者认为，梁祝故事发源于河南汝南县马乡镇，那里现有梁祝墓、梁庄、祝庄、马庄、红罗山书院、鸳鸯池、十八里相送故道、曹桥(草桥)及梁祝师父邹佟的墓地等许多与梁祝故事有关的遗迹。汝南梁祝墓与其他地方的梁祝墓不同，它们坐落田间，一条南北延伸的小路和路两侧的小河把两座墓冢分隔于两边，西为梁山伯墓，东为祝英台墓。墓冢倒也高大，墓前设有供桌，但梁山伯、祝英台分葬，似乎与传说相悖。据说，这是因为当地人认为，根据当时的风俗习惯，梁山伯与祝英台并没有订婚，所以二人不可能合葬。为此，当地父老于两座墓侧，各修建了一座石桥，让他们能够在七月十五盂兰盆节（亦称“鬼节”）相会，共诉相思。红罗山书院据称是梁祝的读书处，这处土台，虽有些沧桑感，但从建筑年代来看，此说太过牵强。

据说，目前在全国有七处梁祝的坟墓、三处读书处和一处梁山伯庙，分布在浙江宁波、江苏宜兴、山东曲阜、甘肃清水、安徽舒城、河北河间、山东嘉祥、江苏江都、山西蒲州、江苏苏州等地。由于年代久远，又缺乏权威的记载，梁祝故事的真正发生地和两人的墓地究竟在哪里，至今无法确定。不过，众多的梁祝遗迹，可以成为我们更好地了解梁祝故事的场所。

龙宫传书柳毅井

《柳毅传》是唐代李朝威创作的传奇小说，最早见载于明人辑录的小说集《虞初志》中。李朝威生平已不可考，只知道他是陇西(今甘肃)人，大约生活在中唐时期。他在《柳毅传》中给人们讲述了一个感人至深的爱情神话故事。曲折离奇的故事情节，优美生动的文笔，使《柳毅传》对后世影响极大，久唱不衰。

相传，唐代书生柳毅赴长安赶考途中，途经泾阳，偶遇满脸泪痕的牧羊女。柳毅见状，十分同情，便上前询问，得知该女为洞庭君三公主，远嫁泾水龙王太子，受其虐待，流浪至此。柳毅义愤填膺，决定放弃科举的机会，替公主回家乡送信，以帮助她逃出泾阳。三公主从头上拔下一支玉簪，交给柳毅，告诉他在洞庭山上，有一眼古井，井旁有一棵橘树，只要持此簪敲橘树三下，就能找到洞庭龙王。柳毅受三公主之托，找到古井，并在井边的橘树上敲击三下，守门的巡海神就将他接进了龙宫。柳毅见到洞庭君后，告诉他三公主的凄惨状况。洞庭君之弟钱塘君暴怒，化作百丈赤龙，带领水军前去解救三公主，并斩杀了泾水龙王太子，接回了三公主。三公主由此对柳毅芳心暗许，柳毅也对三公主有意。柳毅在洞庭君为其举行的答谢酒席上，提出了与三公主结为夫妻的请求，但遭拒绝。柳毅回到地面之后，经常望湖兴叹，而三公主亦对柳毅日夜挂念。当钱塘君得知柳毅的母亲决意为柳毅寻找媳妇时，决定玉成其事，就化身为媒婆前往柳家说媒，柳毅和三公主终成眷属。

《柳毅传》的故事几乎家喻户晓，妇孺皆知。《柳毅传》的发源地也很早就引起人们的关注。因为柳毅传书的故事涉及洞庭君，而江苏苏州和湖南岳阳都有叫“洞庭”的地方，江苏苏州有洞庭山，湖南岳阳有洞庭湖。因此，苏州和岳阳都留有柳毅井和其他与柳毅传书相关的遗迹。

江苏苏州柳毅井位于苏州洞庭东山半岛北端的启园内。启园又称“席家花园”，是一座修建于太湖畔的园林。园内亭阁相望，假山参差，小河弯弯，曲桥相连，人们在园中处处可以饱览太湖的旖旎风光。柳毅井就坐落在启园的一个小庭院中。柳毅井是一个不太起眼的景点，却是启园中最具文化韵味的历史遗迹。当地很早就流传柳毅正是从此井进入龙宫的。据说，此井至今已有千余年历史。井口不大，井圈为浮康石凿成，上面苔痕斑驳，古趣盎然。此井水似不深，俯身就可探掬，而且据传“旱涝无盈沽，风要亦不浊”，且水质香甜津润。不过，今天的柳毅井已经被栅栏围护，参观者无缘品尝井水。井旁还有一小片橘林，倒也与《柳毅传》中的故事情节相对应。作为历史上东山的名泉之一，柳毅井很早就受到一些名人雅士的关注。明朝大学士王鏊就于正德九年（1514年）手书了“柳毅井”三字，此碑至今仍矗立在井旁。据当地传说，柳毅是骑白马前来井边传书的。在离柳毅井500米的山道旁，还有一座白马庙，相传柳毅曾系白马于此。庙不大，但黄墙黑瓦的建筑显

苏州东山柳毅井规模虽小，但历史悠久，为东山名泉之一

（摄于2014年4月10日）

明朝大学士王鏊手书的“柳毅井”三字笔力遒劲

（摄于2014年4月10日）

得很突出，庙前还有一座古马的石雕。庙中供奉柳毅和三公主的彩色塑像，供桌上香烟缭绕。庙主介绍，白马庙原来颇具规模，在“文化大革命”中遭到破坏，现正在陆续修复。

在苏州流传的传说中，柳毅为苏州人，出生在苏州城内滚绣坊的水仙弄，地名至今犹存。相传，柳毅传书后，与三公主一起在苏州生活。苏州阊门西街的五峰园内建有柳毅亭和柳毅桥，据说，五峰园内柳毅亭下即为柳毅墓冢。五峰园是苏州城西的一座私家花园，在园林众多的苏州，五峰园很少有人提及。五峰园虽小，但亭台楼阁俱全，柳毅亭就坐落在庭院中央的一个用太湖石堆积起来的高阜上。亭不大，为一座典型的苏式凉亭。按照传说，亭下高阜应为柳毅墓冢，不过，人们已经看不到任何墓冢的痕迹。其实，《柳毅传》就是一个传说，是一种寄托和期盼，人们愿意相信它的存在，也愿意在寻找中感受这种美好。

岳阳君山岛柳毅井与洞庭湖只有咫尺之遥

（摄于2006年10月15日）

湖南岳阳柳毅井位于君山岛。君山岛是洞庭湖中的一个小岛，占地0.96平方千米，岛上风光秀丽，野趣横生。柳毅井就坐落于君山岛东麓中部的山坳里。相比苏州东山柳毅井，君山岛的柳毅井规模要大得多，而且建筑别致。井口有双鲤环护井栏，在离井约五米处有一甬道，向井而开，自石阶逐级而下，延伸至井中水下。传说柳毅就是沿此甬道经此井进入洞庭龙宫的，甬道正前方的井壁上刻有一幅手执宝剑的巡海神浮雕，传为柳毅引路者。甬道两壁上分别刻有虾兵、蟹将的浮雕，描绘了柳毅下龙宫的情景，独具匠心的设计成为《柳毅传》关键情节的生动写照。演绎的虽是神话，但现在的这口柳毅井确有不少奇妙之处，柳毅井与洞庭湖只有咫尺之隔，据说站在井边能听到洞庭湖的浪涛声。更为神奇的说法是，柳毅井的水面比湖水面高出几米，且井中的水任人抽提，水源不竭，总是那么深。其水甘甜纯净，是烹茶酿酒的上佳之选。老人说这口井是“神井”，井中的水是“仙水”。井上还建有一座传书亭，坐在亭中，俯视近处奇妙的柳

岳阳君山岛柳毅井与井上的传书亭构成了一组完美的景致

（摄于2006年10月15日）

毅井和远处烟波浩渺的洞庭湖，以及柳毅井旁的柳毅和三公主塑像，一切显得那样真切。

在君山岛柳毅井不远处，有一座洞庭庙。庙为二进庭院式建筑，青瓦红墙，雕龙画凤，气象宏大。这是一座祭祀洞庭君的庙，但当地百姓称端坐主殿之上的黑脸洞庭君就是柳毅。他们还演绎了这样一段传说：柳毅与三公主结为夫妻后，三公主偕柳毅重返洞庭水府，柳毅被封为洞庭王。老龙君担心柳毅这位白面书生镇不住水妖陆怪，便命钱塘君为其做了个黑脸面具，让柳毅白天戴着面具巡查湖岸，晚上摘下面具再回家。有一次，柳毅巡湖回家时忘记摘下面具，结果从此便再也摘不下

洞庭君的庙宇至今仍高踞君山岛，受世人祭拜

（摄于2006年10月15日）

来了。于是柳毅便由白面书生变成了黑脸大王。柳毅在洞庭湖畔做了很多好事，人们为了纪念他，便在君山岛修建了洞庭庙。庙内的墙上刻有《柳毅传》的故事。凡经过洞庭湖的人都会进庙烧香，祈求平安。

苏州与岳阳两地流传着几乎一样的《柳毅传》故事，也留存了各具特色的古迹遗存。翻阅历代史籍，我们不难发现，它们各有依据。

关于苏州为故事发生地的说法，出现较早。在南宋范成大《吴郡志》中就有“柳毅井，在洞庭东山侧道”的记载。《吴县志》《异闻录》等书，也都说柳毅是吴邑人。《吴门外乘》一书记载更为具体：柳毅墓在苏州阊门内西街五峰园中，有土山隆起，其东有柳毅桥。另外，在《柳毅传》三公主和柳毅的对话中有“闻君将返吴”之句。后来柳毅娶三公主的地点，又在离苏州不远的广陵（今江苏扬州）。元杂剧《柳毅传书》也称柳毅为江苏淮阴的秀才。据此，一些专家通过对柳毅的籍贯、生平的考证，认为他在太湖地区传书的可能性较大。

关于岳阳为故事发生地的说法，主要见于明《岳州府志》的记载：“巴陵则有邕湖井及巴蛇、罗汉、秦皇诸井，而井之著者，又曰‘柳毅井’，旁有古橘一株，大五六围，枝干奇古。”此外，当地县志也说，井“相传为柳传书之处。井入口丈许，有片石作底，凿数孔以通泉，石下深不可测”。还有专家认为《柳毅传》中所述之“吴”，并非指苏州，而是指岳阳。至于“洞庭”，专家也认为《柳毅传》中所述“洞庭”应该是指湖，而不是指山，因为只有洞庭湖才有洞庭君，就此而言，岳阳的证据似乎更充分。

苏州与岳阳两地的传说都有史籍作为依据，也很早就留下柳毅传书的遗迹。柳毅传书本为民间传说，追究孰真孰假，已无意义。这两处柳毅传书的遗迹早已成为当地人文景观的一部分，它们的景观特色极大地丰富了柳毅传书的故事内涵，自然也为当地增光添彩。

另外，湖南郴州也有关于柳毅传书的一些传闻和遗迹。在当地流传的传说中，柳毅与三公主婚配后，晚年双双归于鱼绛山居住，并为民做了许多好事。郴州人为了感念柳毅与三公主的恩德，建造了“柳毅祠”“龙女祠”。

这些保留至今的关于柳毅传书的遗迹，讲述了一则让人着迷的故事。

八仙过海显神通

八仙，是指中国民间传说中的八位神仙。八仙的传说起源较早，唐、宋、元时期，就有关于八仙的记载。唐传奇《明皇杂录》《开天传信记》和元杂剧中都出现过他们的身影。明代以前的八仙有多种说法，不同的时代、不同的地方都有各自不同的八仙。例如，有汉代八仙、唐代八仙、宋元八仙等，还有淮南八仙、蜀中八仙等，这些八仙姓名也不固定。直到明代，由于吴元泰的《八仙出处东游记》（即《东游记》）的流行，八仙才确定为：铁拐李、钟离权、吕洞宾、张果老、曹国舅、韩湘子、蓝采和及何仙姑。考诸典籍，我们不难发现，八仙的说法基本上由道教八仙改造而成。

经过改造的八仙，与传统的许多神仙形象有很大不同，他们不再是生而为仙，而是来自人间，有将军、皇亲国戚、叫花子、道士等，后来才得道成仙，并有着多姿多彩的凡间故事。即便成仙以后，八仙也依旧各有缺点，如钟离权袒胸露乳，吕洞宾个性轻佻，铁拐李酗酒成性，等等。正因为与一般神仙严肃端庄的形象截然不同，八仙深受民众喜爱。当然，八仙形象也经历了一个逐步加工的过程。宋、元以来，人们不断把民间的种种传说加到八仙的身上，使八仙的故事越来越丰富、离奇，八仙的形象也更丰满、神采飞扬。

细究一下这八位神仙的身世，我们可以发现，他们不全是杜撰出来的神话人物，他们大部分还是以历史上的某些真实人物为依据的。

铁拐李，他在民间传说中为八仙之首。据传他本姓李，为隋唐时期人，学道于终南山。铁拐李一次元神出壳，远赴华山，数日后回归，没曾想自己的躯壳已被老虎吞食，无奈只得投身于附近的一具饿殍，从此变成了一个蓬头卷须、黑脸巨眼，并且还跛了右脚的丑陋汉子。钟离权，又称汉钟离。相传，他原为东汉大将，因兵败潜入终南山，遇东华帝君授道成仙，隐于晋州羊角山。他在八仙中地位较高，全真道奉其为“正阳祖师”，长相与打扮颇为古怪：手摇芭蕉扇，袒腹赤面，龙眼虬髯。张果老是八仙中年迈的仙翁，传其是帝尧时代人，到唐初已活了3000多岁，因此人皆称其有长生秘术。他隐居晋南中条山，武则天和唐玄宗都曾派使者前去召见，唐玄宗授他银青光禄大夫，赐号“通玄先生”。后来他以年老多病为由，又隐居到了河北邢台的仙翁山。张果老出入常乘一匹白驴，每倒骑之，日行万里，倒骑毛驴成为其代表形象。吕洞宾，姓吕名岩，唐末人。传其原为唐宗室，避武后之祸才易姓为吕，因科场不第，遂纵游天下，后被钟离权点化成道，全真道奉其为“纯阳祖师”。他是八仙中人情味最浓的一个，也是八仙中流传故事最多的一位，他常常以仙风道骨的剑侠形象示人。何仙姑是八仙中唯一的女性，传其为唐武则天时广东增城县人，出生时就头顶毫光，幼遇异人，得食仙桃成仙。自唐宋以来，有关她的事迹记载为数极多，信众甚广。何仙姑经常手持荷花，以示自己美而不妖，清净纯洁。蓝采和，据传也为唐朝人，姓许名坚，曾中进士，步入官场，后因忤于权臣，解印入山，修炼成仙。他是位玩世不恭、似狂非狂的行乞道仙，常穿破衫，一脚跣露，一手持大板，一手挽竹篮，踏歌行乞，行为癫狂，好济穷人。韩湘子传为唐代著名文学家韩愈侄孙，为人轻狂不羁，不喜读书。据说他在20岁的时候去洛下探亲，结果20多年音信全无，后来衣衫破旧回到长安，行为怪异。韩愈责怪他，他全然不听，还展露出七日内改变牡丹花颜色的怪招。传说他跟随吕洞宾学道，五代时被仙化，笛子是他的法器。曹国舅，名景休，字佾，传为宋仁宗曹皇后之弟。曹国舅贵为皇亲，不喜富贵，而是慕恋仙道，被钟离权、吕洞宾收为徒，修道成仙。成仙后的曹国舅，依然是身穿官袍、手持笏板的形象。八仙中，他出现的时间最晚，流传的仙话也较少。

八仙身世不一，容貌参差，神通各显，但放在一起却非常和谐，短长互补，成为仙道中的最佳组合。关于他们的传说流传甚广，其中家喻户晓的有“八仙过海，各显神通”“狗咬吕洞宾，不识好人心”等。

八仙容貌参差，神通各显，但放在一起却非常和谐

（摄于2013年4月11日）

一天，八仙聚会饮酒，酒酣耳热，铁拐李提议乘兴到海上一游。众仙齐声附和，约定各凭道法渡海，不得乘舟。钟离权把大芭蕉扇往海里一扔，袒胸露腹仰躺在扇子上，向远处漂去。何仙姑将荷花往水中一抛，顿时红光万道，仙姑站立荷花之上，随波漂游。随后，吕洞宾、张果老、曹国舅、铁拐李、韩湘子、蓝采和也纷纷将各自宝物抛入水中，借助宝物大显神通，游向东海。这就是“八仙过海，各显神通”的故事。

“狗咬吕洞宾，不识好人心”又是怎么回事儿呢？原来，吕洞宾得道成仙前，曾帮助父母双亡的同乡苟杳。为激励他刻苦读书，吕洞宾甚至提出在苟杳成亲后，新娘子的前三宿都要由自己先行陪伴。其实这三夜，吕洞宾虽入洞房，但只埋头读书，害得不知底细的新娘子暗自流泪。苟杳明白了吕洞宾的用意后，刻苦学习，几年后金榜题名，做了大官。后来，吕家不慎失火，吕洞宾上苟杳家求助。没料到，苟杳只留他住，却不提帮忙的事，多日后吕洞宾只得空手道别。回家后，吕洞宾才发现，新房已经盖好，但妻子在一口棺材前号啕大哭。原来，苟杳在派人帮他盖房的同时，又抬来一口棺材。吕洞宾明白，这是苟杳在开玩笑。掀开棺材，里面居然装满了金银财宝，还附有一封信：“苟杳不是负心郎，路送金银加盖房。你让我妻守空房，我让你妻哭断肠。”这就是俗话常说的“苟杳吕洞宾，不识好人心”。因“苟杳”与“狗咬”同音，后来讹传为“狗咬吕洞宾，不识好人心”。

在长期的流传过程中，八仙故事也被逐渐附会到一些具体的地方，使得一些地方都留下了或真或假的八仙“遗迹”，如山东蓬莱的蓬莱阁、山西芮城的永乐宫、广东潮州的湘子桥、河北邢台的张果老山、安徽萧县的皇藏峪，以及吕洞宾、张果老和曹国舅等仙人的墓等。

蓬莱阁位于山东蓬莱市，为中国四大名阁之一。北宋嘉

八仙过海的传说给蓬莱抹上了一层神秘的色彩

（摄于2013年4月11日）

祐六年(1061年)，登州郡守朱处约将唐代渔民所建的龙王庙移至丹崖山西侧，在原址上始建蓬莱阁，“为州人游览之所”，并著《蓬莱阁记》。元丰八年(1085年)，苏轼知登州军州事，在任仅五日，就写了一篇翰墨流芳的文章，使得蓬莱阁名扬天下。蓬莱阁高踞丹崖山巅，依山傍海，由蓬莱阁、天后宫、龙王宫、吕祖殿、三清殿、弥陀寺等建筑组成，规模宏大。登临蓬莱阁，凭栏四顾，海天辽阔，风景宜人。据说，这里常年海雾袅绕，素有“仙境”之称。蓬莱阁下的仙人桥，传说为八仙过海的地方。在今天的蓬莱海边，人们建起了一座气势恢宏的八仙过海雕塑。

永乐宫原来位于山西永乐镇。永乐镇是吕洞宾的故里，元代修建了奉祀吕洞宾的大纯阳万寿宫，经过100多年的陆续建设，形成了一个规模宏大的具有典型元代建筑风格的道教宫殿式建筑群。宫殿内部的墙壁上，布满了精心绘制的壁画，其艺

山西人民为奉祀吕洞宾而修建的永乐宫纯阳殿简洁明朗

（摄于2008年9月22日）

永乐宫旁吕洞宾墓朴实肃穆，千百年来受人膜拜

（摄于2008年9月22日）

术价值之高，数量之多，实属世上罕见。永乐宫壁画《八仙过海图》，是现存最早的这类题材的绘画作品。此外，永乐宫门外还有吕洞宾墓，墓前有刻着“大唐纯阳吕公祖墓”字样的元代石碑。1959年后，因修建黄河三门峡水利工程，永乐宫搬迁至芮城县城北。迁建非常成功，迁建后的永乐宫、吕洞宾墓，依然古意浓郁，尤其是珍贵的壁画，也基本保持了原貌。

在河北邯郸县南吕固村东北的吕祖祠内，也有一座吕洞宾墓，由主墓、墓道等部分组成，整个建筑朴实肃穆。

湘子桥位于广东潮州古城的东门外，是一座集梁桥、拱桥、浮桥等形式于一体的古桥。传说，韩愈被贬到潮州后，时常登东山门（即今笔架山）游玩。因深感过江之苦，韩愈便请他的侄孙韩湘子和广济和尚一起造桥，韩湘子负责建造东面的那一段。韩湘子请来神仙帮忙。他亲自去凤凰山取石，把石头都变成黑猪，一路赶来。但最后一群猪刚到山南时，被路人识破天机，顿时停了下来。因此，韩湘子负责的东面最后几个桥墩没法修起来。广济和尚请十八罗汉帮忙建造西面那段桥，也因当地一个恶霸纠缠，导

韩湘子与七仙倾力建成的潮州湘子桥宛如仙宫

（摄于2015年2月10日）

致中间一小段桥面没法合龙。最后，八仙中的何仙姑只好将手中的莲花瓣抛向江心，化成18条梭船。广济和尚则抛下禅杖，化成一根大藤，把18条梭船拴住，成为浮桥。人们为纪念仙佛合力造桥的功绩，把此桥称为“湘子桥”“广济桥”。

仙翁山位于河北邢台市西部15千米处，现称“张果老山”。据山上的唐代石碑记载，张果老是在此隐居修行成仙的。唐玄宗李隆基奉老子为祖先，抑佛兴道，对鹤发童颜、仙家风骨的张果老很是佩服，于是敕封张果老为仙翁，改邢台五峰山为仙翁山，并为张果老修建了一座栖霞观，俗称“仙翁祠”。栖霞观后面，是被称为“仙翁洞”的天然岩洞，据传，这里是张果老中年以后修行悟道的地方，洞口有明朝邢台县令朱诰题写的“仙翁洞”三个楷书大字。洞深300多米，由八卦炼丹炉、聚仙阁、观音殿和天顶洞组成。古洞中还有著名的圣水池，池水清澈，注而不溢，淘而不涸，甚是奇特。据传，邢台市广宗县的张固寨村，至今留有张果老墓和张果老井等遗迹。据当地人介绍，张果老墓原来非常高大，但现已被推平，只有墓碑的残基倒卧田

邢台的张果老山为张果老隐居修行成仙之处

（摄于2015年5月14日）

间。张果老井也很平常，让人难以将这口掩映在菜地里的简陋水井与仙风道骨的张果老联系在一起。

安徽萧县城东南有个黄桑峪，因峪内长满黄桑树而得名。相传秦末刘邦曾藏匿于此，于是更名“皇藏峪”。这里崇山峻岭，古木参天，山林深处的瑞云寺依山而起。沿石级而上，但见廊庑回转，飞檐迎天。寺下不远处还有传说中的“仙人床”“仙人桥”等。《江南通志·仙释》中说，曹国舅就修道于此山中，宋绍圣四年（1097年）于萧县玉虚观羽化。又说曹国舅因为厌倦了官场生活，后归隐河北饶阳大曹庄、乐乡，重建了乐乡铁鼓寺，开始研究道教还真秘术，达到了很高的水平，为以后成为八仙之一打下了基础。他死后葬于乐乡铁鼓寺北600米处。据地方志记载，墓冢在百年前曾塌陷，深县、饶

安徽萧县皇藏峪，山深林密，据传曹国舅曾在此修道

（摄于2015年6月6日）

县两县县官检查后予以封闭。1958年，人们在墓冢周边挖水池，结果挖通了墓冢西耳室，也因此了解了墓室的概貌：中室为方形；东西耳室为长方形，与主室仅一壁之隔，通往中室的门框由石条构成。墓中没有出土文物，但大的墓砖重约十千克，质量极佳，至今犹存。

八仙的遗迹还有很多，有些是真迹，但大部分为附会而来。八仙与道教中的许多神仙不同，他们来自人间，且都有多姿多彩的凡间故事，深受人们的喜爱。

泪滴千年盼塔倒

《白蛇传》是中国流传甚广的民间传说，因故事情节凄美动人而深受老百姓欢迎，成为中国四大民间传说之一。

《白蛇传》传说版本很多，但情节大致相同。白素贞是修炼千年的蛇妖，为了报答书生许仙前世的救命之恩，化为人形，后遇到青蛇精小青，两人结伴。白素贞施展法力，巧施妙计与许仙相识，并嫁给了许仙。金山寺和尚法海告知许仙白素贞乃是蛇妖，许仙将信将疑。后来，许仙按法海的办法在端午节让白素贞喝下带有雄黄的酒，白素贞现出原形，将许仙吓死。为此，白素贞不惜盗取仙草，终将许仙救活。法海不甘心，将许仙骗至金山寺软禁，逼迫他与白素贞分离。为救丈夫，白素贞与小青一起大战法海，作法水漫金山寺，却又因此伤害了其他生灵，触犯天条。白素贞在生下孩子后，被法海收入钵内，镇压于雷峰塔下。后来，修炼得法的小青推倒雷峰塔，救出了白素贞，一起打败了法海。白素贞的儿子长大后考中状元，全家团聚。

《白蛇传》传说，或说与河南鹤壁的民俗有关，或说与印度的神话有关。一般认为，《白蛇传》故事的形成，经历了一个逐步发展的过程。唐代的《白蛇传》和宋代的《西湖三塔记》，都可能是故事源头，经明代文人冯梦龙改编完善，在《警世通言》中演绎成《白娘子永镇雷峰塔》，故事大致定型。后来，尽管出现了许多版本，但相差不大。

《白蛇传》故事情节虽然离奇，但其中的一些人物在历史上确有其人。据说，白素贞是镇江守备之女，许仙是一家叫太和生药店的学徒。至于法海，名气更大，乃唐宣宗大中年间吏部尚书裴休的儿子。《金山寺志》等资料显示，法海少年时被他父亲裴休送入佛门，取号“法海”，先后在湖南沩山和江西庐山修行参佛，最后在镇江泽心寺修禅。泽心寺后改名为金山寺。这几位历史人物在真实的历史中并没有交集，后人将他们拼凑在一起，虚构成了家喻户晓的民间故事。法海由唐代高僧变成了破坏他人幸福的“恶僧”，遭受千古唾骂。鲁迅在《论

法海因《白蛇传》而恶名远扬，他的修行之地也备受关注

（摄于2015年4月10日）

雷峰塔的倒掉》一文中甚至也对法海进行了猛烈抨击。法海真冤！白素贞的爱憎分明和对爱情的坚贞不渝，赢得了普遍的赞誉。

《白蛇传》故事中提到了峨眉山、杭州、苏州及镇江等地方。从佛光普照的峨眉山，到风景如画的西湖；从小桥流水的姑苏古城，到园林密布的镇江……故事里多次描绘了这些历史文化名城中的名胜古迹。杭州雷峰塔、断桥，苏州观前街，镇江金山寺等，这些景点巧妙地穿插在故事之中。随着《白蛇传》故事的流传，这些地方也成为人们争相游览的胜地。

“西湖借伞”的故事发生杭州西湖，讲的是许仙清明上坟雇船回家，不巧天降大雨，艄公正欲开船，刚巧遇到在岸边的白素贞与小青，也想上船避雨。许仙同意三人共渡，最后还借伞给白素贞，从而拉开了两人爱情故事的序幕。其实，这一切都是预先安排的：小青先施法下雨，白素贞再借机和许仙同坐一条船。

“水漫金山”的故事发生在镇江。许仙受了法海挑拨，上金山寺还愿，法海就此软禁了他。白素贞前去索夫，百般哀求仍遭拒绝，无奈之下，她使用法术让江水倒流，水漫金山。法海施法应战。最后，白素贞因怀有身孕，败下阵来，与小青遁回杭州。金山位于镇江市区西北，原为长江中的一个岛屿，清道光年间才与南岸陆地相连。金山寺巧妙地依山而建，殿宇幢幢相衔，亭楼层层相接，山体与寺庙浑然一体，形成“寺裹山”的奇景。今天，我们在金山寺还能看到白龙洞、法海洞等。站在远处眺望金山，金山矗立水中，真有“水漫金山”的感觉。

“断桥相会”的故事也发生在杭州，说的是许仙乘双方混战之际从金山逃回杭州，和白素贞、小青在断桥重逢。白素贞责备许仙轻信，小青则恨许仙负心，举剑要杀他。许仙自认错

金山寺白龙洞虽不大，却传说能够直通杭州西湖

（摄于2015年4月10日）

白素贞水漫金山后，金山寺尽管被水环绕，但从没被淹过

（摄于2015年4月10日）

误，三人言归于好。断桥位于西湖白堤的东端，由于孤山到此而断得名。断桥是西湖中最出名的一座桥，“断桥残雪”是著名的西湖十景之一，它的名字与《白蛇传》联系在一起后，更增添了文化内涵。

“永镇雷峰塔”是《白蛇传》中最悲怆的一幕。白素贞产下儿子许仕林后，孩子满月喜庆之日，法海赶来捉拿白蛇。他拿出金钵罩住了白素贞，把她压在雷峰塔下，并念起咒语，要让白素贞只有在雷峰塔坍塌之时，才能重见天日。小青乘隙逃走，在山中修炼多年，学得一身法术，终于推倒雷峰塔，救出白素贞，一起打败了法海。法海无处容身，只得躲进蟹壳。今天，江浙沪一带还把螃蟹腹中一块不能吃的内脏叫作“法海”。雷峰塔位于西湖南岸，是吴越王为庆贺黄妃得子而于975年建造的，原名“黄妃塔”。因塔在雷峰山上，故改称“雷峰塔”。据说，雷峰塔最初拟建13层，后改为7层，因为

重建雷峰塔不是为了镇压白素贞，而是为重拾一种记忆

（摄于2010年3月25日）

风水缘故，最后实际建造的是5层。雷峰塔的结构为砖石内心，外建木构楼廊，建筑雄伟壮观。每当夕阳西下，塔影横空，亭台金碧，故得“雷峰夕照”之名，这一直是西湖很受青睐的名胜之一。明嘉靖年间，塔外部楼廊被倭寇烧毁。由于雷峰塔与白素贞的故事流传甚广，周围村民中便盛传雷峰塔砖具有辟邪宜男的奇效，于是去雷峰塔盗挖塔砖的人与日俱增，雷峰塔因此被挖空了塔基，于1924年9月25日下午倾圮。2002年10月，消失了70余年的雷峰塔得以重建。

每每游览上述景点，人们既欣赏美景，也痴迷于发生在这里的《白蛇传》故事。

当我们把对《白蛇传》的情感完全投入到江南的时候，也不要忽视河南鹤壁与《白蛇传》的渊源。据说，早在北宋时期，鹤壁黑山一带就有《白蛇闹许仙》的传说。黑山位于鹤壁市西南约5千米处的淇河岸边，这里有一个百丈悬崖，人称

鹤壁黑山一带流传着《白蛇闹许仙》的传说

（摄于2014年5月30日）

鹤壁青岩绝上的白蛇洞直通河底，幽远深长

（摄于2014年5月30日）

“青岩绝”，上面有一个直通河底的幽深洞穴“白蛇洞”。传说洞中有一修炼千年、得道成仙的白蛇仙子。在黑山主峰西侧不远处，有一许家沟村，许仙就住在这里。在黑山主峰南侧，有一座依山傍水的金山寺，寺中也有一位修行多年的老僧法海禅师。鹤壁人认为黑山具备了《白蛇传》故事所必需的各项构成要素，因此他们认为鹤壁黑山才是《白蛇传》的发源地。虽然鹤壁并没有像杭州、镇江一样因《白蛇传》而闻名，但一样值得光顾。黑山山麓的金山寺为一座新建庙宇，走进山门，空谷幽鸣，景色宜人。白蛇洞虽说与金山寺都处在黑山山麓，但相距十几千米，路也很绕，并不容易找到。这里被称为“天然太极图景区”，白蛇洞在半山腰的峭壁上。洞穴黝黑狭窄，有分岔，非常难走，有的地方只能匍匐前进，人不易进入，真的是白蛇修炼的好去处。

淇河畔的黑山，风景不错，这里也有可能是《白蛇传》故事的发源地。但长期以来，《白蛇传》的故事发生地似乎已经定格在江南。优美神话故事的流传，需要优美环境作支撑，江南的一草一木似乎更适合《白蛇传》故事的展开，白蛇与许仙的故事可能也只有在苏杭一带，才能衍生出如此优美的情节，并流传千古。

梦晓回神寻西厢

在中国杂剧作品中，《西厢记》影响比较大。我们今天把媒人称为“红娘”，就是源自《西厢记》。《西厢记》中的一些词曲佳句，也经常被我们在日常生活中使用，如“愿普天下有情人终成眷属”等。《西厢记》自问世以来，备受欢迎，不断被改编为地方戏曲或其他艺术形式，在民间广泛流传。

《西厢记》故事，最早起源于唐代元稹的传奇小说《莺莺传》，讲的是名门闺秀崔莺莺为追求自由的爱情，不顾封建礼教的束缚与书生张珙（即张生）结合，后来张生赴京应试，得了高官，却抛弃了莺莺，酿成爱情悲剧。这个故事到宋金时代流传甚广，一些文人、民间艺人纷纷将它改编成说唱和戏剧，如北宋时秦观、毛滂改编的《调笑转踏》歌舞词和赵令畤改写的《商调蝶恋花》鼓子词等。他们的改编，虽对莺莺的命运予以同情，也对张生始乱终弃的薄情行为进行了批评，但故事情节没有新的发展。直到金代，董解元将《莺莺传》改编为《西厢记诸宫调》，才将悲剧结局改为张生、崔莺莺相偕出走的团圆结局，使人物的性格和主题都有了很大的变化，思想性和艺术性也远超前人作品。元朝时，王实甫对《西厢记诸宫调》进行删改和完善，创作出一部享誉中外的元杂剧。

经王实甫改编后的《西厢记》，故事情节跌宕起伏。前朝崔相国去世后，老夫人郑氏偕小女崔莺莺护送丈夫灵柩回乡，途中因故受阻，暂住在河中府普救寺。崔莺莺年方十九，善女红，通诗词。其父在世时，曾将她许配给郑尚书之长子郑恒。

一天，莺莺与丫鬟红娘到殿外玩耍，碰巧遇到张生。张生虽是礼部尚书之子，但父母双亡，家境贫寒。他只身一人进京赶考，路过此地，因想拜访好友杜确，就在蒲关住了下来，听店里的小二说，此处的普救寺景致很美，于是前往游览。张生遇见容貌俊俏的崔莺莺，赞叹不已，为能多见上几面，便与方丈商量并得到同意，借宿在寺中西厢房。张生从和尚那里得知，老夫人在为亡夫做道场，莺莺小姐每夜都要到花园中烧香。于是，张生在夜深人静时来到后花园，看小姐烧香，吟诗一首：“月色溶溶夜，花阴寂寂春。如何临皓魄，不见月中人。”莺莺随即和了一首：“兰闺久寂寞，无事度芳春。料得行吟者，应怜长叹人。”张生的才情和苦读精神，感动了崔莺莺，她对张生心生爱慕之情。叛将孙飞虎听说崔莺莺有倾国之貌，率兵围住普救寺，限老夫人三日之内交出莺莺做他的“压寨夫人”。张生急忙向好友杜确求助，老夫人许诺事成之后将崔莺莺许配给张生。杜确为征西大元帅，统军镇守蒲关，接信后很快派兵打退孙飞虎。老夫人却反悔了，只让张生与崔莺莺结拜为兄妹，使张生和莺莺都很痛苦。丫鬟红娘就安排他们相会。老夫人得知后，告诉张生如果想娶莺莺，必须考取功名。于是，张生进京赶考，高中状元后，写信向莺莺报喜。此时郑尚书之长子郑恒来到普救寺，谎称张生已被卫尚书招为东床快婿，骗得老夫人同意将崔莺莺许配给自己。成亲之日，恰巧张生以河中府尹的身份归来，真相大白，张生与莺莺终成眷属。

王实甫改编的《西厢记》，在艺术上有诸多突破。首先，作品成功地刻画了莺莺、张生、红娘等鲜明的人物形象，把男女主人公塑造成在爱情上坚贞不渝，敢于冲破封建礼教的束缚，并经过不懈的努力，终于得到美满结果的一对青年。其次，剧本情节巧妙，矛盾冲突环环相扣，在老夫人和莺莺、张生、红娘之间展开的维护和反抗封建礼教的矛盾冲突，是全剧的主线；莺莺、张生、红娘三者，由于出身不同、性格差异而引起的矛盾冲突，是全剧的辅线。两条线索、两种矛盾的交织使剧本更加扣人心弦，增强了作品的戏剧性。再次，王实甫以经过提炼的当时民间口语为主，加入前人的诗词佳句，从而形成既明白通畅又清丽华美的语言风格。

《西厢记》的元刊本现在已经无从见到，现存较早的大多是明人的校订本。自明代起，对于《西厢记》是否为王实甫所改编，出现了不同的观点。元末钟嗣成的《录鬼簿》认可王实甫是《西厢记》的改编者，明代朱权及王世贞也持同样看法。但几乎同时，也有人认为《西厢记》应该是关汉卿所作，或者是关汉卿作、王实甫续。新中国成立后，学界基本都认为《西厢记》系王实甫一人所作。

王实甫和关汉卿都是元代著名的戏曲大家，编写出了许多脍炙人口的作品。王实甫是大都（今北京）人，生平不详，但他写了多部杂剧，今天能够确定的有14种，包括《西厢记》《贩茶船》《丽春堂》《芙蓉亭》等，其中《西厢记》最为出名。

《西厢记》使后人记住了王实甫，也使其故事的发生地普救寺名扬天下。普救寺坐落在山西省永济市蒲州古城东三千米的峨嵋塬上。

普救寺始建于何年，现已无从得知，但《蒲州普救寺释道积传》中“隋初于普救寺创营大像百尺”的记载，可证普救寺建寺时间当不会晚于隋朝初年。普救寺在唐代已经成为蒲州名刹，唐人杨巨源诗作《同赵校书题普救寺》就描写了普救寺的地理环境和自然风光。现在广为流传的一种说法是，五代时期，河东节度使作乱蒲州，后汉高祖刘知远派大将军郭威前去讨伐，郭威围困一年多都没有攻下蒲州，百姓苦不堪言。郭威于是召当地僧人询问对策，僧人曰：“将军发善心，城即克矣！”郭威当即折箭为誓，翌日破城，满城百姓得救。从此，僧人所在寺庙更名为“普救寺”，因此在《蒲州府志》《永济县志》中有“五代始改今名”之说。郭威就是五代时期的后周太祖，史籍中确实记载有郭威攻李守贞于蒲州的史实，但问策更换寺名之事却没有任何记载，故此说真假难辨。但无论真假，这一传说使普救寺的名称有了更浓的历史韵味。

自建寺以来，普救寺历经沧桑，几度兴废，历代也均有修葺。唐代曾对它进行过扩建。宋代寺院情况没有具体记载，但根据发掘基址所得的资料来分析，宋代对普救寺的修葺至少有两次。到了近代，寺内殿阁僧舍几乎全都毁坍，现存寺庙为1986年以后陆续修复。普救寺唯一幸存的建筑是一座13层的舍利砖塔，也就是俗称的“莺莺塔”。

普救寺坐北朝南，坐落在峨嵋塬上，地势高敞，视野开阔，居高临下。

13层的舍利砖塔莺莺塔是普救寺唯一幸存的建筑

（摄于2008年9月22日）

站在远处，能够看到普救寺的殿宇楼阁，廊榭佛塔，依塬托势，逐级升高，给人以雄浑庄严之感。

普救寺山门正中，高悬着赵朴初题写的“普救寺”匾额。跨进山门，沿阶而上，映入眼帘的是一座飞檐翘角、气势雄伟的大钟楼。钟楼两侧楹联为：“高标跨穹隆百尺危楼独雄秀，钟声震寰宇万念俱空悟世人。”楹联字体古朴苍劲、气韵流畅。再往上就是塔院回廊、莺莺塔和大雄宝殿，最后为花园，这是普救寺的西轴线，为唐代形制。西轴线向东还有中轴线和东轴线。中轴线建筑为宋金形制，有天王殿、菩萨洞、弥陀殿、罗汉堂、十王堂、藏经阁。东轴线建筑为明清形制，有前门、僧舍、枯木堂、正法堂、斋堂和香积厨等。

普救寺大钟楼就是《西厢记》“白马解围”中的观阵台

（摄于2015年7月31日）

普救寺因《西厢记》闻名天下，寺院建筑自然与《西厢记》故事关联密切：大钟楼就是《西厢记》“白马解围”中的“观阵台”，当年张生修书请镇守蒲关的白马将军领兵前来破贼解围，邀请老夫人、法本长老等僧众在这里观战。张生借宿的“西轩”，尤其是崔莺莺一家寄居的“梨花深院”更是引人注目。站在这里，让人不由地想起“待月西厢下，迎风户半开。拂墙花影动，疑是玉人来”的诗句。在这里，甚至还有张生越墙会莺莺的跳墙处，以及张生上墙踩踏过的杏树、白马解围之后张生移居的“书斋院”等。寺后的花园里，还有荷花池塘上横架的曲径鹊桥，以及莺莺的“拜月台”等，使人感觉如同身临其境。

莺莺住宿的西厢至今仍然“迎风户半开”

（摄于2015年7月31日）

张生寄宿的西轩与莺莺的住所只有几步之遥

（摄于2015年7月31日）

墙虽不高，但只有张生有勇气越墙会莺莺

（摄于2015年7月31日）

在普救寺，莺莺塔是比较突出的建筑。这是一座13层的方形密檐式砖塔，高36.76米，7层以上呈收缩状，整塔显得灵巧美观。此塔原名“舍利塔”，后因《西厢记》描写的张生与崔莺莺的爱情故事发生于此，故改名为“莺莺塔”。据寺内明代《再建普救寺浮屠诗》碑刻记载，莺莺塔“创自隋唐”，明嘉靖三十四年(1555年)，关中发生大地震，莺莺塔被震塌，现塔为明嘉靖四十三年(1564年)重建。仔细观察，能看出莺莺塔造型与西安小雁塔相似，唐韵犹存。莺莺塔还以明显的回音效果著称于世，在离塔15米处，以石块互击，即能听到从塔内传来的蛙鸣声，“普救蟾声”被列为“河东清八景”之一。

《西厢记》的问世，使普救寺名声大噪，剧以寺而生，寺以剧而名。普救寺内发生的流传千古的爱情故事，令古今多少才子佳人折服。

普救寺与其说是寺庙，不如说是爱情圣地

（摄于2015年7月31日）

牡丹亭侧醉花荫

苏州是一个文化昌盛的地方，昆曲、苏剧和评弹是它重要的文化名片。昆曲被定为世界非物质文化遗产。汤显祖的《牡丹亭》原名《还魂记》，共有55出，是昆曲的名剧。其中的《游园》和《惊梦》两出尤为著名。

南宋时期，南安太守杜宝之女杜丽娘才貌双全，师从陈最良读书。一日，杜丽娘偕侍女春香在府衙后花园消遣，困乏之时，在园中牡丹亭内打盹，梦中对书生柳梦梅一见钟情。梦醒后，杜丽娘忧思成疾，弥留之际，她要求父母把她葬在花园中的老梅树下，并嘱咐春香将其自画像藏在园内太湖石下。

杜宝赴外地就任前，委托陈最良按照女儿的要求将其安葬，并修建“梅花庵”。

三年后，书生柳梦梅为求功名，进京赴试，路过南安，因病留住府衙后花园。游园时，柳梦梅意外发现了杜丽娘的自画像，对她一见钟情，深为爱慕。杜丽娘也魂游后花园，和柳梦梅幽会。柳梦梅根据杜丽娘的提示，在老梅树下掘墓开棺，杜丽娘还魂复生，两人结成夫妇，同往临安。

柳梦梅应试高中后，受杜丽娘嘱托，向杜宝送家信，传报还魂喜讯。不料，柳梦梅被陈最良告发，以盗墓之罪遭到囚禁。柳梦梅虽然高中状元，但杜宝拒不承认婚事，强迫女儿与柳梦梅分手。纠纷最终闹到了皇帝面前，在皇帝的调解下，二人姻缘得到成全，柳梦梅和杜丽娘终成夫妻。

《牡丹亭》以上述凄美绵长的剧情，深受百姓喜爱，流传甚广。也许因为故事太过感人，它从诞生之日起，就引起许多学者的兴趣。长期以来，关于故事原型的出处有多种说法。清代学者俞樾称，宋《睽车志》中的《马绚娘》是汤显祖《牡丹亭》传奇的蓝本；另一位清代学者焦徇认为，汤显祖的《牡丹亭》源于《碧桃花》和《倩女离魂》。这场争论一直延续了300多年，直至20世纪60年代中期至70年代初，人们发现了明代何大抡的《燕居笔记》，其中有宋代话本《杜丽娘慕色还魂记》的全文。话本时间、人物、情节等，与《牡丹亭》大致相同。至此，学术界才基本认定，话本《杜丽娘慕色还魂记》就是汤氏《牡丹亭》故事的源头。

但对于《牡丹亭》故事的发生地，学术界、文化界却一直争论不休。有些专家认为故事发生在江西南安大庾（今江西大余），也有的专家认为故事发生在广东南雄。这是由于汤显祖的戏剧《牡丹亭》故事发生地是在江西南安，而话本《杜丽娘慕色还魂记》故事发生地却在广东南雄。

《牡丹亭》虽然是虚构的故事，但不一定没有历史的影子。《杜丽娘慕色还魂记》把故事发生地点安排在广东南雄，可能有着重要的交通因素和文化因素。南雄位于广东省东北部的大庾岭南麓。自从唐开元四年（716年）张九龄奉诏开凿大庾岭通道（即今天的梅关古道）后，南雄地理咽喉的位置就凸显出来，成为交通要道。至宋代，南来北往的商旅有百分之七八十经过梅关古道，南雄由此成为岭南政治、经济、文化的要郡，并被称为“岭南第一州”。穿过梅关，即可远眺关北的江西大余县。因为交通位置重要，南雄的珠玑巷成为珠江三角洲一带主要族姓的祖居地，这里至今林立的祠堂令人印象深刻。今天的南雄，几乎没有人谈及《牡丹亭》与南雄的关系，也没有留下任何与《牡丹亭》有关的遗迹。相比之下，与南雄一山之隔的大余，却在着力打造《牡丹亭》文化。

南雄有关《牡丹亭》的遗迹虽难寻，但珠玑巷依然保留至今

（摄于2013年5月8日）

大余位于江西最南部，与南雄隔梅关相望。这里从隋代开始设县，原名“大庾”，宋代时成为南安路或南安府的治所，因此也称“南安”。1957年，大庾县改称大余县，现由赣州管辖。因为地处要冲，这一带在古代相当繁荣。宋代文豪苏轼曾称赞大余：“大江东去几千里，庾岭南来第一州。”从大余登临梅关，沿途古道蜿蜒。从梅岭远眺南雄和大余，令人深感大余、南雄两地渊源深厚。今天的大余古城，依旧山环水绕。老

大余与南雄因梅关而相隔离，也因《牡丹亭》而相连接

（摄于2014年5月2日）

南安的痕迹在历史的长河中被冲刷殆尽，高高矗立在东山之巅的魁星塔，也只是近年的复建物，但《牡丹亭》在大余的影响依然存在。大多数当地人对《牡丹亭》耳熟能详。

汤显祖把《牡丹亭》故事发生地点安排在江西南安，这也是有依据的。在这里，确实曾经有一则女鬼恋人的传说故事。故事说的是南安邵宏渊将军的小女儿，死后化成幽魂，在当地宝积寺，与谪居南安的解太尉孙子南安军指使解俊的人鬼之恋。这一传说故事被记载在宋代学者洪迈的名著《夷坚志》中。洪迈是南宋著名文学家，学识渊博，一生涉猎大量书籍，读书之际，每有心得，便随手记下，著述颇丰。他曾在与南安府相邻的赣州做过几年知府，在书中记载了这段倩女幽魂的传说。汤显祖以此为基础，参考了话本《杜丽娘慕色还魂记》，进行创作，在情节的处理上，进行了创造性的改动。汤显祖把

《杜丽娘慕色还魂记》的故事、南安的民间传说、一些古籍记载、其他话本故事，穿插、结合在一起，最终完成了戏曲《牡丹亭》。而汤显祖在南安的一段奇遇，对他创作《牡丹亭》有着特殊的意义，这也可能是汤显祖最终把《牡丹亭》的发生地定在大余的重要原因吧。

汤显祖（1550—1616年），字义仍，号若士，临川（今江西抚州）人，明代戏曲家。汤显祖早年即有文名，明万历十一年（1583年）进士，曾担任过南京太常寺博士、礼部主事。万历十九年（1591年），汤显祖上奏了一道《论辅臣科臣疏》，弹劾大学士申时行，引起万历皇帝大怒，被贬到徐闻县做典史小官。

徐闻县位于广东西南部的雷州半岛，汤显祖赴任途中必须经过梅关古道，而南安是必经之地。半年后，汤显祖又改任浙江遂昌知县，势必又一次经南安过梅岭。据载，这次汤显祖在南安逗留了一段时间。汤显祖作为学问大家，来到南安，必定会了解当地的历史和人文环境。可以想见，他在与当地贤达文人的闲聊中，很可能了解到了南安关于邵宏渊的女儿死后化成鬼魂的传说，也会参观远近闻名的南安府后花园。

当地民间就曾流传，汤显祖被贬谪到广东徐闻县，赴任途中，经水路路过南安，于是舍舟登岸，在南安驿馆住下。听驿丞说府署后花园景致甚好，汤显祖便于次日前往寻幽探胜。正在尽情观赏美景之际，汤显祖忽闻砍伐声，接着便见花园东墙角牡丹亭旁的一株大梅树轰然倒地。汤显祖询问伐树人，方知南安府前太守之女因在后花园私会情人，被其父怒责后忧郁成疾，死后葬于梅树下。后来，女鬼阴魂不散，每当月黑风高夜，这株梅树便会传出“还我情来”的呼叫声。新任太守不堪其苦，遂雇工伐树。

传说真假难辨，但汤显祖逗留南安，听闻这富有传奇色彩的“人鬼情”故事并触发创作灵感，也是有可能的。汤显祖不附权贵的性格决定了他无法长期留在官场，他很快就被免职，从此再未出仕。这倒使他有时间和精力潜心创作，留下多部传世之作。汤显祖的主要作品有《紫钗记》《还魂记》《南柯记》《邯郸记》，合称《玉茗堂四梦》。其中，《还魂记》就是《牡丹亭》，它是汤显祖影响最大的作品。

历史上，大余确有一座牡丹亭，亭子位于大余县城东北古南安府后花园中，始建年代现已不可考。古牡丹亭为八角形重檐建筑，青瓦盖顶，正门悬有“牡丹亭”的匾额。底层内外各八柱，柱为红色，悬有楹联，其中一联云：“光照临川笔，春分庾岭梅。”距亭不远，还有梳妆台、丽娘冢、绿荫亭等建筑。可惜的是，这座古牡丹亭在1930年毁于火灾。在县城东部的东山之麓，章水之滨，人们重新修建了一座牡丹亭公园。公园建于20世纪90年代，依山环水，秀木参天，景色宜人，花木

柳梦梅进京赴考借宿梅花观，开始了他与杜丽娘的人鬼恋情

（摄于2014年5月1日）

扶疏，亭台楼阁掩映其中，与传说故事相呼应。公园中央高高矗立的牡丹亭，据说沿袭了古牡丹亭的风格，结构形式如旧，但规模有所扩大。新建的牡丹亭坐落在高达两米的花岗岩台基上，站在亭中，四周景色一览无余。遥想当年，汤显祖也应该是站在古牡丹亭的台基之上，被凄美的爱情故事感动，从而产生创作的冲动。在牡丹亭不远处，有一座杜丽娘墓，只是墓前已经没有了老梅树。园中的梅花观、幽会石等，多少能勾起人们对《牡丹亭》故事情节的追忆。

孤冢犹在，但杜丽娘早已还魂，与柳梦梅长相厮守
（摄于2014年8月1日）

汤显祖抚州故里保存着他的墓园和纪念馆。汤显祖墓坐落在抚州人民公园幽静的一角，墓周有环形石围栏，墓为圆形，呈亭顶状，显得朴实、别致。墓碑上“汤显祖之墓”五个大字由当代书法家舒同书写。在墓地后方，也建有一座牡丹亭。

抚州汤显祖墓依偎着牡丹亭，它们注定将永远相依相伴

（摄于2014年5月4日）

文因景起，景由文传。由于《牡丹亭》戏曲的传唱，大余牡丹亭名扬海内外，杜丽娘与柳梦梅那割不断的情缘也传为佳话，汤显祖以此戏曲而流芳千古。后人也慕牡丹亭之名而来，在亭园中寻觅那永恒的爱情。

五 月下赏名构

概　述

中国历史上曾经修建了难以计数的祠庙苑囿，它们气势恢宏，布局合理，而且特别讲究与周围自然环境的协调搭配。这些古建筑之所以成为人们百看不厌的艺术精品，不仅因为它们的形制构造，更因为它们是历史的承载物。中国的许多古建筑，或多或少都与一些历史事件、历史人物和古人的信仰等相联系。例如，为祭祀女娲而建的娲皇宫、为尊崇“鞠躬尽瘁”的诸葛亮而修的武侯祠、为纪念“哭倒长城”的孟姜女而建的贞女祠等。民间为祭祀山川海岳及拜祭祖宗而修建的庙宇、祠堂，更是遍布祖国大江南北。众多优美的自然风光，也因为拥有承载着丰厚历史文化的建筑而名扬天下。一些古代遗留下来的建筑之所以能够成为“名构”，是因为历史文化赋予了它们灵魂。某种程度上说，它们是一部砖木刻就的史书。

中国历史悠久，文化灿烂。勤劳的中国人民凭借高超的建筑工艺，建起许多建筑精品，但这些建筑留存下来的并不多。这是因为中国的古建筑，一般都采用砖木结构，容易损坏，加上战火和其他人为破坏，很多著名的建筑只留其名。幸运的是，还有许多重要的古建筑保留了下来，使我们能够领略其风采，并让我们感知那些厚重的历史。中国历史上许多名人，也通过纪念性建筑而被百姓怀念。

徜徉在承载厚重历史的古建筑前，追寻尘封的历史，我们也许会感受到无比的震撼。那些沐浴在月光下，隐藏于草木间的古建筑，充满了神秘感，更具历史感。

女娲炼石补天缺

女娲补天的故事，是一个关于创世的神话传说。这类传说中的神仙，大都法力无边。这其中虽然难免有夸大和渲染成分，但这些传说都不同程度地体现了中华民族先民的世界观，表达了他们对远古那些为人类进步做出过重大贡献的部落群体及其首领的颂扬。有些专家认为，女娲补天的传说，很可能源于古人烧瓦覆盖屋顶的故事。但在流传过程中，故事被不断地添枝加叶，“烧瓦”演变成“炼五色石”，“覆盖屋顶”转化为“补天”，最终形成了女娲氏整理天地的伟大事业。在远古史籍记载中，女娲作为一位被神化了的人物，为人类做过许多好事，但最为惊天动地的是“补天”。

传说盘古开天辟地，女娲用黄泥造人，日月星辰各司其职，子民安居乐业，四海歌舞升平。后来，共工氏怒撞不周山。传说中的共工氏是水神，掌控洪水。共工氏怒撞不周山的缘由，或说是因共工氏与颛顼争夺帝位，或说是共工氏与女娲争夺帝位，或说是共工氏与骊侯发生争执，等等。不周山为古代传说中的名山，最早见于《山海经·大荒西经》：“西北海之外，大荒之隅，有山而不合，名曰不周。”关于不周山的具体位置有多种说法，至今尚无定论。虽然我们不知道神秘的不周山的具体位置，但古人对不周山是十分敬畏的，共工氏头触不周山自然会招来非常严重的后果，据《淮南子·天文训》记载：“昔者共工……怒而触不周之山，天柱折，地维绝，天倾西北，故日月星辰移焉，地不满东南，故水潦尘埃归焉。”共工氏头触不周山导致当时大地上一片狼藉：天塌地陷，大火燃烧，洪水泛滥，猛禽恶兽到处残害人类。于是，女娲决心补天，终止这场灾难。她选用五色石子，架起火将它们熔化成浆，用这种石浆将天上的窟窿填好，随后又斩下一只大龟的四脚，竖立在大地四方，作为天柱。她还平息了洪水，斩杀了猛兽。经过女娲的一番辛劳整治，苍天补上了，大地填平了，洪水止住了，人类才得以安居乐业。但是这场特大的灾祸还是留下了一些痕迹，如：天有些向西北倾斜，太阳、月亮和众星辰都因此归向西方；地向东南倾斜，所以一切江河都往东部汇流。但也有专家指出，共工氏怒撞不周山的传说与女娲补天毫无关系。他们认为，共工氏怒撞不周山的传说，应发生在晚于女娲很久的尧舜时代，是大禹治水的背景。确实，最早记载“女娲补天”事迹的《淮南子·览冥训》，并没有把“女娲补天”和“共工氏怒撞不周山”联系在一起。

女娲的故事，散见于中国古代的各种典籍中，较早见于战国时期的《山海经》《楚辞》等。《山海经·大荒西经》说：“有神十人，名曰女娲之肠，化为神，处栗广之野，横道而处。”东晋著名学者郭璞注解道：“女娲，古神女而帝者，人面蛇身，一日中七十变，其腹化为此神。”屈原《楚辞·天问》也问道：“女娲有体，熟制匠之？”东汉著名文学家王逸注曰：“传言女娲人头蛇身，一日七十化。”可见，女娲是古代的神女，还当过帝王。一些古代的画像石上的女娲也是人首蛇身的形象。还有史籍记载，女娲是伏羲之妹。伏羲是传说中的“三皇”之一。他去世后，女娲被众部落首领推举为帝王。据《淮南子》《史记》《礼记》《世本》等古籍记载，伏羲、女娲在位期间，开始推行“婚姻嫁娶制度”，并教百姓制作笙簧等乐器、结网捕鱼、针灸治病等。女娲的这些功绩，在长期的流传中，逐渐被当作神话来演绎，变成了“抟土造人”“炼石补天”等荒诞离奇的故事。有些专家考证，女娲可能生活在距今约10000年的新石器时代，出自远古的华胥氏部落。梁玉绳在《汉书人表考》卷二引《春秋世谱》说：“华胥生男子为伏羲，女子为女娲。”也有些专家认为，女娲与伏羲不是古籍所载的兄妹，而是世代联姻的两个氏族，绵延数千年，共传了100多代。伏羲与女娲联姻后，两个氏族融合成一个庞大的民族群体，伏羲和女娲先后成了这个民族群体最早的首领。可见，尽管女娲被一些古人记作是传说中的人物，但还是有专家认为历史上确有其人，她同尧舜等古代帝王一样，是一位部落首领。其实，神话虽然不能等同于真实的历史，却也能蕴含历史，间接地反映历史。

女娲的传说流传甚广，在中国许多民族中，她也一直作为始祖神受到人们的尊敬和信仰，女娲的纪念性遗存也因此遍布大江南北。据说全国约有250个地方存在女娲活动的遗迹，有十多个县市自称是女娲文化的发源地，一些地方还每年举行公祭活动，如河北的涉县、河南的淇县、山东的枣庄市和微山县等地。这些地方都有传说中的女娲城、女娲坟和五色石等遗迹，也都建起了规模宏大的女娲宫。

专家研究认为，女娲所在的氏族部落，发祥于甘肃天水，后屡次东迁，来到王屋山至太行山一带，这里后来成为女娲氏族活动的中心。传说女娲号“娲皇”，故太行山又有“皇母山”“女娲山”之名。在绵延数千里的太行山脉中，至今仍留有十多处女娲的祀庙遗迹。

河北涉县唐王山上的娲皇宫，就是现存女娲遗迹中规模最宏伟、历史最悠久、古迹遗存最丰富的地方。娲皇宫最早修筑于汉代，北齐文宣帝高洋在位时重建。经过明清两代多次扩建和重修，娲皇宫才形成现在的规模。娲皇宫建筑群分山下、山上两部分。山下由朝元宫、停骖宫、广生宫等组成，山上为娲皇宫。山下的广生宫又名“子孙殿”，传说是女娲抟土造人的地方。广生宫后面，拾级而上，首先看到的是一尊白色花岗岩的女娲巨型塑像。娲皇宫就建在塑像后面山势陡峭、地势险峻的山腰上。举目仰望，峭壁间的娲皇宫，恰似玉宇琼楼。沿着蜿蜒曲折的十八盘山道攀登而上，就来到娲皇宫。跨入三孔石券的山门，迎面看到的是一座额嵌“娲皇

涉县娲皇宫建筑群位于太行山腰，气势宏伟

（摄于2015年5月13日）

涉县娲皇宫建筑群依山而建，恰似玉宇琼楼

（摄于2015年5月13日）

涉县娲皇宫中的女娲塑像高贵端庄，傲视人间

（摄于2015年5月13日）

古迹”匾额的木制牌坊。据残存的碑铭记载，这处娲皇宫古迹最早创建于西汉文帝时期，当时这里就有神庙三楹，说明2000多年前，这里就是女娲的奉祀之地。侧旁的山壁上嵌有一通古碑，上书“古中皇山”。碑首镌刻的女娲伏羲人首蛇身图依稀可见。因年代久远，字迹风化，古碑是何人何时所立已难辨认。继续前行，登鼓楼而上，就是悬空而立的娲皇阁。这座娲皇宫的主体建筑，依山造势，气度恢宏，高达23米，为4层楼式结构，有歇山式琉璃瓦顶。有趣的是，娲皇阁东面的崖壁上，还有九根铁链将楼阁和崖壁连在一起。这在诸多依崖而建的楼阁建筑中，独树一帜。娲皇阁的最高一层为补天阁，正中的神龛上立有女娲手持五彩石补天的塑像。站在这座“依岩凿险”的建筑里向外望去，游人确有临空补天的感觉。娲皇宫所在的唐王山上还有多处摩崖刻经，被誉为“天下第一壁经群”，也是娲皇古迹之精髓。

河南淇县的古灵山，据说也是女娲抟土造人、炼石补天之地。古灵山位于太行山中，离河南淇县县城不远，山环路绕，人迹罕至，风光迷人，不愧

据传，淇县古灵山是女娲炼石补天处，当地人民备感自豪

（摄于2014年5月30日）

为群仙聚会的风水宝地。众多的神话故事，为古灵山增添了许多神秘色彩。走进古灵山，但见四面环山，群峰耸翠。山脚下的广场上，有一座花岗岩的“女娲补天”雕塑。雕塑分三层，基座的四幅浮雕，生动再现了四个远古神话传说的场景：盘古开天辟地、燧人氏钻木取火、女娲托石补天、后羿射日。

古灵山西侧，有一座女娲峰。“女娲”发髻高挽，鼻子突出，下巴上翘，脸部轮廓清晰分明，神情端庄慈祥，令人肃然起敬。拾级而上，就是女娲宫。这里的女娲宫，虽不甚大，但精巧雅致。女娲宫大殿内供奉着女娲和伏羲的塑像，周边有一些碑石。古灵山还有灵山寺、灵峰、金顶、玉带河、太公湖等多处景点，也值得参观。

邵原位于河南省西北部豫晋交界处，自古就有大量神话流传，尤以盘古开天辟地、女娲抟土造人、女娲炼石补天、大禹治水等神话流传最广。邵原还保留着许多与神话故事相关的自然遗存，这些遗存规模大、系统完整。这里至今仍有许多五彩石。中国民间文艺家协会认为，五彩石可能是女娲补天时所留，邵原因此被该协会确定为“女娲补天神话之乡”。

此外，在山东枣庄市和微山县也有女娲宫。枣庄市女娲宫位于峄城区西南十千米阴平镇境内金陵山的顶端。据考证，女娲是东夷部落的首领，其活动地点主要位于鲁南中心位置的峄城金陵山。金陵山附近多数遗迹与女娲有关，如往西不远的红土埠遗址即女娲部落所在地。宋代《路史》记载，女娲陵“在任城县东南七十里”。明代《峄县志》记载：“女娲冢遗址位于峄县南二十里处，金陵寺山之巅。”从宋代开始，人们就相继在金陵山上修建女娲祠，香火不断。女娲祠在历史上屡建屡毁，现女娲宫为近年重建，规模宏大。相比之下，微山县的女娲宫显得狭小简陋，但香火也很旺盛。

枣庄女娲宫历经沧桑，现今高踞金陵山端，一展雄姿
（摄于2014年6月12日）

女娲文化源远流长、博大精深、内容丰富，是重要的史前文明和中华民族优秀的传统文化。走进这些与远古神话相关的地方，人们可以感受到女娲文化厚实的历史积淀和亘古至今的影响。

长城八百因泪摧

长城一直是中国人引以为傲的古代建筑，它好像一条巨龙，绵延起伏于我们伟大祖国辽阔的土地上，跨过浩瀚的沙漠，翻越连绵的群山，穿过广袤的草原，奔向苍茫的大海。据历史文献可知，有20多个诸侯国和封建王朝修筑过长城。站在山巅，看长城逶迤远去，中华民族五千年的沧桑与辉煌无不涌上心头。在今天中国人的心中，长城不仅仅是建筑，它也是中华民族的象征。

长城始建于春秋时期，最早营建长城的是楚、齐等诸侯国。《左传》记载，楚国最早修建的长城被称为“方城”，在汉水流域，用于抵御中原诸侯国的侵扰。随着争霸兼并战争的加剧，国力较雄厚的诸侯国也纷纷在各自的边境修筑长城。战国时期，为抵御北方日益兴起的游牧民族，秦、魏、赵、燕等国也逐渐在北方大致沿东西走向修建了规模宏大的长城。秦始皇统一六国后，派大将蒙恬北御匈奴，并把各国长城连起来，修建成一条西起临洮，东至辽东，绵延万余里的长城，后世称之为“万里长城”。据载，当时秦始皇动用了30万人来建设长城，雄冠一时。今天，秦长城只有遗迹残存，我们所能见到的主要是明长城。

长城雄伟壮观、气势磅礴，一直为国人津津乐道，但人们往往会忽视长城丰富的文化内涵。这种内涵不仅包括建筑与装饰艺术的成就，更包括2000多年来，围绕着长城产生出来的大量民间传说、说唱戏曲、诗词歌赋等文学艺术作品。长城激发了历代文人的创作灵感，这些文学艺术作品使长城散发出艺术光芒，极大地丰富了长城的文化内涵。孟姜女的传说就是其中重要的组成部分。

秦始皇时期，孟姜女之夫范杞梁(后改为万喜良)在新婚之夜，被抓去修筑长城。从此，孟姜女日日登上一块高耸的石头，盼望夫君回来。然而，纵使她望穿秋水，范杞梁仍杳无音信。于是，在一个寒风凛冽的季节，孟姜女带着精心缝制的寒衣万里寻夫。孟姜女一路上风餐露宿，疲惫不堪，吃尽千辛万苦，终于来到长城脚下。没有想到，此刻，范杞梁已经累死了，其尸骨也被填进了城墙里。听到这个消息，孟姜女恸哭了三天三夜，悲伤的泪水冲塌了很长一段长城，当孟姜女看到夫君的尸骨后，悲痛欲绝，纵身跳入大海。

孟姜女的传说在历史上版本很多，说法不一，在后来2000余年的流传与演变过程中，逐渐形成了今天的面貌。那么，最早的孟姜女的传说源于何处呢?

据史籍记载，孟姜女哭长城的故事应该源于齐国。齐国是周朝诸侯国之一，首封之君是姜太公，后逐渐发展起来。齐桓公时期，由于管仲的改革，齐国日益强盛，成为东方大国，并首霸诸侯。早年齐国的国土并不太大，春秋晚期齐国先后灭掉了纪、谭、莒、莱诸国。领土的扩大，使齐国的战略防御、进攻重点转向南方的鲁、楚，西南的宋、卫、晋，以及北方的燕国。为了防止鲁、宋等国家的侵扰，齐国从春秋时期开始修筑齐长城。据说，先后19位齐王都很重视长城的修建，长城到齐宣王时最终完工，全长500多千米。由此可知，齐长城是春秋战国时期齐国争霸天下的产物。孟姜女传说起源于齐庄公时期。齐庄公是一位喜兵好斗的君王。公元前549年，齐庄公在攻伐卫、晋，取胜班师后，又兵袭莒国。战斗中，齐国勇将杞梁深入敌阵，在杀死大量敌人后，战死沙场。战后，齐庄公在郊外见到杞梁的妻子，对她表示吊唁，杞梁的妻子认为郊野不是吊丧之处，拒绝接受，于是庄公专门到她家里进行了吊唁。《左传》载："齐侯归，遇杞梁之妻于郊，使吊之。辞曰：'殖之有罪，何辱命焉？若免于罪，犹有先人之敝庐在，下妾不得与郊吊。'齐侯吊诸其室。"《列女传》对此有进一步的记载："杞梁之妻无子，内外皆无五属之亲。既无所归，乃就其夫之尸于城下而哭之，内诚动人，道路过者，莫不为之挥涕，十日而城为之崩。既葬，曰：我何归矣？……亦死而已，遂赴淄水而死。"

从多种记载来看，孟姜女哭倒长城的故事应该发生在齐国。孟姜女最早也没有姓名，大家称呼她"杞梁妻"。她哭倒的是城墙，而非长城。情节也非常简单，只有寥寥数语。后来，随着故事的流传，情节逐步增加和完善。大约从唐代开始，传说的时间从春秋移到了秦朝，地点也从齐国城墙变成秦长城。这样，杞梁妻的故事开始向"孟姜女哭长城"的传说转变。老百姓为了发泄对封建暴政的痛恨和对自由幸福生活的渴望与追求，又改杞梁妻为"孟姜女"，改杞梁为"万喜良"，添加了诸如招亲、夫妻恩爱、千里送寒衣等情节，创造出全新的"孟姜女哭长城"。我国历史学家顾颉刚经过对传说故事精细而系统的考证，在《孟姜女故事的转变》和《孟姜女故事研究》中，确认了孟姜女故事的演化轨迹。

孟姜女传说流传的范围极广，据顾颉刚研究统计，该传说流传的省区包括：北京、河北、辽宁、山东、山西、河南、陕西、江苏、上海、安徽、浙江、湖北、湖南、福建、广东、广西、云南、四川、甘肃。随着孟姜女故事的流传，许多地方都把孟姜女说成是当地人，孟姜女庙也在各地建立起来。据说全国共有20多座孟姜女庙。目前，已知的最早的孟姜女庙建于北宋，在河北徐水和陕西铜川，人们都发现了北宋时期重修姜女庙的碑刻。在山东齐国长城和秦、明长城沿线，更是留有众多孟姜女庙遗迹和孟姜女墓冢，在远离秦长城的湖南常德甚至也建有孟姜女庙。

齐地是孟姜女传说的源头，孟姜女哭塌的城墙在何处，由于史籍没有明确记载，因此有莒城说、梁山说等，均在今山东境内。今天，在齐国长城沿线的许多地方，人们可见到孟姜女庙、坟的遗迹。

莱芜境内齐国长城，自东向西有著名的青石关、黄石关、锦阳关三大关和天门关、胡家庄关、北门关等十二小关，沿线保留着许多早期孟姜女庙和相关遗存。锦阳关下原建有孟姜女庙，清《章丘县志》就记载此地“旧有姜女庙”。黄石关下原来也有孟姜女庙和墓冢，如今庙宇柱础石尚存，墓冢已无存，但人们在这里发现了齐国长城沿线目前所见最早的孟姜女碑——《孟姜女纪铭》。天门关东南侧，原来也有孟姜女庙，但很早就倾圮，现庙为当地村民新建。其他如济南市长清区万德镇的长城铺，传为孟姜女的故里，因此当地把红石江说成是孟姜女的投水处；安丘的齐国长城，则被认为是孟姜女哭长城的地方；等等。

锦阳关又名“通齐关”，位于莱芜雪野镇的长城岭村。经过维修，石筑关楼高耸，拱形城门上方的青石上阳刻的“锦阳关”三个大字清晰可见。登上关楼，可见平台四周筑有垛口。放眼望去，锦阳关东侧从沧桑岁月中走来的长城逶迤远去，依

坍塌的锦阳关段齐国长城已经淹没了孟姜女的哭声

（摄于2014年6月14日）

山盘旋。锦阳关段齐国长城均由石块筑成，异常坚固，至今保存相当完整。清晨，沿着齐国长城行走，上面空无一人，田野、房屋、山峦次第呈现，曾经血雨腥风的古战场，显得格外宁静。今天，莱芜齐国长城下，已经寻觅不到孟姜女庙的遗迹，更听不到孟姜女的哭声……

人们今天一般认为“孟姜女哭长城”发生在燕山秦长城一带，即秦皇岛山海关一带。一些专家对此进行了多年的考据和研究，也在这一带找到了秦长城遗址。可以肯定，秦长城修建时，山海关一带根本不是今天的模样，但人们还是会把山海关段长城与孟姜女的传说联系在一起。今天，当你走进山海关，在关城一角能够看到一块“孟姜女哭倒长城处”的石碑。碑虽小，但极具震撼力，游人至此，大都会驻足遐想。

当然，最著名的孟姜女纪念性建筑遗存还要数山海关东面不远处的孟姜女庙。孟姜女庙，又叫“贞女祠”。《临榆县

人们现在大多认为，孟姜女哭长城发生在山海关一带

（摄于2013年7月18日）

志》载：“贞女祠在东关外十三里望夫石之巅……此祠创始在宋以前。至明万历年间，主事张栋重建，崇祯间，副使范志完重修，又增龛。……清康熙间，曹安宇葺而新焉。民国十七年（1928年），经奉天张将军颁款重修。”孟姜女庙坐落在凤凰丘上，祠前有台阶108级，据说暗指孟姜女万里寻夫的艰辛。迎面为一山门，灰色小瓦，朴素精致。走进院落，左侧为主殿，殿门前柱上有一副楹联：“海水朝朝朝朝朝朝朝落，浮云长长长长长长长消。”这是利用汉字一字多音、多义的特点巧撰的对联，可以有不同的解读方法。例如，它可以读成“海水潮，朝朝潮，朝潮朝落；浮云涨，长长涨，长涨长消”，也可以读成“海水朝潮，朝朝潮，朝朝落；浮云长涨，长长涨，长长消”，还可以读成“海水潮，潮！潮！潮！朝潮朝落，浮云涨，涨！涨！涨！长涨长消”。于此，足见中国文化的深厚底蕴和内涵，其中感悟，因人而异。主殿内供奉着孟姜女和

孟姜女庙前的108级台阶，暗指孟姜女万里寻夫的艰辛

（摄于2012年7月9日）

两女童的彩塑，彩塑孟姜女已经从悲情哭妇形象演变成披青戴冠的庄严形象。彩塑上方，挂着“万古流芳”的匾额。两边楹联：“秦皇安在哉万里长城筑怨，姜女未亡也千秋片石铭贞。”此联为文天祥所撰，道出了人民反抗强暴、歌颂坚贞的心声。殿后为望夫石，相传这是当年孟姜女登高望夫的地方，上面还有几个石窝，传为孟姜女所留。此外，孟姜女庙内，还有梳妆台、振衣亭等建筑。

沥沥淅淅的小雨，似乎格外切合游人参观孟姜女庙的心境，孟姜女的悲惨遭遇感天动地。

2000多年来，孟姜女哭长城的故事通过口耳相授、典籍传承，成为家喻户晓、妇孺皆知的经典传说。孟姜女传说与万里长城联系在一起，使我们在为长城感到骄傲的同时，也会想起2000多年前，这位贞烈女子和那些为修建长城而献身的人们。

孟姜女庙后的望夫石相传是当年孟姜女登高望夫的地方

（摄于2012年7月9日）

孟姜女苦苦寻夫，疲惫不堪

（摄于2012年7月9日）

四渎有庙亦巍峨

中国河流众多，形态各异，其中格外受古人崇敬的是长江、黄河、淮河和济水，这四条大河被尊称为“四渎”。四渎原系天上的星官名，古人认为它们与我国的这四条大河对应，故以此命名。《风惜通义》对“四渎”作了如下解释：“渎者，通也，所以通中国垢浊，民陵居，殖五谷也。江者，贡也，珍物可贡献也。河者，播也，播为九流，出龙图也。淮者，均，均其务也。济者，齐，齐其度量也。”其实，不管解释得多么玄乎，这四条大河能够成为“四渎”，关键是当时它们都独流入海。沧海桑田，今天，长江、黄河依然奔腾入海，但淮河、济水先后改道，淮河下游淤塞后改注入长江，而济水故道即今之黄河下游。今天远逊于长江、黄河的淮河、济水，在古代也曾浩荡一时，与江、河并列，跻身“四渎”。古代还有人曾根据方位，对“四渎”进行命名，《史记·殷本纪》载有：“东为江，北为济，西为河，南为淮，四渎已修，万民乃有居。”

这四条大河，在古代给人们提供了丰富的水源与食物，但洪水泛滥也常常威胁到人类生命财产的安全。古代由于生产力的低下，在超越人力不知多少倍的大自然面前，人们脑海中充斥着无奈和恐惧。换言之，当人类还不能基本掌握自身命运的时候，人们就把自然物和自然力视作具有生命、意志的神灵，而河流的瞬息变幻和不可捉摸更增加了它的灵性和神秘。对它的敬畏，逐渐演变成对它的崇拜，这种崇拜是一种自然崇拜。

在历史发展过程中，“四渎”逐渐成为中国民间信仰中的河流神的代表。古代帝王祭祀山川，是“有谨而不敢怠”的使命。周朝时，祭祀“四渎”已经列入了国家祀典。秦统一后，祭祀开始固定下来，并修建了祭祀专用的祠庙。至西汉宣帝时，“四渎”的祭祀地点已经明确，即“河于临晋，江于江都，淮于平氏，济于临邑，界中皆使者持节侍祠”，并且形成了一整套祭祀制度。至此，对“四渎”的祭祀已被视为国家常礼。《礼记》提到，古代的天子祭天下名山大川，即“五岳”与“四渎”。以后，但凡国家大事，诸如战争、政权更迭，甚或皇室成员的生死，朝廷都要向“四渎”神祭告。在历代帝王的祭祀过程中，“四渎”神的地位也逐渐提高。唐朝封江渎神为“广源公”，封河渎神为“灵源公”，封淮渎神为“长源公”，封济渎神为“清源公”。宋朝则诏封江渎神为“广源王”，封河渎神为“灵源王”，封淮渎神为“长源王”，封济渎神为“清源王”。明朝改封东渎神为“大淮之神”，南渎神为“大江之神”，西渎神为“大河之神”，北渎神为“大济之神”。

“四渎”很早就建有渎庙，作为祭祀的场所。经过一代代的扩建，渎庙逐渐成为规模宏大的建筑群。渎庙建筑一般都有山门、牌楼、寝宫及其他附属建筑，林立的碑碣和古柏也是渎庙古老历史的象征，具有较深厚的文化积淀和十分丰富的文化价值。可惜渎庙建筑这一珍贵遗产抵御不住自然和人为的破坏，逐渐凋零。江渎庙因为三峡工程的修建而异地搬迁，河渎庙在洪水、地震中被毁，淮渎庙则已经改建为学校。

江渎庙是祭祀长江的庙宇，原址在湖北秭归县新滩南岸桂林村。现存建筑为清代复建，是一座具有浓厚地方建筑特色的渎庙建筑，也是全国为数不多的保存完好的四渎庙之一。三峡工程建设后，江渎庙有被三峡库区淹没的危险，因此，国家拨款，从2001年9月起，对江渎庙进行整体搬迁复建，最后将它移建至秭归新县城的凤凰山麓。搬迁复建后的江渎庙保持原貌，整个建筑为木结构，平面布局呈四合院式。也许因为游人太少，江渎庙时常大门紧闭。透过镂空的门窗向内张望，可见门厅前有一个小院，另有正厅、厢房、偏房和天井。厢房设有楼，房外有廊桥。江渎庙虽然不大，但能够保留至今，已属不易。

黄河是中国的大河，浩渺广大，古时候经常浊浪滔天，泛滥成灾。古人曾说："中国四大水，唯河之来为最远，其为害亦最大。自汉以来，屡为中国害。"因此，人们只能通过建庙乞求保佑。因为黄河流域面积广，且河道变动频繁，故黄河沿岸的多处地方都建有不同朝代的河渎庙，如山西蒲州河渎庙、河南澶州河渎庙、陕西韩城河渎庙等。后来，这些河渎庙基本毁损无存。原蒲州城内的河渎庙规模宏大，清康熙帝曾给蒲州河渎庙题写"砥柱河津"的匾额，但之后蒲州城屡受黄河威胁。1946年秋，黄河洪水再次袭至蒲州城，蒲州城连同河渎庙一起被废弃，如今庙址难寻。澶州河渎庙也曾经兴盛一时，北宋真宗曾到澶州，致祭河渎庙，此庙今已消失。韩城河渎庙曾被宋徽宗赐名"灵源"，但在明嘉靖年间的地震中倾圮，只有《敕修同州韩城县河渎灵源王庙碑》至今犹存。其他地方的河渎庙，也基本上踪迹难寻。唯一的例外，是嘉应观。清雍正元年（1723年），为祭祀河神，雍正帝下令在河南武陟修建了

武陟嘉应观御碑亭里矗立着“中国第一铜碑”

（摄于2014年5月30日）

规模巨大的嘉应观。这是一座集宫、庙、衙署为一体的庞大建筑，至今保存完好，有御碑亭、钟鼓楼、龙王殿、严殿、大王殿、禹王阁、风神殿、雨神殿等诸多殿阁。嘉应观堪称黄河流域规模最大、规格最高、保存最完整的黄河神庙。

淮渎庙系淮河水神之庙，始建于秦，北宋时迁至河南南阳市桐柏县城东关，后世历代均有增补修葺。据载，淮渎庙有三进庙院，房屋殿宇众多。东西两侧为林立的碑碣，记载着历代祭淮、修庙等活动。自秦至清末，有记载的朝廷祭淮活动就有50余次，康熙皇帝曾为淮渎庙大殿御书“灵渎安澜”的匾额。1927年，冯玉祥督豫后，下令将淮渎庙改建为学校。淮渎庙的许多建筑也在学校发展过程中逐渐被改建和拆除，今天只剩下一些遗迹，如残存的台基、散落的古碑，以及数株古柏。在高大树木掩映下，淮渎庙遗址在整个学校中显得格外突出。精雕细刻的护栏、残存的台阶、累累碑碣，

桐柏淮渎庙残件显露出其不凡的身世

（摄于2014年6月1日）

曾经巍峨的淮渎庙虽然仅剩断壁残垣，但尊荣隐露

（摄于2014年6月1日）

无不诉说着淮渎庙曾经的尊荣。

相比之下，济渎庙目前保存得最为完整。济渎庙是祭祀济水的神殿，位于河南济源市西北。济源是济水发源地，古代济水经山东流入渤海。山东的济南、济宁、济阳等城市，都因济水而得名。建于济水源头的济渎庙，建筑规模宏大，是河南省现存最大的一处古建筑群落。通过济渎庙，我们可以了解渎庙的规模和形制。

济渎庙位于济水之源，这里流出过一条现已消逝的大河

（摄于2014年5月31日）

济渎庙始建于隋开皇二年（582年），唐贞元年间，人们在济渎池后建北海庙。因为传说济渎池潜通北海，所以济渎庙古建筑群坐北朝南。走进济渎庙山门，看到的是长长的甬道。穿过清源门、渊德门，迎面是一个开阔的院落。院落两侧各有一座碑亭，远处中央为寝殿。寝殿为济渎庙唯一幸存的北宋建筑，面阔五间，进深三间，单檐歇山顶，古朴庄重。在这

济源济渎庙的山门恢宏大气

（摄于2014年5月31日）

寝殿是济渎庙内唯一留存至今的北宋单体木构建筑

（摄于2014年5月31日）

里为何只见寝殿而不见主殿渊德大殿？原来，渊德大殿早在清代就已被毁，从寝殿前的院落中遗存的渊德大殿残基，我们可以想见当年渊德大殿的雄伟。寝殿的边门后面，有临渊门、龙亭、灵渊阁等建筑，两侧还有玉皇殿、太清阁、济水之源、天下第一洞等景点。庙内布满从宋至清的20多幢古建筑，以及累累碑碣。在参天大树的映衬下，古庙显得格外清幽，令人顿生敬畏之情。

此外，山西高平谷口村中，有一座修缮一新的济渎庙。此庙内除供奉济渎神外，还祭祀玄武神、文昌王、财神、地藏王、药王等。

这些曾经奢华荣耀的渎庙，无论是巍峨的建筑、林立的古碑，还是残存的础基、千年的古柏，无不向今人昭示着博大精深的历史和文化。参观这些历经沧桑的渎庙，敬畏感油然而生。不管从哪个角度说，我们每一个人都应该对大自然存有感恩之心和敬畏之心。

四海庙前祈海平

在《西游记》《封神榜》等神话小说中，中国的海是由龙王管辖的，龙王是奉玉帝之命管理东南西北四片海洋的神仙。龙王不仅统率着无数虾兵蟹将，还在人间司风管雨。孙悟空的金箍棒，是从东海龙宫里强行取走的，唐僧西天取经过程中，四海龙王曾多次帮忙解决难题。这些龙头人身的龙王爷，有时很可爱，有时也挺可恶。观察中国地形可知，我国只有东部和南部靠海，古人怎么会出现西海和北海的概念呢？原来，古人认为中国四面都是被大海环绕的，汉代刘向在《说苑・辨物》中就说："八荒之内有四海，四海之内有九州。"因此，古人想当然地按方位将四海命名为"东海""南海""西海"和"北海"。但四海具体的位置却说法不一，并因时而异。人们大致把今天的东海和渤海的南部称作为东海，把今天的南海作为南海，把今天的青海湖当作西海，把今天渤海的北部称作北海。据史载，唐玄宗开始为东南西北四个海龙王加封称号，即东海广德王、南海广利王、西海广润王和北海广泽王。

在中国古代，海神祭祀非常重要。人们相信，祭祀四海神能够确保大海的风平浪静、护佑航行的安全，以此达到国家昌盛、社稷安定和皇权长治久安的目的，更重要的是，四海神还是国家权力在疆域中的象征。因此，古代朝廷除每年春秋时节派遣官员祭祀外，遇有国家大事，如皇帝登基、亲政、寿辰、立太子、东巡泰山、表彰军功等，也都要祭拜岳镇海渎。在地方，凡是商船、渔船出海等，也都要向海神祭拜，祈求一帆风顺、平安大吉。

要祭拜，就得为四个海龙王建立庙宇。于是，历代帝王陆续在中国四地修建了四大海神庙，几经辗转，最后确定在山东莱州湾建东海神庙，在青海湖边建西海神庙，在河北山海关老龙头西侧建北海神庙，在广东广州建南海神庙。目前，南海神庙保存相对完整，颇有气势；北海神庙虽已修复，但规模不大；西海神庙几近消失，只剩下古碑一方；曾经显赫一时的东海神庙，早已成为一片废墟。

东海神庙，位于山东莱州湾的海边上。相传宋太祖赵匡胤曾在莱州掖县落难，被敌兵追杀，只身躲进海神祠，安然脱险，登基后派大将郑子明来掖县，重修东海神庙。有记载说星相家经过勘察，认为莱州城西偏北的海边为祭海最佳处，加上其他多种考量，最后确定了东海神庙的庙址。莱州城西为渤海，并不是东海，怎么会在这里建东海神庙呢？有人认为，可

东海神庙遗址如今静卧在渤海之滨的莱州湾畔

（摄于2014年6月15日）

能是因为古人缺乏地理知识导致错误。据专家考证，汉代的东海神庙曾经建在连云港，因为连云港旁边的大海才是东海。东汉的《东海神庙碑》和宋代的《隶释》都记载当时东海神庙、碑都在连云港海州，甚至有专家考证认为连云港孔望山一带的摩崖石刻可能就是汉代东海神庙的遗迹。不过，后来的东海神庙基本上都建在莱州湾附近的海边上。

据记载，东海神庙位于莱州城西九千米处的姜家村。庙为三进院落，中为大殿，前为庙门，后为寝殿。建筑气势宏伟，金碧辉煌。明太祖朱元璋亲自题写“东海神殿”匾额，清乾隆皇帝也御笔亲书“万派朝宗”。大殿四壁还有海神龙王《出宫入跸图》等大型彩绘，可惜在解放战争时期被拆除。当时庙里所藏的200多块有价值的历代碑刻犹存，直到“文化大革命”期间，神庙被彻底损毁，目前仅存遗址。来到莱州东海神庙的遗址，穿过新建的“东海神庙”木牌坊，就能够看到大小殿宇的础基石和散落各处的建筑构件。从遗址来看，东海神庙当初的规模确实不小，而且从建筑构件上来看，也非常精致。东海神庙离海边还有一段距离，右后方的一座小高台原来是神庙的观海楼，登上它，能够看到远处海面星星点点的渔舟。

西海神庙位于青海湖边。青海湖古称“西海”，因此西海神庙建在这里也算恰当。我国西部并不临海，古人把我国第一大内陆湖泊算作西海也不奇怪。西海神庙位于青海湖湖东景区的湖东种羊场内。湖东种羊场距西宁160千米，距西海镇43千米，场内有修复的西海神庙。此庙原本是清代汉、满、蒙古、回、藏各族聚集祭祀青海湖的地方。唐玄宗始封西海广润王，以后历代都对西海广润王进行祭拜。《青海风俗简志》记载，元宪宗四年（1254年），皇帝会诸王于青海湖东，并祭海。宋、元、明各代，均在京郊遥祭西海。清雍正四年（1726年），朝廷遣官到青海湖滨祭海，立石碑，筑亭一

青海湖不是海，却有西海神庙

（摄于2008年8月13日）

座。其残碑是珍贵文物，现仍存于青海湖东种羊场西海神庙内，正面有“显灵青海湖之神”的字样，背面刻有“雍正四年（1726年）九月吉旦立”，汉、满、蒙古文字均依稀可辨。据说清朝在青海湖祭海后，往往还会举行会盟活动。今天的西海神庙已非原貌，规模也很小。

北海神庙位于河北山海关区老龙头西侧，建于明洪武十四年（1381年）。1900年八国联军从老龙头登陆，庙宇被毁。现在的北海神庙是1988年重新修建的。站在老龙头长城上，远远就可以看到伸入海中的北海神庙全景，恍如海市蜃楼。新修的北海神庙规模并不大，沿着海滩走过去，迎面看到的是写有“安澜”“伏波”的牌楼。过三孔桥往前走就是山门，山门里供奉着“天佑”“天应”两位大海中的神将。山门两侧为钟楼、鼓楼。走进山门，穿过庭院，就是海神庙正殿，大殿正中端坐的就是北海之神，据说北海之神名叫禺京。海神殿后面

北海神庙恰似漂浮在海面上的琼楼玉宇

（摄于2012年7月9日）

北海神庙殿宇虽小，但供奉的北海之神却神通广大

（摄于2012年7月9日）

为天后宫。北海神庙后面临海处还建有亭子一座，站在亭中凭栏眺海，碧海微波，海风扑面。

据载，由于北海神庙地处遥远，祭祀困难，于是唐代人把北海神的祭典附于济渎庙内。这种祭祀活动，一直延续到清末。

自唐开始，济渎庙内的北海祠成为人们祭祀北海神的重要场所

（摄于2014年5月31日）

南海神庙，位于广州黄埔区南岗镇庙头村。据记载，南海神庙建于隋开皇十四年（594年），至今已有1400多年的历史。今天的庙宇主要为明代所建，虽然历经破坏，但它仍是我国古代海神庙中遗存下来的最完整、规模最大的建筑群。南海神庙坐北向南，占地三万平方米，主体建筑沿中轴线从南到北依次为头门、仪门、礼亭、大殿、昭灵宫，共五进，一进高于一进，其他附属建筑也均以五进为中心，左右对称，是典型的中国传统庙宇建筑。庙外有刻着“海不扬波”字样的石牌坊。

南海神庙建筑宏伟，保存较为完整

（摄于2015年2月11日）

过了石牌坊，是建于清代的头门，门楣上挂有“南海神庙”的匾额。第二进为仪门，仪门上方是一刻有“圣德咸沾”的横匾，仪门两侧的复廊中，陈列有唐、宋、元、明、清各代的碑刻，其中有韩愈、苏轼等名人碑刻，以及明洪武碑、清康熙御碑等，被誉为“南方碑林”。庭院中央有礼亭，礼亭为木结构建筑，是古代官员拜祭南海神的地方。礼亭的背后是南海神庙大殿，大殿供奉着南海神祝融。左右两旁有六侯塑像。祝融为火神，在今湖南衡阳南岳衡山祝融峰顶还有一座祝融殿。古人认为，南方属火，火又是光明的象征，火之本在水，故祝融合水火为一神。第五进名为昭灵宫，也称后殿，是南海神夫人的寝宫。

南海神庙颇具规模，建筑具有典型的南方风格，能够保存至今实为不易。据载，历史上，苏轼被贬为宁远军节度副使时曾慕名拜祭南海神庙，林则徐在虎门销烟前曾到该庙祭海，孙中山与同僚亦曾来此参观。

中国地域广阔，四海庙远远满足不了各地祭拜的需要，于是在中国的滨海地区，还建有各种海神庙、妈祖庙、天妃宫等，著名的有浙江海宁海神庙、福建湄洲妈祖庙、江苏南京天妃宫等。

海宁海神庙虽不在四海庙之列，但规模足可与它们比肩

（摄于2007年12月1日）

天下五镇镇四方

中国是个多山的国家，名山很多，但人们比较熟悉的也就是五岳、五大佛教名山和黄山、庐山等。殊不知在中国古代历史上，与五岳齐名的还有天下五镇。这里的“镇”不是指集镇，而是指我国古代镇守一方的主山。

镇山之名最早出自《周礼·职方氏》，书中说：大禹将中国分为九州，为了稳定局势，在每州指定一座大山为“镇州之山”，于是中国就有了最早的九座名山。后来，其中的五座名山演变成为了五岳，而另外四座仍为镇山，其后吴山加入镇山之列，就有了“五镇”之名。这五大镇山分别是东镇沂山（在山东临朐县）、西镇吴山（在陕西宝鸡县）、北镇医巫闾山（在辽宁锦州市）、南镇会稽山（在浙江绍兴市）和中镇霍山（在山西霍州市）。

司马迁在《史记》中提出，五镇是由黄帝首封的，将五镇之说提早了几百年。后来一些朝代的皇帝也曾封过五镇，比如唐太宗就封过五镇，宋太祖钦封沂山为东镇，元朝最终明确了五镇的方位和名称，明、清基本上沿袭前朝的做法。

历代帝王敕封镇山，是为了表明自己“受命于天”。因此，只要政权稳固、经济发展，帝王们就会亲临这些镇山祭拜，逐渐使拜祭镇山活动成为国家级的祭典礼制。传说中黄帝曾登封沂山，尧帝、禹帝登过霍山，汉朝的6位皇帝23次去吴山封禅，赵匡胤还曾偕文武百官亲临沂山祭告，清朝的5个皇帝也数十次到医巫闾山祭拜。传说远古的一些帝王甚至还安葬在镇山中，如尧帝、舜帝葬在吴山，禹帝葬在会稽山等。

历代祭祀天地山川的活动，为五大镇山留下大量名胜古迹，如东镇沂山的碑林、摩崖造像，西镇吴山附近的姜子牙钓鱼台，北镇医巫闾山脚下的北镇辽塔，南镇会稽山的大禹陵等。尤其是五大镇庙，除了规模宏大的建筑外，帝王将相、大家名士、骚人墨客留下的累累碑碣，为五大镇庙增添了浓厚的人文气息。

五镇分处祖国五方，其中东镇为大，素有“泰山为五岳之尊，沂山为五镇之首”之说。东镇沂山为沂蒙山主脉之一，位于山东临朐县与沂水县交界处，有29座山峰，主峰为海拔1032米的玉皇顶，山间风景优美，瀑布倾泻。自汉武帝在此立祠祭祀以来，历代帝王陆续在此建庙树碑。东镇庙位于沂山东麓九龙口，西汉时期的东镇庙曾建在沂山极顶，宋代后搬迁至今址，元、明历次进行增修，形成建筑面积达4100平方米的气势恢宏的庙宇群。东镇庙分为东、中、西三院，有庙殿、神堂、廊庑、楼亭、斋舍、道房等170余楹，是古代青州境内最大的庙宇。但民国以后，东镇庙少人管理，加之战火频仍，破坏严重，后来仅剩建筑十数间。曾经郁郁葱葱的历代古木，也只剩下汉柏、唐槐、宋代银杏等40余株。不过，如果今天去东镇庙寻访，展现在人们眼前的却是一组规模宏大的建筑群。从山门进入，经过的钟鼓楼、碑廊、拜台、东安王殿、寝殿等，无一不是金碧辉煌、气势非凡。原

累累碑碣无声地诉说着东镇庙往昔的辉煌

（摄于2013年9月30日）

厦檐凌空的东镇庙主殿再现了五镇之首的气派

（摄于2014年6月14日）

西镇吴山是中国历史上周秦帝王最偏爱的名山

（摄于2014年8月1日）

来，从1985年始，当地政府就开始有计划地对东镇庙进行修复，虽非旧观，但在千年古树和高大古碑的映衬下，东镇庙倒也颇具古意。

与东镇沂山相比，西镇吴山名气显然要小些，游人也略显稀少。吴山坐落在陕西省宝鸡市陈仓区与陇县交界处，共有17座山峰，其中的镇西峰、会仙峰等较为著名。这里有真人洞、餐霞洞、神雷洞、凤凰石、元鹤巢等风景名胜，景致迭生，秀丽多姿。历史上，吴山曾建有相当规模的西镇庙，又称“吴岳庙”，唐、宋、明、清各代均有修建。可惜后来古建和碑刻屡遭劫毁，现今只存有清代所建的三进庙堂，破败不堪。西镇吴山好像被世人遗忘了，但它浓郁的自然风情使人难忘，给人一种空谷幽静的意境，实属难得。

西镇庙屡遭劫毁，残破的主殿在夕阳下尤显零落

（摄于2014年8月1日）

中镇霍山又名“霍太山”“太岳山”，位于山西省霍州境内。霍山“巍大隆峻，深厚广博，子诸峰而孙群垤，其气象有以冠境内”。尧帝时期，霍山曾雄居五镇之首，隋开皇十四年（594年）被册封为中镇，迄今已有1400余年。遗憾的是，这座高大的镇山，山体如今因为山里烧石灰而变得伤痕累累。中镇庙位于霍山山麓（今属临汾市洪洞县兴唐寺乡兴唐寺村），距县城25千米。有关霍山庙宇的记载，最早出现于北魏郦道元所著《水经注》。此后历代，中镇庙屡有兴废，清光绪年间最后一次重修。当时的中镇庙有正殿五间、寝殿三间，并有东西厢房等。1934年夏，梁思成、林徽因在汾阳周边各县开展古建筑调查后，称中镇庙“庙址既大，高下不齐”。现在来到中镇庙，看到的只是一座碑亭、一座小殿和散落一地的残碑。原来，1970年，当地政府为了修建小学，竟将该庙与周边的兴唐寺一同拆毁。庙中上百通石碑竟被砸碎后用于垫路或砌房

中镇霍山南麓的广胜寺琉璃塔巍然屹立

（摄于2015年5月12日）

基，珍贵的文物毁于一旦，幸存的只有一块完整的明碑。看着这些横七竖八散落各处的残碑，读着残碑上的文字，除了痛惜，我们还能说什么？

会稽山又名“苗山”“茅山”，位于浙江省绍兴城外。别看山不高，山色在江南也并不显得特别，但它却是古代传说中大禹治水成功后召开庆祝会的地方，因此得名“会稽山”。相传，大禹崩于此、葬于此，后人因而在此立庙、建亭、树碑来纪念他。今天，会稽山麓还保存有气势雄伟的禹陵、禹庙。作为会稽山山庙的南镇庙却不见踪影，据说此庙于1958年被台风刮倒，所余之物除了三块明清碑刻，如其中一块绍兴名人徐渭写的“深秀”碑被绍兴市文物考古研究所收藏外，其他都被彻底毁损，甚至连残破的遗址都难觅踪影。环顾四周，南镇会稽山山峦起伏，镇山气势依旧，但作为镇山象征的南镇庙的缺失，使它就此少了一种特有的文化气息，令人扼腕叹息。

五大镇山中，北镇医巫闾山最为特殊。因为孤悬塞外，这一带民族众多，北镇因此成为古代东北各族的神山。清王朝对这座山情有独钟。康熙、雍正、乾隆、嘉庆、道光五位皇帝都参观并祭祀过医巫闾山。今天，进入医巫闾山山门，迎面所见的是一组清朝帝王的雕像，反映出医巫闾山与清朝帝王的密切关系。北镇医巫闾山位于辽宁省锦州市境内，面积630平方千米，名峰50余座，主峰为望海山，海拔866.6米。这里留下了许多辽代建筑，如辽太子耶律倍读书处、元代宰相耶律楚材儿时读书处等。医巫闾山风光也相当秀美，集山、石、松、泉、洞为一炉，奇峰险壑，不愧为东北名山。北镇庙位于医巫闾山山麓东侧，距城区两千米。它是全国五大镇山中保存最完整的镇山庙，始建于金代，又经历代重修，规模宏大。北镇庙建筑依山势排列，由南向北层层升起。庙前正中是一座六柱五楼式牌坊，两旁蹲踞的石兽怒目圆睁，气势非常雄伟。拾级而上，是歇山式三券洞山门，券门上有“北镇庙”的庙额。进入山门，登上台阶，首先映入眼帘的是广场上林立的

北镇医巫闾山虽悬塞外，但仍引辽清皇家竞折腰

（摄于2013年9月30日）

北镇庙主要建筑都在月台之上，绕以精雕的石栏

（摄于2013年9月30日）

碑碣。这些碑碣为元代以来的告祭碑、修庙碑记、题咏刻石等，共计56通。它们不仅是研究元、明、清三代政治、经济、文化的珍贵史料，更是北镇庙深厚人文积淀的象征。站在这些巨大的古碑前，我们不能不对北镇庙刮目相看，也很庆幸这些碑记经历数百年甚至千年的风雨侵蚀洗礼后，还能够留存至今。穿过碑林，往北是一个高大的月台，绕以雕工精细的石栏。北镇庙的主要建筑，都建在月台之上，从南向北依次为御香殿、正殿、更衣殿、内香殿、后殿，酷似皇宫建筑，可见北镇庙在古时所拥有的崇高地位。

医巫闾山的北镇庙相当雄伟，可能因为名气不大，前来参观的人很少。精致的牌坊、林立的碑碣、雄伟的殿宇让人震撼，镇山文化的博大精深由此可见一斑。

从清朝以后，被历朝历代极为重视的祭祀岳镇海渎活动，就逐渐被人遗忘，现在大概已经没有多少人知道了。但作为一个中国人，我们有必要知道这一曾经兴盛过的传统，至少能够使大家在凭吊山川之余，唤起一段历史的记忆。

武侯祠前柏森森

诸葛亮(181—234年)，三国时期的蜀汉丞相，杰出的政治家和军事家。他生前为匡扶蜀汉政权，呕心沥血、鞠躬尽瘁；身后被世人建祠供奉，备受尊崇，成为忠臣楷模和智慧化身。

在现存的三国遗迹中，除关羽外，就数与诸葛亮有关的纪念性建筑最多。诸葛亮一生涉足大半个中国，尤其是他在晚年，随着北伐的展开，在陇蜀大地上的很多地方留下了足迹。出于对诸葛亮的尊崇，人们在诸葛亮所到之处，建起了许多规模不等的祭庙。因为诸葛亮生前被封为“武乡侯”，死后被谥为“忠武侯”，故其祭庙被称为“武侯祠”。据说在全国各地修建的武侯祠有15座之多，其中最具纪念意义的为湖北襄阳、河南南阳、甘肃祁山堡、陕西五丈原、陕西勉县和四川成都的武侯祠，以及陕西定军山的武侯祠、墓。

古隆中是诸葛亮早年躬耕之地。刘备闻其大名，不惜屈身三顾茅庐，才得以请诸葛亮出山，辅弼他成就一番事业。在我国，河南南阳和湖北襄阳一直为了谁是真正的古隆中争论不休。由于诸葛亮《出师表》中有“臣本布衣，躬耕于南阳”的句子，所以南阳在很早就修建了被称为“卧龙岗”的诸葛亮隐居地的纪念性建筑物。据说清朝南阳知府顾嘉利是襄阳人，对家乡和为官地的争论左右为难，于是他为南阳武侯祠写了一副耐人寻味的对联：“心在朝廷原不论先主后主，名高天下何必辩襄阳南阳。”它们各有依据，因此我们且不论孰真孰假，单纯从参观的角度来看，南阳卧龙岗就建筑特色而言，比襄阳古隆中更胜一筹。

南阳卧龙岗武侯祠始建于魏晋时期，元初和元末曾两度毁于战火，现存建筑为明代陆续复建的。这里的建筑分为前后两部分。从山门至大拜殿，左右两廊为前部，是人们祭祀诸葛亮的场所。后部的诸葛茅庐、野云庵、躬耕亭、小虹桥、抱膝石、躬耕田等，是根据诸葛亮躬耕时的生活起居兴建的纪念性筑，左侧院落有关张殿、三顾堂等。祠宇占地约13万平方米，

南阳武侯祠拜殿前数不清的匾联碑碣，独步诸祠

（摄于2010年4月17日）

祠内古柏森森，绿树掩映下，古建错落有致。卧龙岗武侯祠内大量珍贵的历代碑刻，加上梁柱上挂着的各代匾额，使你不能不感受到人们对诸葛亮的尊崇与赞美，也不能不由衷地感受到南阳卧龙岗古老深厚的文化积淀。

襄阳古隆中地处山间，占地较大，迎面为“古隆中”大石碑坊，虽建于清末，但让人感觉很有古意。山间分布着武侯祠、三顾堂、草庐碑、野云庵(卧龙深处)、抱膝亭、抱膝石、六角井、小虹桥、躬耕田、梁父岩、半月溪、老龙洞等12景。武侯祠是襄阳古隆中的主要建筑，为三进院落，有前殿、中殿和正殿。正殿有诸葛亮及其儿子诸葛瞻、孙子诸葛尚的塑像。襄阳武侯祠与全国其他的武侯祠相比，显得比较简朴，不过仿木结构的砖雕牌坊式山门颇具特色。襄阳古隆中被许多专家认为是诸葛亮真正的躬耕地，但遗憾的是，在明代，此处被封于襄阳为藩王的简襄王看中，他在此修建了自己的王陵，从而使诸葛亮隐居地遭到空前破坏，直到清康熙年间才得以修复。这种变故使古隆中失去了很多历史感。不过，无论环境怎样变化，这里发生的历史不会变化。游人来到这里，瞻仰诸葛亮的躬耕田、小虹桥、三顾堂、

刘备与诸葛亮在山环树茂的襄阳古隆中上演了著名的《隆中对》

（摄于2007年7月30日）

襄阳武侯祠的重楼牌坊式造型别具一格

（摄于2007年7月30日）

草庐等遗址，追忆1000多年前在这里发生的故事，脑海中不由得浮现《隆中对》里一些鲜活的历史场景，哪怕已经分不清哪些是历史，哪些是演义。

诸葛亮的出山，使原本力量弱小的刘备势力渐见起色，并最终成为鼎立的“三足”之一。可惜在223年，刘备因关羽遇害而执意讨伐东吴，导致夷陵之战大败，刘备也在白帝城病逝。其子刘禅继位，是为后主，诸葛亮被封为丞相、武乡侯。为收复中原，诸葛亮决定北伐。为了开导庸愚懦弱、胸无大志的后主刘禅，诸葛亮在出师伐魏的前后上奏了两篇《出师表》。相信很多人都读过诸葛亮的《出师表》，全文情真意切，感人肺腑，表达了诸葛亮对刘备知遇之恩的感激和北定中原、兴复汉室的决心。依据《三国演义》的说法，诸葛亮一生六出祁山，北伐攻魏。但查诸史籍，诸葛亮自蜀建兴六年(228年)至蜀建兴十二年(234年)的七年间，以汉中为基地，先后对曹魏进行的北伐只有五次。清人俞樾在《小浮梅闲话》中也持这一看法，故而所谓的“六出祁山”可能是后人杜撰的。但不管诸葛亮几次北伐，真正到过祁山的仅为两次，分别为蜀汉建兴六年（228年）的第一次北伐和建兴九年（231年）的第四次北伐。著名的失街亭就发生在第一次北伐时期，魏国名将张郃殒命的木门道一战则发生在第四次北伐时期。

祁山是横卧在甘肃省礼县西汉水北侧的一座山脉，绵延25千米，是一处扼陇蜀咽喉、控南北要冲的军事要地。《水经注·漾水》引《开山图》曰："汉阳(天水)西南有祁山，蹊径逶迤，山高岩险，九州之名阻，天下之奇峻。"祁山分为南祁山和北祁山，两大山系中间有一座被称为祁山堡的孤山。据载，祁山堡曾经是西汉水中央的一个四边绝壁的孤丘，由于地理变迁，西汉水远去，祁山堡也成为宽阔平川上突起的一座高台，高数十丈，四面绝壁，如斧劈刀削。据史籍记载，祁山堡建筑始建于汉献帝时期，为依山就势修建的军事堡垒，原名"建安城"。只因诸葛亮两度北伐时以此作为屯军之地，故而在南北朝时期，人们开始在祁山堡山脚下修建武侯祠。明万历四十二年（1614年），武侯祠被礼县知县李瑁迁建于祁山堡内，清道光十二

祁山堡武侯祠像诸葛亮生前一样，居高瞩远

（摄于2014年7月18日）

年（1832年）又进行重修。“文化大革命”时期，武侯祠被当作粮仓，幸运的是祠宇建筑基本保存完好。穿过祁山堡的牌坊，就能看到宽阔平川上突起的祁山堡，四周有城墙围护，堡顶松柏蓊郁处露出红墙飞檐，显得古朴苍翠。城堡的大门位于西南面，为城垛式样，单孔门洞上方嵌有“祁山堡”的门额。穿过门洞，沿山径蜿蜒而上，至山顶平台，松柏浓荫处便是祁山堡武侯祠。祠门为一座朱红色三门的木牌坊，其后为一组有前后三院的庙宇。正殿内立有高大的诸葛亮塑像，诸葛亮手执羽扇，端坐正视。后殿祀关羽。祠宇中尚存古碑20余通，还有历代名人书写的匾额、楹联，它们表达了人们对诸葛亮毕生功业的追颂。祁山堡不算大，但地势险要，当年诸葛亮在此指挥全军，威慑四方。其实，这种夯土高台，在当地并不罕见，只是因为诸葛亮的驻足，祁山堡成为古往今来人们寻觅精神追求的地方，而堡巅的武侯祠就是这种精神追求的具体体现。

诸葛亮的最后一次北伐是在蜀建兴十二年（234年），他率10万大军，由褒斜道出斜谷，驻兵五丈原。五丈原位于陕西岐山县城南20千米处，北临渭水，南依秦岭，远远望去，凌空突起，地势险要，确为兵家必争之地。诸葛亮在此与魏将司马懿对峙百余日，234年秋，诸葛亮积劳成疾，病逝于五丈原军中，时年54岁。五丈原所在的渭河一带，在古代很长一段时间内是中国的核心地带和文化中心。这里地势平坦，但五丈原在平地上突兀而起，这真是大自然的造化。关于五丈原名称的由来，历史上有多种说法。或说是秦二世西巡到此见五丈尘柱旋风，或说其宽度约为五丈，等等。就是这不大的高台，因为诸葛亮的驻足而声名鹊起，更重要的是殚精竭虑、劳累过度的诸葛亮最终病逝五丈原，留下了“出师未捷身先死，长使英雄泪满襟”的千古绝唱。今天的五丈原上，参天大树掩映下的诸葛亮庙依然昭示着这段往事。

据载，五丈原诸葛亮庙始建于元朝初年，明清曾重修，经过多年扩建，形成今天的规模。穿过山门，是古柏掩映的前院，院内左右建有钟鼓楼。进入中院，正中有一式样别致的八卦亭，亭内顶端画有八卦图。正殿设在中院北面，殿内塑有诸葛亮身穿八卦袍、手持羽扇的雕像。诸葛亮看上去神情安详，令人肃然起敬。两侧书有“短兵五丈原，长眠一卧龙”的对联，

五丈原诸葛亮庙因诸葛亮命殒于此而蕴含着更深含义

（摄于2011年8月9日）

言简意赅，十分贴切。殿后有诸葛亮衣冠冢和落星亭。五丈原诸葛亮庙并不大，但古柏森森，环境幽雅。尤其是此庙建在诸葛亮曾经屯兵并殒命的地方，真是令人别有一番滋味在心头。在五丈原还有诸葛泉、诸葛田、豁落城等三国遗迹。

诸葛亮病逝五丈原时，曾留下遗嘱："葬汉中定军山，因山为坟，冢足容棺，敛以时服，不须器物。"定军山的山名我们并不陌生，蜀汉大将黄忠就曾在此刀劈曹魏大将夏侯渊，诸葛亮"六出祁山"也把定军山作为其基地。诸葛亮最终决定归葬定军山，也许是表明自己与蜀汉江山生死与共、至死不忘北伐的坚定信念。据载，诸葛亮病逝后，为防魏军趁隙进攻，姜维等蜀汉将领按其遗嘱秘不发丧，从容撤离五丈原，迷惑司马懿，最终使诸葛亮灵柩经斜谷道顺利归葬岗峦起伏、林木繁茂的定军山西北山脚下。拜谒诸葛亮墓，走进松柏掩映下的山门，让人顿生别样的感觉。墓前建有武侯祠，祠相当于墓前享殿，殿内龛上，诸葛亮端坐其中，神态庄严。殿后为诸

诸葛亮最后归葬岗峦起伏、林木繁茂的定军山下

（摄于2012年9月27日）

葛亮墓，墓冢相当大，呈汉代覆斗式，墓前亭中竖有“诸葛亮武侯之墓”的石碑。据说诸葛亮的墓冢没有被盗挖过，这或许是慑于诸葛亮的高尚人格，或许是墓冢内并无贵器所致。奇特的是，诸葛亮墓后有两棵高达19米的桂树，树冠如盖，千百年来默默地守护着诸葛亮的墓冢。浓荫蔽冢的“护墓双桂”，以及定军山下的葱茏草木，使诸葛亮墓更显清幽高洁。诸葛亮为蜀汉复兴奋斗一生，正如定军山诸葛亮墓殿内一副楹联所写：“生为兴刘尊汉业，死犹护蜀葬军山。”

史料记载，诸葛亮病逝后，蜀人要求为他立庙，朝廷认为不合礼制，没有答应，直到蜀汉景耀六年（263年）春天，刘禅才下诏建祠。祠址选在勉县，据载是考虑“建之京师，又逼宗庙”的缘故。勉县武侯祠是蜀汉后主刘禅下诏建立的唯一一座官祠，被称为“天下第一武侯祠”。武侯祠最初定址于定军山下的武侯墓旁。明正德八年（1513年），都御史蓝璋经朝廷批准后，将武侯祠从定军山下迁至现在的地点，即诸葛亮当年屯军汉中的行辕相

勉县武侯祠是诸祠中唯一一座官祠，身份自然不同

（摄于2012年9月27日）

府故址。勉县武侯祠与其他几座祠宇相比，无论从历史地位还是从规模来看，都首屈一指，全祠共有7院54间房舍。走进祠堂，首先看到的是高10米的四柱牌坊，正、背面各书有“汉丞相诸葛武乡忠武侯祠”和“天下第一流”。穿过牌坊，为一座城楼式的琴楼，这是根据诸葛亮设空城计吓退司马懿10万大军的故事而修建的，也是勉县武侯祠特有的一座建筑。琴楼的两侧还建有钟鼓楼。穿过戟门，就是高大恢宏的拜殿。拜殿正中的神龛中，端坐着羽扇纶巾的诸葛亮塑像，两旁侍立着威武庄重的关兴、张苞。拜殿内两侧山墙及正面檐下，碑石林立，楹联众多，表达了人们对诸葛亮的缅怀和崇敬。祠宇还建有东厢房、崇圣殿、草庐、观江楼等建筑。整个勉县武侯祠坐南向北，寓意诸葛亮不忘“北定中原，恢复汉室”。

成都武侯祠是目前最有影响的武侯祠。尽管它比勉县武侯祠晚建了许多年，但它是所有武侯祠中唯一一座君臣合祀的祠庙。此处原为始建于建兴元年（223年）的刘备陵寝，称为“汉昭烈庙”。到南北朝时期，人们在汉昭烈庙不远处修建了武侯祠，唐代杜甫为此留下了“丞相祠堂何处寻，锦官城

成都武侯祠实为一座先君后臣的君臣合祀祠庙

（摄于2011年7月16日）

外柏森森”的诗句。明朝初年，蜀献王朱椿认为“君臣宜一体”，将武侯祠并入了汉昭烈庙，形成君臣合庙。但庙宇在明末毁于战乱，现存祠庙的主体建筑是在清康熙十一年（1672年）重建的。成都武侯祠主体建筑分为大门、二门、汉昭烈庙、过厅、武侯祠等五重。可以看出，成都武侯祠遵守先君后臣的观念，诸葛亮的祠堂在刘备的昭烈庙后面，大门也悬挂着“汉昭烈庙”的横匾，但人们却总是称此为武侯祠。这是因为，诸葛亮在百姓心目中的威望远远超过刘备。走进成都武侯祠，但见树木森森，殿宇重重，有蜀汉历史人物塑像47尊，碑碣50多块，匾联60多副，仿佛是蜀汉历史陈列馆。

参观诸葛亮的众多纪念性建筑就是缅怀诸葛亮一生的功绩。每一座武侯祠，都是为其竖立的丰碑。祠中悬挂的匾额，林立的碑碣，重重的牌坊，无不昭显了后人对诸葛亮的高风亮节和才智的赞颂。诸葛亮已经成为国人的一个偶像和一种寄托，其“鞠躬尽瘁，死而后已”的高尚品格，千百年来一直为人们所敬仰和怀念。

景因人显话西湖

说起西湖，可能人们首先想到的是杭州西湖。其实在中国，以西湖命名的风景湖很多。因为杭州西湖的名气太大了，把西湖之名独占了。清王晫《西湖考》统计："全国以西湖名者，凡三十一。"与他同时代的陆以湉在《冷庐杂识》中则说："天下西湖，三十有六。"不管西湖是31处还是36处，总之，除杭州外，中国其他城市也有许多被称为"西湖"的湖泊。

综合各种说法，各地西湖大致包括：杭州西湖、福州西湖、海口西湖、兰州西湖、青岛小西湖、沈阳西湖、桂林西湖、潮州西湖、惠州西湖、湛江雷州西湖、南昌西湖、扬州瘦西湖、阜阳颍州西湖、建德严州西湖、寿昌西湖、海盐西湖、九江都昌西湖、许昌西湖、商丘睢县西湖、衡阳西湖、耒阳西湖、常德津市西湖、天门西湖、自贡富顺西湖、徐州云龙湖、济南大明湖、宁波月湖、武汉西北湖、北京昆明湖和北京莲花池、昆明翠湖等。这些西湖都是由于位居城市之西而得名，其中不乏风景名胜中的佼佼者。

这30多座西湖，之所以能够名扬天下，当然离不开优美的自然景色。综合考察可知，凡是景色优美的西湖，一般都具备三个特点：近城市、涵碧水、临青山。靠近城市是西湖之所以成为西湖的重要因素，也使西湖具有较高的人气。青山碧水不仅保障了西湖的水源，也使得山水相依，景色更迷人。这些地方，湖不大不小，山不高不低，山与水的距离不远不近，恰到好处的自然因素，使西湖独具魅力。如杭州西湖，水域面积约为6.39平方千米，三面有飞来峰、南高峰、玉皇山、凤凰山、吴山等低山环绕；惠州西湖水域面积1.68平方千米，北面、西面和南面也有太保山、虎头山、榜山、螺山等群山绵延；福州西湖水域面积30.3万平方米，西北部有卧龙山雄峙；潮州西湖水域面积6.7万平方米，东倚葫芦山；等等。这种有山有水，又离人们居住的城市很近的风景地，自然成为人们休闲的好去处。

自然因素对于西湖是必不可少的。但是，30多处西湖，都拥有碧水青山，为什么有的闻名天下，有的默默无闻？究其原因，人文因素在其中起了相当大的作用。翻阅史书，不难发现，凡是有名的西湖，或多或少都与名人有着密切的关系。这些名人或者参与了西湖的建设，或者用文采使西湖名扬天下。

杭州西湖是最典型的例子。论起山水风光，有些地方的西湖比杭州西湖大，山也比杭州西湖周边的山雄奇，景色也并不比杭州西湖逊色，却远不如杭州西湖有名。这是因为，杭州西湖与历史名人渊源深厚。说起与杭州西湖有关的历史名人，可谓数不胜数。李白、白居易、苏轼、范仲淹、林和靖、岳飞、陆游、杨孟瑛、洪昇、林则徐、康有为等数以百计的历史名人，都在杭州西湖的建设发展过程中，自觉不自觉地做出了贡献。其中，白居易和苏轼贡献最大。他们两位都是诗词名家，也都在杭州为官。白居易在唐长庆二年（822年）出任杭州刺史，他在杭州为官虽然只有短短的三年时光，但十分关心西湖的建设。他见西湖旧堤倒塌，造成农田干旱，就主持修建了一条从西湖断桥到孤山的长堤，并在长堤的两岸栽种杨柳，这样，既兴修了水利又美化了西湖。杭州人民为了纪念白居易，就把这条长堤改名为“白公堤”，即今天著名的“白堤”。除此之外，白居易还留下了百余首与西湖有关的诗歌，尤其是那首《钱塘湖春行》，以亲切自然的笔法，表现出他对西湖白堤春色的喜爱。这些诗的流传，使杭州西湖渐为人知。

苏轼对杭州西湖的感情更深。他两度在杭州为官，时间长达七年。第一次是熙宁四年（1071年），苏轼出任杭州通判。通判虽有监察官吏之权，但主要是辅佐知州处理政务。任职期间，苏轼发现杭州西湖已出现淤塞的情况。他虽有心治理，但没有决策权，只能望之兴叹。元祐四年（1089年），苏轼再度赴杭州任职，这一次是出任有决策权的知州。到任次日，苏轼即巡视西湖，发现杭州西湖湖面因杂草的堆积，面积大量缩小，面临湮废的危险。这势必影响杭州百姓的生活和整个城市的发展。于是，苏轼一面上奏朝廷，一面筹措工程费用，开始了对西湖大规模的疏浚。这一次，他不仅对西湖湖底进行了全面的深挖，同时，为了防止湖底淤塞，他还在今湖心亭一带建立了三座石塔，禁止在石塔范围内种植菱藕。另外，他用疏浚挖出来的大量淤泥，在湖中修筑了一条连接西湖南北两岸的长堤。堤上修建了6座石桥以流通湖水，并在全堤遍植芙蓉、杨柳等植物，为西湖增添了无限妍媚。后人为了纪念他的功绩，就把这条长堤命名为“苏公堤”，简称“苏堤”。与白居易一样，苏轼也为杭州留下了大量的诗篇，其中一首“水光潋滟晴方好，山色空濛雨亦奇。欲把西湖比西子，淡妆浓抹总相宜”，将西湖与美女西施相媲美，西湖由此声名大噪。苏轼对杭州西湖的发展起了关键性的作用，正如林语堂在《苏东坡传》里感慨的那样：“我常想，倘若西湖只是空空的一片水——没有苏堤那秀美的修眉和虹彩般的仙岛，以画龙点睛增其神韵，那西湖该望之如何？”

其实，为西湖做出贡献的名人，何止白居易、苏轼？大量的名人为杭州西湖留下了太多的题咏、典故和故事。精忠报国的岳飞、临危受命的于谦、宁死不屈的张苍水、传奇诗僧苏曼殊、鉴湖女侠秋瑾，甚至南齐人钱塘名伎

杭州西湖因为有岳飞墓而深受人们的景仰

（摄于2011年7月30日）

杭州西湖畔的亭桥因名人的爱恨情仇而充满传奇故事

（摄于2012年8月28日）

苏小小等人，都寄魂西湖旁。西湖及湖畔的各种亭桥塔庙，都因各代名人的爱恨情仇而充满着传奇和故事。这些人文色彩，使西湖无与伦比。杭州西湖的水也自然成了最著名的水，中国大地上再也没有哪个西湖可以超越杭州西湖了。

今天，当你徜徉在杭州西湖，西湖的迷人景色，一定使你为之倾倒。苏堤与白堤，把全湖隔为外湖、里湖、岳湖、西里湖和小南湖五个部分。苏堤、白堤、杨堤越过湖面，小瀛洲、湖心亭、阮公墩三个人工小岛鼎立于外湖湖心，夕照山的雷峰塔与宝石山的保俶塔隔湖相映，由此形成了“一山、二塔、三岛、三堤、五湖”的基本格局。

南宋以后，杭州西湖逐渐形成十个景区：苏堤春晓、曲院风荷、平湖秋月、断桥残雪、柳浪闻莺、花港观鱼、雷峰夕照、双峰插云、南屏晚钟和三潭印月。

苏轼不仅使杭州西湖起死回生，声名远扬，他还缔造了另一个西湖——惠州西湖。北宋绍圣元年（1094年），苏轼因反对王安石变法而被贬到惠州任宁远军节度副使。惠州西湖原为荒野之地，东晋时在湖边建龙兴寺，唐代在西山上建泗洲塔。北宋治平三年（1066年），惠州知州陈称对这片水域进行治理，筑堤、造桥、建亭，并养鱼灌田，乡民收获甚丰，西湖因而被称为“丰湖”。苏轼到惠州不久，即为幽深、曲折、秀丽的丰湖所倾倒，因此在惠州居留的三年间，他热心参与对丰湖的建设。苏轼带头捐资在丰湖边上修筑东新桥、西新桥和大堤，甚至亲自巡视施工进度。堤坝和西新桥建成后，丰湖的交通和景色大为改观。后人为纪念苏轼，将堤坝取名为“苏堤”。苏轼在惠州期间，爱妾王朝云去世。王朝云原是苏轼在杭州做官时认识的歌伎，后被苏轼纳为妾。苏轼被贬时，她无怨无悔地跟随他23年，死时才34岁。苏轼将她葬在丰湖中的西山岛泗洲塔下的松林中，并在墓上筑六和亭以资纪念。以

惠州西湖就景色而言，足以与杭州西湖媲美

（摄于2015年2月12日）

后，他常常月夜游丰湖，登合江楼，入逍遥堂，过丰乐桥，踏遍丰湖山水，以至“达晓乃归”。他曾月下流连于泗洲塔下，面对塔影平湖，写下了“一更山吐月，玉塔卧微澜”的名句。丰湖也是由苏轼改称“西湖”的。绍圣二年（1095年）九月，苏轼《赠昙秀》一诗，头一回将丰湖称作“西湖”。南宋后，人们逐渐普遍将丰湖称作“西湖”。真是“东坡到处有西湖”。惠州西湖景区有“五湖六桥”之胜。“五湖”即菱湖、鳄湖、平湖、丰湖和南湖，“六桥”是烟霞桥、迎仙桥、拱北桥、西新桥、明胜桥和团通桥。惠州西湖也有八个景点：芳华秋艳、孤山苏迹、红棉春醉、花洲话雨、留丹点翠、苏堤玩月、西新避暑和玉塔微澜。

颍州西湖也是因为名人而闻名天下的西湖。颍州西湖位于今天安徽阜阳城西北一千米的新泉河两岸，是古代颍河、清

颍州西湖因欧阳修的青睐而跻身于三大西湖之列

（摄于2014年9月6日）

河、小汝河、白龙沟四水汇流处，因阜阳在古代称颍州而得名。第一个青睐颍州西湖的是欧阳修。欧阳修是北宋著名的政治家和文学家，官至兵部尚书，在文学方面被列为“唐宋八大家”之一，是苏轼的老师。他曾两度来颍州，并终老颍州。宋皇祐元年（1049年）二月，欧阳修任颍州太守，督率民工堵塞白龙沟，使颍州西湖具有了蓄水灌田的功能。熙宁四年（1071年），欧阳修辞官后，再度归居颍州西湖之畔，自称“六一居士”，从此再也没有离开过颍州。居颍期间，他尤其喜欢颍州西湖，时常邀集文人学士赋诗论文，留下了许多佳作。他曾有诗赞美：“菡萏香清画舸浮，使君宁复忆扬州。都将二十四桥月，换得西湖十顷秋。”欧阳修65岁时病逝于颍州西湖畔寓所。第二个为颍州西湖做出贡献的是苏轼。宋元祐六年（1091年），苏轼以龙图阁学士的身份出知颍州。苏轼知颍期间，为百姓办了不少兴利除弊的好事。苏轼同样喜爱颍州西湖风光，常在湖中饮宴会友，赋诗著文，有时连处理公务亦安排在湖上。苏轼在颍州期间，为西湖留下了不少佳作和胜迹。后来他调赴外地，但一直忘不掉颍州西湖的美景。他曾对比杭州西湖与颍州西湖，认为“大千起灭一尘里，未觉杭颍谁雌雄”。此外，还有吕公著等不少文人志士出守颍州，为颍州西湖建设立下了不朽的功勋。黄庭坚、杨万里等文人墨客也把颍州西湖作为吟诗赋词的胜地，历史上一共留下了100多首与之相关的著名诗篇。可惜，后来黄河泛滥，颍州西湖在清嘉庆以后逐渐淤塞，最终被泥沙填平。昔日美景，不复存在，仅存会老堂等少量建筑。如今，阜阳在城西15千米处再建了颍州西湖。新的颍州西湖不在原址，人文积淀自然也无法与让欧阳修、苏轼流连忘返的颍州西湖相比了。

历史上杭州西湖、惠州西湖与颍州西湖曾齐名。宋代诗人杨万里曾有诗曰：“三处西湖一色秋，钱塘颍水与罗浮。”诗中所指，就是这三大西湖。

从以上叙述，我们不难看出，这三个西湖的出名，都与宋代大文学家欧阳修、苏轼等历史名人有关。名人给西湖留下胜迹，胜迹因名人而更添风采。

当然，30多处西湖不可能仅仅就这三大西湖与名人有关，其他西湖也有名人的登临和旖旎的风光。如福州西湖，至今已有1700多年的历史了，也有辛弃疾和林则徐等名人的诗作；潮州西湖，在唐代就已形成，也有潮州太守林光世的《浚湖铭》留世；南昌西湖，在晋代就建有道观，东汉高士徐孺子曾在此居住，留有孺子亭、徐孺子墓等历史古迹；桂林西湖，唐代就已开发，现在也是所有西湖中面积最大的一个；

潮州西湖因景韩亭等人文景观而增添了文化底蕴

（摄于2015年2月10日）

扬州瘦西湖以“瘦”闻名，在三十多处西湖中独具一格

（摄于2012年8月26日）

等等。这些西湖虽然风景不差，有些甚至更佳，但与杭州西湖、惠州西湖和颍州西湖相比，能提得起的人物就少得多了。少了名人文化的滋养，仅仅靠风景的魅力是远远不够的。只有绝美的自然风光，没有人文的积淀不行；只有浓厚的人文底蕴，缺乏美景的衬托也不行。西湖之美，美就美在自然与人文恰到好处的结合。

万里寻根为祭祖

在每一个中国人的心中，家乡永远是心中最温暖的港湾。寻根问祖，落叶归根，更是华夏民族永远抹不去的一种故乡情结。这种故乡情结在远离故乡的游子后裔心中，是那样的神圣。它衍生出一种对梦中故里的向心力，以及后裔成员之间的亲和力，进而凝聚、孕育成一种高度积聚的精神意识和互相激励的“异姓一家、同舟共济”的精神。

远离故乡的游子后裔，大多数没有去过故乡，只是在先人的追忆中知晓故乡。故乡对他们来说是一个遥不可及的梦，但他们却都固执地认为，自己是故乡的人。他们梦想着有一天，能够回到朝思暮想的故乡，看一看父辈们不断念叨的故乡风景。

在中国历史上，有些地方经常被移民们的后裔提及，如山西洪洞的大槐树、江苏苏州的阊门和江苏南京的柳树湾。它们与中国明朝初年掀起的移民运动紧密相连，是移民们心中永远的家，永远的根。

元朝末年，统治残暴，自然灾害频发，民不聊生，各地起义风起云涌。明太祖朱元璋一统天下后，面对人口锐减、城乡凋敝的状况，为了巩固明朝政权、迅速恢复生产，多次组织实施大规模的官方移民。相对安定、富裕的山西、苏南地区，成为朱元璋移民的首选地。

明初的山西相对安定，较之于相邻诸省，经济繁荣，人丁兴旺，是当时的人口稠密区。明洪武年间开始，明朝廷多次在山西大规模组织移民垦荒。由《明史》《明实录》等史书可知，自洪武六年（1373年）到永乐十五年（1417年），近50年内，明朝廷先后从山西移民18次，其中洪武年间10次，永乐年间8次。这些移民迁往北京、河北、河南、山东、安徽、江苏、湖北、陕西、甘肃等10余省、500多个县市。据说，明代山西最重要的移民基地位于山西洪洞县城西北贾村西侧的大槐树下。明代时，这里有一座广济寺，寺院宏大，香客不绝，寺旁有一棵“身数围，荫遮数亩”的汉槐。明朝廷在广济寺设局驻员，集中办理移民事务，大槐树就成了移民集聚之地，大量移民从这里分批迁往其他省份。至今，在山东、河北、河南等地区，仍流传着“问我祖先在何处，山西洪洞大槐树。祖先故居叫什么？大槐树下老鸹窝”的民谣。洪洞大槐树是众多移民后裔寻根祭祖的圣地。

600多年过去，汉代古槐已不复存在。后人在原来的大槐树处修建了碑亭，碑亭虽不大，但雕梁画栋，飞檐斗拱。亭中竖立刻有“古大槐树处”五个隶书字的石碑。碑亭的背面，刻有碑文，简述移民事略。在碑亭旁，由古大槐树同根滋生的第三代槐树枝叶繁茂。此外，周围还建有献殿、思源谭、祭祖堂等祭祀性建筑。

元朝时，苏州作为运河沿岸的商业城市，得到了较大发展。元末农民起义中，运盐为生的张士诚与盐贩李伯升等18人起兵反元，最后发展壮大，以富饶的平江路（今江苏苏州）

洪洞古大槐树处成为移民后裔寻根祭祖的圣地

（摄于2015年5月12日）

为都城，自称吴王，与建都应天（今江苏南京）的朱元璋相抗衡。1367年，朱元璋的军队包围平江。不久，平江城破，张士诚被俘，被押解至应天缢死。由于苏州人曾给予张士诚很大支持，因此朱元璋在南京称帝、建立明朝后，为了巩固政权，也为了惩处苏州城内那些原来支持和拥戴张士诚的士绅商贾，下令没收他们的家产，并责令他们全家迁徙到外地垦荒屯田，即史籍所载“驱逐苏民实淮阳两州”。大批苏州士绅商贾在兵丁押送下，离开富饶的苏州，奔赴贫瘠荒芜的苏北等地，历史上称之为“洪武赶散”或“红蝇赶散”。清乾隆年间冯仁宏《新安镇源流》记载：“大明洪武登极之初，虑大族相聚为逆，使各道武员，率游骑击散，谓‘洪武赶散’……而苏之阊门周姓、常之无锡惠姓，以及刘、管、段、金皆被赶散，来至朐南（原海州以南地区），芦苇荒滩，遂各插草为标，占为民地……后人烟渐繁，乃诣州请为州民，州牧载入版图，是为里人。”直到今天，这里的几十万人都说来自苏州阊门。现在，大多数苏北人把睡觉戏称为“去苏州”，体现了当时苏州移民在迁徙过程中对故乡的思念。据一些专家统计，祖籍苏州的移民，主要分布在扬州、淮阴、盐城三个地区，包括今扬州、邗江、江都、泰州、姜堰、泰兴、高邮、宝应、淮阴、淮安、灌南、沭阳、宿迁、泗阳、涟水、盐城、响水、滨海、阜宁、射阳、建湖、大丰、东台、新浦、东海、灌云等地，其中以姜堰、兴化、泰兴最为集中。至于响水、滨海、射阳、大丰等范公堤以东地区的苏州移民，可能是苏州移民后裔二次或三次迁徙形成的。在这片地域范围内，自称是苏州移民后裔的在百分之八十以上。如此多的移民是否都是苏州人，对此，专家有不同的看法。但不管他们是苏州人还是苏州周边地区的人，他们迁出时，可能都是先集中到苏州阊门，在阊门登记后再被“赶散”的。

阊门是苏州城内八个门之一，位于城西，取意“天通阊阖风”。明代，这一带曾经是苏州乃至中国最繁盛的商业街区，阊门也因此成为当时苏州的代名词。今天，阊门一带仍然是苏州的商业中心之一。为了纪念“洪武赶散”，方便移民后裔回阊门寻根，苏州市在阊门山塘街渡僧桥堍金阊阁广场上，相继修建了“思乡树”“朝宗阁”“阊门寻根纪念碑”和“寻根驿站”等纪念性建筑。

如果说洪洞大槐树、苏州阊门的移民运动主要是出于经济方面的考量，那么，南京柳树湾的移民，更多的是出于军事方面的考虑。

明王朝建立的时候，我国西南地区的云贵一带，仍受元朝梁王把匝剌瓦尔密统治。1381年，朱元璋出兵30万平定云南，封大将沐英为平西侯，镇守云南。为了巩固疆域，促进云南发展，1382年前后，沐英回到南京，广招工匠，随自己远赴云南屯田垦荒，兴修水利。沐英带回的明朝军队及工匠，部分带着家属随往，同时又有一些官兵与云南当地人通婚，所有

苏州阊门寻根纪念碑寄寓了多少游子的希望

（摄于2014年9月21日）

这些人从此在云南开荒垦地，生儿育女。据说，移民云南的人群中，许多是南京柳树湾的居民。柳树湾紧靠明朝皇宫的东南部，因此有一种说法称柳树湾属于皇城禁地。这一片区域既驻扎军队，又有常住的居民，朱元璋视之为心头之患。于是，朱元璋借充实云南之机，把居住在柳树湾一带的居民，连同一些让朝廷不放心的官员、商贾，以及那些犯了罪或被强行加上罪名的人，统统发配到云南。因此，直到今天，云贵一带许多汉族同胞坚称，他们的先祖是从南京柳树湾迁去的。历史学家们也发现，云贵地区的汉族人与南京人，在风俗习惯上有很多相同之处。例如，弥勒县汉族灶台上的装饰花纹，就和今天南京郊区农民的锅灶装饰极为相似。

今天，南京的柳树湾随着明故宫的倾废而消失，名称也已不复存在。人们在明故宫遗址内发现的一块万历四十年

云贵移民魂牵梦萦的南京柳树湾随着明故宫的倾废而消失

（摄于2010年9月23日）

（1612年）所立的石碑碑文中，才找到“柳树湾”这个地名，它的具体地点应在今天南京市的蓝旗街、御道街一带。

至今，云贵一带还保留着明代设立的屯堡。屯堡是朱元璋平滇后，为了稳定刚纳入版图的西南边地，在横贯贵州东西的道路上，尤其是在安顺的入滇驿道线上，设置的屯军卫所。从明初到明末，明朝廷先后在此设29卫。数以十万计的军民进驻卫所。一时间，“地广人稀”的贵州，变成了一个庞大的屯垦军营。大量的南京柳树湾移民在这些屯堡中，代代繁衍。对这些南京移民后裔来说，柳树湾是他们说不完的话题，是他们心里的牵挂。在今天贵州天龙屯堡的小广场上，我们仍能看到竖立着的“叶茂思根”的碑石。据说，碑下的泥土都是从南京带来的，寄托着移民后代对故乡的思念。

除上述三处明代移民地外，我国还有广东南雄珠玑巷、江

贵州天龙屯堡是明朝设置的军事屯堡的重要遗存

（摄于2009年10月10日）

“叶茂思根”碑是贵州屯堡移民后代思乡的证明

（摄于2009年10月10日）

西瓦屑坝、湖北孝感乡、山东枣林庄、福建石壁村、河北小兴州等移民祖居地。

这些移民浪潮，规模有大有小，原因多种多样，但都是将人们从战乱较少、土地肥沃、人口稠密的地区向荒芜、贫瘠的地方转移。虽然被迫背井离乡，但移民们还是在新的地方，为各民族的进步发展，为统一多民族国家的巩固做出了巨大的贡献，我们应当记住他们的勇气和精神。

这些移民地区，是一块块历史的碑石，写满了中华民族不屈不挠、勇于开拓的壮烈情怀。它们也是一块块永恒的磁石，凝聚了千百万中华儿女的心，成为移民后裔们寻根问祖、报本溯源的圣地。这些移民遗址早已在炎黄子孙心中深深地扎下了认祖归宗之根，被当作“家”，被称为“祖”，被看作“根”。

寻根问祖、落叶归根是中华民族永远抹不去的故乡情结

（摄于2015年5月12日）